中國詩詞楹聯

賞析

李洪波 主編

崧燁文化

目　　錄

古代山水詩詞曲賦基礎知識

古代山水詩詞曲賦賞析

出版說明

綜合來看，本書主要有以下特色：

第一，作者權威，知識準確。本書作者或為地方旅遊負責導遊的專家，或為旅遊院校相關知識教學的老師，均擁有豐富的一線實踐經驗和紮實的知識功底，保證了書中內容的準確性。

第二，敘述靈活，實用性強。打破了傳統的寫作方式，基本按「背景分析」、「閱讀提示」、「知識問答」、「景區景點」四大模塊組織編寫，使每一專題知識化整為零，方便了導遊人員學習，具有極強的實用性。

第三，特色新穎，緊密聯繫實際。本叢書不僅專題知識豐富，而且專設了「景區景點」這一特色內容，為導遊提供了模擬訓練、領略實戰的情景。

本叢書既是一般旅遊者，尤其是導遊人員的知識讀本，亦是各旅遊機構組織培訓的教材用書。另外，旅遊院校的學生閱讀此書，也可以拓寬知識面，提高文化素養。

前言

　　楹聯是具有中國傳統文化特點的藝術形式，源於對偶語言藝術和古代桃符懸掛形式，現存最早的楹聯出自後蜀君主孟昶。宋代以後，楹聯創作歷久不衰，到明清兩代達到鼎盛，撰聯名家輩出，題材內容豐富，可謂蔚為大觀。山水楹聯是指描繪山水景物、表達山水審美體驗的楹聯，多懸掛、鐫刻或張貼在樓、臺、亭、閣、殿、堂等的楹柱、門戶、牆壁或摩崖石壁上，往往集優美的文辭意境、精湛的書法鐫刻藝術於一體，與環境美景交相輝映、珠聯璧合。

　　山水文學是文學發展過程中的必然。魏晉南北朝時期，以山水為獨立審美對象的文學創作開始出現，體現作者對山水自然審美情趣和對人生體悟的詩詞曲賦逐漸發展興盛起來。從最初以謝靈運為代表的鋪排景物、移步換景式的山水詩，到盛唐時期以孟浩然和王維為代表的清新淡雅、悠遠空靈的詩風，再到宋代富於理趣、頗多感悟的山水文學的出現，文人們用才情描摹著自然、渲染著愉悅、傳達著理趣，使山水文學越來越豐富、精美、深刻，也賦予了自然之境與人文勝蹟更多的內涵。

　　可以說，在中國的許多自然與人文勝蹟中，山水楹聯與詩詞曲賦是重要的文化點綴，在增添景點文化內涵的同時，自身也成為一大景觀，是重要的旅遊文化資源。現代的導遊工作者，除了必須熟悉景點的地理特徵、歷史沿革、文化傳統之外，還要瞭解景點中的山水楹聯與涉及的詩詞曲賦，並具備一定的藝術鑒賞能力，這樣才能引導旅遊者對勝蹟有更深入的理解，更深刻的體會，更好地欣賞自然風景、感受人文內涵。

　　為此，我們編寫了這本《詩詞楹聯賞析》。書中選取中國名勝

景點中一些著名楹聯以及相關的詩詞曲賦，進行簡要的註釋與賞析，並對楹聯與詩詞曲賦的基本知識作了簡單的介紹。希望這本書能夠幫助導遊工作者瞭解楹聯與詩詞曲賦的基本知識，初步掌握鑒賞楹聯與詩詞曲賦的基本技巧，並能夠理解一些重要的作品，有助於導遊工作者在今後的工作中更好地介紹各景點的文化內涵，傳播傳統文化知識，提高服務水平。

本書由北京第二外國語學院李洪波、李瑞卿、梁曉雲、郭玲共同完成。李洪波、李瑞卿撰寫楹聯部分，梁曉雲、郭玲撰寫詩詞曲賦部分。我們在撰寫的過程中，廣泛參考了各種相關資料，註釋力求準確，鑒賞力求精當，但書中難免疏漏之處，還望方家指正。

編者

古代楹聯基礎知識

什麼是對聯？

　　對聯，又叫對子、楹聯、楹帖、聯語，是中國特有的一種體制短小、文字精煉、歷史悠久、雅俗共賞的傳統文學形式。

對聯主要經歷了哪些發展時期？

　　對聯的起源與發展主要經歷了四個階段：對聯的孕育時期——從先秦到唐代；對聯的出現時期——五代；對聯的發展時期——宋元；對聯的鼎盛時期——明清。

　　秦漢以前，中國民間過年已經有懸掛桃符的習俗，將傳說中的降鬼之神「神荼」和「鬱壘」的名字，分別書寫在兩塊桃木板上，懸掛於左右門上，用以驅鬼壓邪。這種習俗持續了一千多年。

　　五代時，人們開始在桃木板上題寫聯語，原來字牌上驅魔除鬼的內容，就變成一種用來表達某種主題思想的特殊文體。因其多用於春節，表達人們除舊迎新的喜悅與期盼，所以被稱為春聯。據《宋史·蜀世家》記載，五代後蜀君主孟昶所撰「新年納餘慶，嘉節號長春」，是中國已知最早出現的一副春聯。由於春聯的出現和桃符有密切關係，所以古人又稱春聯為「桃符」。

　　到宋元時代，對聯的應用範圍逐漸擴大。不僅在春節，友人之間的日常交際也經常用到對聯，建築物上張貼楹聯也成為習慣。著名的文人蘇軾、王安石和朱熹等，都寫過不少楹聯。

　　明清時代，是對聯發展的鼎盛期。明代上至君王將相，下至普通文人，皆好聯語，出現了不少膾炙人口的名聯佳對。明太祖朱元璋自己非常喜歡撰寫對聯，下詔令要求家家戶戶在春節時張貼春聯，極大地推動了對聯的發展。後來，解縉、祝允明、文徵明、唐伯虎等江南才子，又把對聯推向了一個新的高潮。

　　清代出現了鄭板橋、紀曉嵐、何紹基、梁章鉅、彭玉麟等一批撰聯高手，在對聯的數量、質量和種類上，也都超過了前代。文人學士以楹聯贈答，用對聯做文字遊戲，成為一時風尚。以春聯、壽

聯、輓聯、門聯、廳聯、廟聯、名勝聯、商業聯、遊戲聯等為形式的對聯文化，已成為社會生活的組成部分。辛亥革命以後，這種風氣依然興盛。

什麼是名勝古蹟聯？

名勝古蹟聯是指懸掛、嵌綴或雕刻在山水名勝和歷史名人、歷史遺蹟紀念地的對聯。名勝古蹟楹聯多出現在風景勝蹟（如山崖水畔、園林、寺觀、宮廷、宅院、祠宇、館所、書院等）的樓、臺、亭、閣、殿、堂、軒、榭、廊、廳、室等的楹柱、門戶、牆壁或摩崖石壁上。

對聯的特點有哪些？

對聯最大的特點是對仗。所謂對仗，就是指對聯的上句與下句無論字面、字義，還是音節、聲調，都要兩兩相對。

一是字數相等。除有意空出某字的位置以達到某種效果外，上下聯字數必須相同，這是對聯的首要條件。

二是出句與對句詞性相同。上下聯相對的詞或詞組，在詞性上必須一致。比如溫州文信國祠聯：

花外子規燕市冷；

柳邊精衛浙江潮。

都是同類詞相對，即名詞（花、子規、燕市）對名詞（柳、精衛、浙江），方位詞（外）對方位詞（邊），形容詞（冷）對形容詞（潮）。

三是出句與對句結構相應。上聯與下聯在句法結構上應該保持一致。如濟南大明湖小滄浪園聯：

四面荷花三面柳；

一城山色半城湖。

分開來看，「四面荷花」對「一城山色」、「三面柳」對「半城湖」，都是偏正結構對偏正結構；總體上看又是並列結構對並列結構。

四是出句與對句節奏相同。上聯和下聯節奏要求一致。比如北京西郊櫻桃溝涼亭聯：

行到水窮處；

坐看雲起時。

上下聯都是二二一節奏。

五是出句與對句平仄相諧。古代漢語聲調分平上去入四聲，四聲又可分為平聲與仄聲兩大類。對聯一般要求一聯之中平仄相間，一般兩個音節一轉換，上下聯之間基本上平仄相對，從而使得對聯節奏分明，聲調和諧，形成一種起伏跌宕、抑揚頓挫的聲律美。一般情況下，上聯末字用仄聲，下聯末字用平聲，使人讀起來順暢、深長、有餘味。比如安慶大觀亭聯：

秋色滿東南，自赤壁以來，與客泛舟無此樂；

六要內容相關，上下銜接。上下聯的含義必須相互銜接，但不

4

能重複。

什麼是橫額？對聯與橫額的關係是怎樣的？

橫額又叫橫批、橫幅、橫聯等，貼（或懸）於對聯上方的中間位置，以四字者為多。橫額的寫法，過去都是自右向左橫書，現在也有自左向右寫的。

橫額是對聯重要的組成部分，橫額與對聯的關係，主要有以下幾種：

對聯寫意，橫額題名。許多名勝古蹟聯都是如此，對聯描寫名勝，橫額點出景物名稱。

對聯畫龍，橫額點睛。通常是對聯寫形式、外在的東西，橫額點出實質和意義。

聯額互補，相輔相成。對聯與橫額在意義上互相補充。

中國歷史上出現了哪些撰聯高手？

中國歷史上的撰聯高手有宋代的蘇軾、朱熹等；明代的朱元璋、解縉、唐伯虎、文徵明、徐文長等；清代的乾隆皇帝、紀曉嵐、翁方綱、袁枚、何紹基、鄭板橋、梁章鉅、曾國藩、彭玉麟、張之洞、俞樾、孫髯等。近代撰聯高手則有劉師亮、郭沫若等。

鑒賞對聯的技巧有哪些？

1.欣賞對聯的對仗

從上下聯的對仗形式上來講，大體可以分為工對等五類。

（1）工對

工對要求上下聯的文字、語句對仗十分工整、貼切，詞性相當、節奏相同、結構相似。如：

滄海月明珠有淚；

藍田日暖玉生煙。

（2）寬對

寬對，就是指聯中的絕大部分對仗工整。只要做到詞性相同、句法結構相同的對仗就可以。如廈門太平岩聯：

石為迎賓開口笑；

山能做主樂天成。

聯中「石」與「山」、「迎賓」與「做主」對仗甚工，但「開口笑」與「樂天成」則不嚴謹。不僅結構不同，而且「笑」與「成」詞性也不相同。

（3）當句對

當句對，也稱句中對、自對。對聯不但要做到上下相對，有的多句聯（或長聯）本句之內前後也相對，使對聯靈活多變，產生抑揚頓挫的效果。如廣州珠江側亭聯：

群賢畢至，少長咸集；

清風徐來，水波不興。

聯中的「群賢畢至」不僅與下聯的「清風徐來」相對仗，而且還與本句的「少長咸集」相對仗。這種對句形式音樂感強，韻律有

致，使人讀之上口。

（4）單句對

有的聯在本句中自對，但上下句卻不相對，稱之為單句對。如武漢伯牙臺聯：

志在高山，志在流水；

一客荷樵，一客聽琴。

上聯句中「志在高山」對「志在流水」，卻不能與下聯「一客荷樵」相對。

（5）借對

借對就是利用漢語的特殊特徵，在一詞語同時具備兩種意義的狀態下，作者在聯中用的甲義，又借用它的乙義同另一詞相對。如杜甫《曲江》中：

酒債尋常行處有；

人生七十古來稀。

「尋常」，在聯中用平常的意思，但借用它表示長度的意思來跟數字「七十」相對。有時，這種對仗不借語義而借語音。如杜甫《恨別》中：

思家步月清宵立；

憶弟看雲白日眠。

借「清」的讀音，跟「白」相對。

從上下聯的語意關係上來講，對仗又可以分為正對等三類。

（1）正對

正對，指出句與對句在內容、主題上是同義並列的，從不同的

角度表現主題，互為關聯，互相補充。如杭州靈隱寺觀海亭聯：

樓觀滄海日；

門對浙江潮。

（2）反對

反對，指出句與對句在內容上正好相反或相對，互相映襯，對比鮮明。反對，往往能給人留下非常深刻的印象。如杭州岳墳前鐵檻對聯：

青山有幸埋忠骨；

白鐵無辜鑄佞臣。

（3）串對

串對，又叫流水對、走馬對，指出句與對句之間有遞進、轉折、條件、因果等某種關係，上下聯在內容上是連貫的，在語氣上是銜接的。如唐寅所撰聯：

一失足成千古笑；

再回頭是百年身。

我們在欣賞對聯時應該注意，不論是正對、反對還是串對，只要有好的立意，巧妙的構思和用詞，富於哲理和情感，就是佳聯好對，不必拘泥於某種形式。

2.把握對聯在寫作以及用字方面的一些技巧

（1）嵌字

有關的人名、物名或其他名字嵌在對聯中，使對聯意中有意。如上海豫園得月樓聯：

得好友來如對月；

有奇書讀勝觀花。

（2）諧音

利用同音字，使語帶雙關。如：

兩舟競渡，櫓速（魯肅）不如帆快（樊噲）；

百管爭鳴，笛清（狄青）難比簫和（蕭何）。

（3）疊字

將聯中某些字重疊起來使用，形成反覆重疊的藝術效果。如黃文中題杭州西湖天下景亭聯：

水水山山處處明明秀秀；

晴晴雨雨時時好好奇奇。

（4）隱字

有意識地將某些字隱去，從而含蓄、巧妙地表達某種意思。如：

二三四五；

六七八九。

橫批：南北

上聯表示缺衣（一），下聯表示少食（十），橫批表示無東西。

（5）回文

對聯的上下兩句首尾循環，或單聯首尾循環。如：

客上天然居；

居然天上客。

（6）拆字

將聯中某一合體字拆成幾個獨體字。如：

妙人兒倪家少女；

大言者諸葛一人。

（7）合字

把聯中的某幾個字合成一個字，構成字面上的對偶，同時內容也蘊含著某種含義。如：

古木枯，此木成柴；

女子好，少女更妙。

（8）頂真

將前一個分句的句末字，作為後一個分句的句頭字，使相鄰的兩分句首尾相連。如江西九江甘棠湖煙水亭聯：

煙水亭，吸水煙，煙從水起；

風浪井，搏浪風，風自浪興。

對聯寫作中的用字及結構技巧很多，上面我們舉了一些典型例子。大家在欣賞對聯時應該注意積累，這樣將有助於加深我們對對聯的理解。

3.注意對聯的領詞

領詞是在對聯中引出一串排比句或駢文句，使聯語銜接自然、層次分明，使音律和諧婉轉並造成節奏的起伏變化的語詞。例如李漁題江蘇南京明遠樓聯：

矩令若霜嚴，看多士俯伏低徊，群囂盡息；

襟期同月朗，喜此地江山人物，一覽無餘。

其中「看」、「喜」是兩個領詞，領起下兩句，讀的時候，在領詞後應該有一個短暫的停頓，從而造成節律上的頓挫感。

領詞有一個字、兩個字、三個字不等。下面是一些常見的領詞，大家誦讀、欣賞對聯要加以注意。

一字的領詞：正、看、問、悵、怕、想、料、算、待、憑、念、將、奈、嘆、數、似、更、況、怎、若、方、應、盡、莫、漸、對、須等等。

兩字的領詞：看他、對此、休說、那堪、問他、何須、何況、況是、只是、何必、將次等等。

三字的領詞：倒不如、最堪憐、只贏得、最無端、更能消、再休提、便怎的、消受得、莫辜負等等。

4.熟悉對聯的斷句

對聯都是沒有標點符號的，要正確地誦讀、理解、欣賞，首先必須正確斷句。這就要求有一定的古漢語基礎，熟悉古漢語語法與常用詞的用法；其次，需要掌握一些對聯句式上的特點。

一是，掌握長聯短句多、長句少的特點。難於斷句的多是長聯，而長聯中一般多用短句，其中往往大量使用三言、四言、七言的排比句，駢文句鋪陳描述，抒發感慨。對偶句式也是長聯中常用的。

二是，注意對聯中的領詞。對聯中一些領詞後面往往帶有一組排比句或對偶句，抓住領詞，就能看清楚後面的句式。

三是，學會利用反覆詞。有些對聯有反覆詞，可以根據反覆詞的位置來判別、斷句。

四是，互相參照上下聯來斷句。對聯上下聯語法結構與節奏相似，因此遇到一聯某句不好斷時，可參照另一聯相應的一句來斷。

5.欣賞對聯的立意與內涵

　　名勝古蹟楹聯是作者欣賞山水景物、古蹟名勝而創作的，所以，作者首先要在聯語中吟賞、再現、渲染美景，描繪自然山川和人文景觀的美麗景物以及神韻。值得注意的是，文人們在以楹聯再現山水景物的同時，往往著重表現山水景物的真趣以及對人生、事理的感悟。有的作者是借山水審美體驗直抒胸臆，力求把一種審美情感、審美知覺直接傳遞給讀者，表達出一種醉心山水，物我兩忘的境界。也有的作者登臨憑弔，發懷古幽思、感喟牢騷之情緒。不同場合中的楹聯，立意也有不同，書院學校中的楹聯，往往含有特殊的崇德、勸學、勵志、啟智等意蘊；祠堂中的楹聯則偏重歌功頌德、強調文化傳承；寺觀中的楹聯，則大多在寫景的同時，借景喻佛理，所以大多意蘊深遠，意境澄明。在欣賞這些對聯時，應該結合景觀勝蹟的特點、氛圍、歷史傳統進行深入的理解思考，這樣不但能夠提高自己的審美能力，而且可以提高文化修養。

歷史上著名的對聯趣聞典故有哪些？

1.朱元璋的對聯趣聞

　　朱元璋本人非常喜歡撰寫對聯，在弘揚和發展楹聯事業上做出了很大貢獻。定都金陵後，在某年除夕前，朱元璋傳旨金陵等地每家每戶都必須貼對聯。除夕夜，朱元璋親自微服出巡，他發現一家未貼春聯，問後才知道是一閹豬者，不知該怎麼將自己的經營內容寫進聯句。朱元璋聽後，尋思片刻，為閹豬者題聯曰：

雙手劈開生死路

一刀割斷是非根

非常詼諧，內容也很恰當，可見朱元璋本人高超的撰聯技巧。

2.解縉的對聯趣聞

明朝開國的時候，江西吉水縣出了一個「神童」，名叫解縉。

解縉出身貧窮，父親是開豆腐店的。他平時幫著父親做豆腐，空下來就發憤讀書。他七歲時便能作聯吟詩，出口驚人。

有一年春節，照例要題寫春聯。解縉家對門是曹尚書府第，園內秀竹蔽蔭。於是解縉以此為題寫了一聯：

門對千竿竹

家藏萬卷書

對聯貼出來，曹尚書很生氣，心想解家一個窮賣豆腐的，也敢說家藏萬卷書？命家人將園內竹全部砍去，看你如何對。

小解縉一見竹子砍了，靈機一動，對聯改為：

門對千竿竹短

家藏萬卷書長

曹尚書得知解縉改了春聯，更加氣憤，便命人連竹根也挖去，小解縉又在聯上續道：

門對千竿竹短無

家藏萬卷書長有

曹尚書得知是解家娃娃寫聯改聯，就命家人傳解縉來見。尚書寫好一句上聯，放在門口，要解縉對上才能進門。上聯是：

小犬無知嫌路窄

解縉隨即對出下聯：

大鵬展翅恨天低

曹尚書見小解縉穿著綠襖，又出對：

出水蝦蟆穿綠襖

解縉知道尚書罵他，看到尚書身穿大紅朝服，於是對出下聯：

落湯螃蟹著紅袍

尚書心裡惱火，又不便發作，於是心生一計，問他父母職業，想譏笑解縉。解縉知道尚書不懷好意，因此吟了一聯：

父親肩挑日月街前走

母親推轉乾坤屋內磨

說父母一個在家磨豆腐，一個上街叫賣。尚書見他不卑不亢，對答如流，於是轉怒為喜，將女兒許配他為妻。

3.唐伯虎的對聯故事

唐伯虎，原名唐寅，是明代著名畫家，為吳中四才子之一。他不僅畫得一手好畫，譽滿江南，而且善作對聯，有很多故事流傳。

有一次，唐伯虎與祝枝山對飲，喝得酩酊大醉。祝枝山乘著酒興，出了一個上聯：

賈島醉來非假倒

賈島是晚唐詩人，以苦吟聞名。這裡用他的姓名諧音為「假倒」，以切合當時醉得東倒西歪的情景。唐伯虎稍加思索，對道：

劉伶飲盡不留零

劉伶是「竹林七賢」之一，喜歡喝酒。這裡用他的姓名諧音為「留零」，以切合當時喝得滴酒不剩的情景。

蘇州有個商人，請唐伯虎題店聯，唐伯虎寫道：

門前生意，好似夏夜蚊蟲，隊進隊出

櫃裡銅錢，猶如冬天虱子，越捉越多

句中頗有嘲諷之意，誰知商人利慾熏心，反倒很滿意。

4.徐文長的對聯故事

徐渭是明代中期著名文學家、書畫家，字文長，號天池山人。他自小聰明，學識廣博，擅長楹聯。

嘉靖年間，江南富陽的文武舉人和秀才集資建了一座「二聖祠」，供奉的是文聖人孔夫子和武聖人關雲長。祠堂落成之後，文武雙方為爭首聯鬧起矛盾，富陽知縣也無法調和雙方意見。有人提議請徐文長來撰聯，於是雙方代表擇吉日開官船去請徐文長。

徐文長在船上飲酒暢談中，設法開導雙方。他指著前邊一艘搖櫓的船說：

逆水行舟，櫓速（魯肅）不如帆快（樊噲）

魯肅是三國吳的大夫，樊噲是漢朝的武將。武的一方一聽就高興了，文的一方有點垂頭喪氣。徐文長接著說：

迎風奏樂，笛清（狄青）怎比簫和（蕭何）

狄青是宋代名將，蕭何是漢代丞相，文人們又高興起來。徐文長說：「櫓與帆都是行舟的工具，各有用處。笛聲、簫聲，依聲入譜，才能成悅耳之音。文武之道，道理相同。希望大家深察此意。」眾人都很贊同他的見識。

船到富陽，徐文長提筆撰聯：

孔夫子關夫子兩位夫子，聖德威靈同傳萬世

著春秋觀春秋一部春秋，廟堂香火永續千年

既讚揚文的，又崇尚武的，對兩位夫子「一視同仁」，巧妙地化解了雙方的矛盾。

5.乾隆的對聯故事

乾隆皇帝學識淵博，文采出眾，又好題詩撰聯，所以歷史上流傳著很多乾隆撰聯的故事。

乾隆下江南，到了一個叫通州的小鎮，忽然想到京城附近也有一個通州，於是出了一句上聯：

南通州北通州，南北通州通南北

但是乾隆思忖再三，對不出下聯。他的一個小跟班，非常聰明。一天他上街，發現這個小鎮當鋪不少，於是忽然想到下聯，忙跑回去告訴乾隆皇帝：

東當鋪西當鋪，東西當鋪當東西

乾隆一聽連連稱好，當即對他大加賞賜。

清代北京有個四方橋。有一次乾隆出遊，走到四方橋邊，站到四方橋頭遠望，忽然想出一句上聯：

四方橋，橋四方，四方橋上望四方，四方四方四四方

他說完上聯，讓隨臣作對。隨臣們面面相覷，無人能對。他非常賞識的大臣和珅很機敏，跪在乾隆腳下，出口對道：

萬歲爺，爺萬歲，萬歲腳下呼萬歲，萬歲萬歲萬萬歲

雖然是阿諛奉承的馬屁之言，但下聯對得確實非常絕妙。

6.梁章鉅對楹聯發展的貢獻

梁章鉅（1775—1849），清代文學家。字閎中，一字茞林，號茞鄰，晚年號退庵，福建長樂縣人。乾隆五十九年（1794）中舉人，嘉慶七年（1802）成進士，曾任禮部主事，充軍機章京，授湖北荊州府知府。道光年間，歷官江蘇、山東、江西按察使，江蘇、甘肅布政使，廣西巡撫，前後五次任江蘇巡撫，兼署兩江總督等職。道光二十二年（1842）正月，因病辭官返故里，此後即閒

居家中，專事著述。道光二十九年（1849）病卒，享年七十五歲。梁章鉅為八閩碩儒，縱覽群書，熟於掌故。喜作筆記小說，精對聯。著作頗多，共計有77種。有《文選旁證》《制義叢話》《退庵詩存》《退庵隨筆》《楹聯叢話全編》（其中《楹聯叢話全編·楹聯四話》六卷、《楹聯叢話全編·巧對續錄》二卷、為梁章鉅的第三子梁恭辰所編）《浪跡叢談》《稱謂錄》《歸田瑣記》《藤花吟館詩鈔》等。

梁章鉅的《楹聯叢話》是清代楹聯發展的重要里程碑，不僅開創了聯話體制，確立了分類原則，還總結了對聯創作的成果，保存了大量珍貴的史料。他在《楹聯叢話》中最早對對聯進行系統分類，將對聯分為十類：故事、應制、廟祀、廨宇、勝蹟、格言、佳話、輓詞、集句（附以集字）、雜綴（附以諧語）。

在前無古人的情況下，梁章鉅能夠歸納排列出這10 個門類，是非常難得的，堪稱是跨時代的貢獻。

對聯之最

1.最早的對聯

一般認為中國第一副對聯是五代後蜀君主孟昶所撰的「新年納餘慶，嘉節號長春」。

2.最長的對聯

孫髯為昆明大觀樓所撰的對聯稱為「古今第一長聯」，共180字。下文對此聯有專門介紹。

實際上最長的對聯是清人鐘祖棻（字雲舫）擬題四川江津臨江城樓聯，共1612字。因文字較多，此處不再贅述。

3.最短的對聯

現存最短的對聯上下聯各一字。「九一八」事變後，為哀悼死難同胞，鼓舞國人士氣，有人撰寫了一副奇聯：

死！

生？

其寓意是寧肯站著死，也不能跪著生。

4.字跡最大的對聯

字跡最大的對聯是安徽黃山立馬峰絕壁上一副摩崖石刻聯：「立馬空東海，登高望太平。」此聯每個字的直徑平均為2丈8尺。

5.字跡最小的對聯

字跡最小的對聯是蘇州工藝美術研究所微雕藝術家沈為眾鐫刻在黑、白兩根頭髮上的對聯：

黑髮若知勤學好；

白首更覺讀書甜。

字跡要在200倍顯微鏡下才能看清楚。

6.最早的一副輓聯

根據宋人葉夢得《石林燕語》記載，最早的一副輓聯是蘇子容挽韓絳聯：

三登慶歷三人第；

四入熙寧四輔中。

北宋慶歷年間，韓絳得解（考舉人）、過省（考進士）、殿試（考狀元），皆為第三名，後為相四遷，皆在熙寧中。

另一說，蘇東坡挽丫環朝雲的輓聯最早：

不合時宜，唯有朝雲能娛我；

獨彈古調，每逢暮雨便思卿。

7.最早的壽聯

北宋末吳叔經所撰：

天邊將滿一輪月；

世上還鐘百歲人。

8.中國對聯最多的公園

雲南通海秀山公園，位於通海縣城南，素有「秀甲南滇」的美譽。公園內有對聯130多副。

古代山水楹聯賞析

北京地區名勝古蹟楹聯賞析

背景分析

　　北京是一座具有悠久歷史和燦爛文化的世界名城，是遼、金、元、明、清五朝古都，歷經滄桑，有著豐富的文化遺產，積澱了無數珍貴的名勝古蹟。楹聯作為中華民族一種獨特的藝術形式，在名勝古蹟裡是一種最直觀的文化現象。北京地區的名勝古蹟楹聯不僅數量較多，藝術性高，而且具有鮮明的古都特色。

明清是中國楹聯文化發展的一個高峰，產生了大量的楹聯作品。北京作為明清兩朝都城，文化繁榮，文人雲集，而君臣都熱衷於撰聯，所以也有較多的作品存世，顧平旦等先生編《北京名勝楹聯》，收入1100多副。據不完全統計，僅在故宮中，現存的對聯就有120多副。

北京作為故都的特定歷史條件決定了其楹聯具有鮮明而獨特的皇家色彩，無論宮殿、園林，還是佛寺古剎、祠堂、會館，都體現出有帝王氣勢，有較深的文化底蘊這一特點。尤其是故宮中的楹聯，體現得最為明顯，形式上比較嚴謹典雅，內容基本上以歌功頌德為主。

北京地區的名勝古蹟楹聯，類型比較齊全。既有大量的宮殿廟堂楹聯，也有豐富的園林楹聯，還有寺廟、會館、戲臺、祠堂等各種類型的楹聯。這些楹聯中有泛泛的應制、應景之作，也有相當作品體現出撰聯者的獨具匠心，有著較高的藝術水準。

閱讀提示

導遊員在講解北京地區景點的名勝古蹟楹聯時，應該注意下面兩個問題。第一，要掌握名勝古蹟楹聯的基礎知識，瞭解楹聯在藝術上的一些基本特點，這樣在講解、欣賞楹聯時才能夠做到有的放矢，切中肯綮。第二，要把握北京地區名勝古蹟楹聯的獨特之處。不同的景點，楹聯特點不同，欣賞的角度也有所不同。對於故宮的楹聯，應該注意其恢宏的氣勢與用詞用典的艱深考究，一方面在於顯示帝王的博學，符合故宮莊重肅穆的氛圍，另一方面也為了突出統治者的至尊意識，宣揚權力的正統。其中，多有歌功頌德、粉飾太平之作，真正的好作品並不很多，但理解起來有相當難度。對於頤和園、圓明園等皇家園林的楹聯，應該注意體會帝王在繁忙政務

之餘所表露出的閒情逸致，大多比較注重藝術性和雅緻情懷，藝術性較高的作品相對來說比較多，所以在講解時應該注意從藝術性和審美角度去考慮。北京地區的佛寺古剎很多，其楹聯大多是對佛理的宣揚，有的直接闡發，有的富有趣味。欣賞這些楹聯，就要求對佛理有一定的瞭解。總體來講，北京地區名勝古蹟楹聯比較大氣，文化積澱較深，具有帝王之都濃厚的歷史、文化色彩。

楹聯賞析

龍德正中天，四海雍熙符廣運；

鳳城回北，萬邦和協頌平章。

——乾隆題故宮太和殿（中殿）聯

賞析

太和殿是皇宮正殿，故宮三大殿之一，俗稱「金鑾殿」，是皇帝舉行登基、大婚等重大慶典儀式的場所。乾隆（1711—1799），清高宗，名弘曆，是雍正的第四個兒子，雍正死後繼承皇位，成為清朝第六位皇帝，是清朝年壽最高的皇帝，對中華帝國的發展起了非常巨大的作用。

雍熙：形容和樂的樣子。廣運：廣大而遠達。《尚書·大禹謨》：「帝德廣運。」鳳城：指京城。回北：使北迴環拱繞。萬邦：古代指各方諸侯或其他國家。平章：平，辨。章，彰明。

上聯寫皇帝仁德如日處中天，四海之內百姓和樂的盛世圖景正體現出聖王的德行廣大而影響深遠。下聯寫大清一統天下，京城是天下的中心，外夷臣服，就如同北拱繞北極一樣，和諧昌明。聯語為乾隆皇帝所撰，莊重典雅，氣度不凡，體現出一國之君掌握天下的帝王氣勢。

帝命式於九圍，茲惟艱哉，奈何弗敬；

天心佑夫一德，永言保之，遹求厥寧。

——乾隆題故宮太和殿（正殿）聯

賞析

帝命式於九圍：出自《詩·商頌·長發》。命，命令。式，法，榜樣。九圍，九州。永言保之：永久保持。言是語氣詞，沒有實際意思。遹求厥寧：出自《詩·大雅·文王有聲》。遹，語氣助詞。

乾隆題故宮太和殿（正殿）聯

　　此聯寫統治之艱難，帶有訓誡、警示的意味。上聯寫上天命大清天子做九州的楷模，這是非常艱難的，怎麼能夠不恭敬嚴謹地對待呢？下聯寫天命佑護大清，因為統治者有帝王之仁德，要永久保持這種仁德才能不負天命，以求永保統治安定。

時乘六龍以御天，所其無逸；

用敷五福而錫極，彰厥有常。

——乾隆題故宮中和殿聯

賞析

中和殿為故宮三大殿之一，是皇帝前往太和殿舉行盛大典禮時休息、接受執事官朝拜的地方。

時乘：出自《易·乾卦·彖》。傳說當年玉皇大帝出巡時，有六條神龍替他拉天車。五福：指壽、富、康寧、攸好德、考終命五種福。所其無逸：出自《尚書·無逸》。不要貪圖安逸的意思。用敷五福而錫極：《尚書·洪範》：「皇極，皇建其有極，斂時五福，用敷錫厥庶民。」敷，普遍。錫，賜予，施予。彰厥有常：出自《尚書·堯典》。彰，彰明，明顯。常，祥，善。

上聯寫君王要經常出巡，體察民情，勵精圖治，不要貪圖安逸。下聯寫君王將五福普遍施予臣民，上天就會賜給君王統治的法則，這是非常顯明而吉祥的。對聯寓勸勉之意，說帝王勤勉從政，就會得到上天的護持保佑，體現了封建帝王的統治思想。

乾隆題故宮中和殿聯

祖訓昭垂，我後嗣子孫，尚克欽承有永；

天心降鑒，惟萬方臣庶，當思容保無疆。

橫匾「皇建有極」

———乾隆題故宮保和殿聯

賞析

　　保和殿是皇帝在除夕、正月十五舉行宴會，宴請蒙古、新疆等外藩王公以及文武大臣的地方，1789年起，又成為舉行科舉考試最高一級殿試的考場。

昭：明。後嗣子孫：後代子孫。克：能夠。欽：敬。鑒：指教訓、訓誡。萬方臣庶：普天之下的臣子庶民。

這是一副含有訓誡警示意味的對聯。上聯說祖宗傳留的訓誡昭著，告誡後世子孫應該恭敬嚴謹地遵循，這樣才能永久繼承皇位。下聯說上天顯示的意旨顯明，天下的臣子庶民，一定要體會遵從天意，保全大清的基業萬世無疆。對聯借祖訓與天意來強化統治權力的合理性，渲染了一種皇室的威嚴。

「皇建有極」出自《尚書·洪範》，意思是君王建立王權有一定的法則。

表正萬邦，慎厥身修思永；

弘敷五典，無輕民事惟難。

橫匾「正大光明」

——康熙題故宮乾清宮聯

賞析

乾清宮是後三宮的第一宮，是明朝以及清代前期皇帝居住並處理日常事務的地方，雍正以後，成為舉行重要的內廷典禮，接見大臣、使節的地方。康熙，清聖祖，姓愛新覺羅，名玄燁，清代第二位皇帝，在位61年，促進了經濟繁榮和國家統一，是歷史上較有作為的皇帝。

表：標準。慎厥身修思永：出自《尚書·皋陶謨》。慎厥身指自身要謹慎小心。修思永，修養要堅持不懈。弘敷：大力提倡、弘揚。五典：封建社會把「父義、母慈、兄友、弟恭、子孝」五種道德規範稱為五典。

上聯寫要使各國臣服，成為各國統治的典範，就必須謹慎地對

28

待自己的言行，堅持不懈地修養德行，這樣才能永保帝業。下聯寫要治理國家維護統治，就要大力提倡「父義、母慈、兄友、弟恭、子孝」五種道德規範，不要輕視治理百姓之事，要真正做好是很艱難的。康熙在這副對聯中表達了一種希望透過弘揚道德、鼓勵修身而使國運昌盛的想法，實際上就是古人所講的「修身、齊家、治國、平天下」的政治理想。

康熙帝像

「正大光明」橫匾在乾清宮後牆上，是清順治帝的筆跡，康熙臨摹後懸掛於此。這一橫匾與清代的「祕密建儲」制度有關。雍正以後的皇帝，把未來繼承皇位的皇子名字寫在兩份密詔上，一份隨身攜帶，一份就放在「正大光明」匾後。

克寬克仁，皇建其有極；

惟精唯一，道積於厥躬。

——乾隆題故宮乾清宮聯

賞析

克寬克仁：出自《尚書·仲虺之誥》：「克寬克仁，彰信兆民。」克：能夠。皇建其有極：出自《尚書·洪範》。皇：君王。極：法則。道：治國之道。惟精唯一：出自《尚書·大禹謨》，精誠專一的意思。道積於厥躬：出自《尚書·說命》：「允懷於茲，道積於厥躬。」厥，語氣詞。躬，親身，親自。

統治策略要能夠做到寬鬆、仁和，這是君王建立王權的法則。統治要精誠專一，理想的治國之道取決於皇帝親身的勵精圖治。這副對聯表述了乾隆的統治思想，政策要寬厚，講仁德，統治要身體力行，勵精圖治。這是聖王的統治理想，但在封建君王中，能夠做到這一點的並不多見。

恆久咸和，迓天休而滋至；

關雎麟趾，主王化之始基。

橫匾「無為」

——乾隆題故宮交泰殿聯

賞析

交泰殿，冊封皇后及舉行誕辰禮的地方。

恆：《易·恆卦·象》曰：「恆，久也。」咸：《易·咸卦·象》：「聖人感人心而天下和平。」《說文》：「咸，和也。」《尚書·無逸》記載周公說文王「不遑暇食，用咸和萬民」。《荀子·大略》：「《易》之《咸》，見夫婦。夫婦之道，不可不正也，君臣父子之本也。」迓（yà）：迎接。天休：上天的美德。關雎麟趾：《關雎》《麟趾》都是《詩經》篇名，按照傳統的解釋，《關雎》主旨是歌頌帝后的賢良美德，《麟趾》主旨是贊子孫之美盛。王化：聖王的統治教化。

上聯寫王道的恆久，萬民的和諧，是接受上天賜予的美德而達成的。下聯寫帝后的賢良美德和子孫的美盛，是聖王統治教化的基礎和根本。此聯宣揚和美化的是王權政治的神聖性，所以詞句多從古代儒家經典中摘取，顯得典雅純正。

橫匾「無為」，為康熙所題。所謂的「無為」，與中國傳統的「黃老」統治思想有關，「無為而無不為」，順應自然，天下大治，是歷代帝王都非常嚮往的統治境界。

乾隆題故宮交泰殿聯

寶祚鞏黃圖，環瀛介嘏；

祥雯輝紫極，璇閣凝厘。

——故宮皇極殿聯

賞析

　　皇極殿在寧壽宮皇極門內，原為寧壽宮前殿，乾隆重修改名，是為自己退位後準備的住處。

　　寶祚：皇位。黃圖：指京城。環瀛：指神仙所處的仙境，指帝王的宮殿。介嘏：介，大；嘏，福。祥雯：雯，雲形成的文采。祥雯即指祥雲。紫極：指天宮，皇宮。璇閣：用美玉裝飾的建築物，指宮殿。凝厘：厘，福，吉祥。迎納吉祥。

　　上聯寫京城之中的皇位穩固，華美的宮殿顯示著無盡之福。下聯寫五彩祥雲輝映著紫禁城，皇宮之中迎納吉祥。此聯多用典故，古奧艱深，內容不過是表達帝王的納福迎祥，故宮中的大多楹聯都具有這一特點。

故宮皇極殿聯

八表被慈徽，梯航景化；

百昌徵聖壽，萱蕈書祥。

——故宮皇極殿聯

賞析

八表：即八荒，八方荒遠的地方。被：覆蓋。慈徽：皇帝仁慈的恩德。梯航：梯山航海，經歷險遠的道路。景化：景，大。指大化之境。百昌：指世間的各種生物。徵：象徵。萱蕈（shà）：萱，一種香草。蕈，傳說中的神草。萱蕈都是祥瑞之草。

上聯寫八方荒遠的地方也沾溉皇帝仁慈的恩德，經歷險遠的道路，達到聖王統治的大化境界。下聯寫萬物復甦，欣欣向榮，象徵著聖王的長壽，萱、蕈等仙草兆示著祥瑞。總之是宣揚帝王的仁德廣被天下，盛世多有吉兆祥瑞之意。

百福屏開，九天凝瑞靄；

五雲景麗，萬象入春臺。

——慈禧太后題故宮儲秀宮聯

賞析

儲秀宮始建於明永樂十八年（1420），清順治十二年（1655）重修，是明清兩代後宮嬪妃居住的地方，慈禧曾住在這裡。慈禧太后，又稱西太后，咸豐皇帝嬪妃，同治帝生母，姓葉赫那拉氏，滿族。她在同治、光緒年間垂簾聽政，對外妥協，對內鎮壓，是當時的實際統治者。

瑞靄：吉祥的雲彩。五雲：五色雲，祥瑞之兆。春臺：觀景之佳地，古代以春臺比喻太平盛世。

上聯寫展開百福屏風，九天之上瀰漫著吉祥的雲彩；下聯寫五色祥雲絢爛，天下一片太平盛世。對聯用麗詞華句大講吉兆祥瑞，裝點盛世承平，描摹普天同慶，實際上不過是粉飾太平而已。

樂同樂而壽同壽；

智見智而仁見仁。

——乾隆題故宮樂壽堂聯

賞析

樂壽堂原為乾隆皇帝歸政後的書齋。光緒二十年（1894），慈禧太后假托歸政尊養，模仿乾隆皇帝當太上皇時的生活方式，移居樂壽堂，以西暖閣為寢室，並在這裡慶祝她的六十大壽。樂壽，取義於《論語》「智者樂，仁者壽」。乾隆有《樂壽堂詩》：「清漪樂壽堂，山水寓仁智。」所以，樂壽堂又含山水仁智之意。

上聯用嵌字手法，以「樂」、「壽」重複而嵌樂壽堂名；下聯化用《易經·繫辭》中「仁者見之謂之仁，智者見之謂之智」的句子，也表達了山水仁智之意。此聯採用了回文手法，上下聯各自利用詞序的往復來表達詞意間的有機聯繫，不論正讀、倒讀，都顯得文通字順而又迴環往復，非常巧妙。

三島春深雲氣暖；

九霄地迥月明多。

——故宮養心殿西門聯

賞析

養心殿在乾清宮西南，是皇帝居住以及處理日常政務的地方。

三島：傳說中仙人所居的三座神山：蓬萊、方丈、瀛洲，此處指皇宮。九霄：九天雲霄之上，指天上的仙境，這裡比喻皇宮。

迴：遠。

　　上聯寫皇宮之中春深日暖，下聯寫天上人間，明月相照。實際上是比喻皇帝仁德純厚，睿智清明。「三島」、「九霄」寫出了皇宮的華麗精美，又暗合歷代帝王的求仙長生理想。細細品味，卻少有一般歌功頌德之作的陳腐古板之氣。

　　汲古得修綆；

　　守道無異營。

　　橫匾「中正仁和」

　　——乾隆題故宮養心殿聯

　　賞析

　　修綆：修，長。綆，汲水桶上的繩索。

乾隆題故宮養心殿聯

　　此聯是一副集句聯。上聯出自唐韓愈《秋懷》詩：「歸愚識夷
塗，汲古得修綆。」這一聯是說鑽研古人學問，必須有恆心，下功
夫找出線索，才能學到，就像從深井汲水必須用長繩一樣。下聯出

自唐孟郊《答郭郎中》詩：「志士貧更堅，守道無異營。」是說潔身自好，弘揚道義，堅持一種高尚的人格操守，沒有其他的想法。此聯表現了乾隆對古人之道的追求與堅守，與「養心殿」的名目也正相合，但對於帝王來講能否持守，實際上是不必深究的。

橫匾為「中正仁和」，體現的是儒家注重中庸之道、強調仁德和諧的思想。

惟以一人治天下；

豈為天下奉一人。

——雍正題故宮養心殿西暖閣聯

賞析

清世宗雍正，名胤禛，是康熙的第四個兒子。雍正性格剛毅，處事果斷。在位期間嚴整吏治，清查虧空，並對滿清賦役進行大刀闊斧的改革，促進了社會經濟的發展。

惟：只。豈：難道，怎麼能。

雍正題故宮養心殿西暖閣聯

　　此聯出自唐張蘊古上唐太宗的《大寶箴》：「故以一人治天下，不以天下奉一人。」其實在此之前，隋煬帝也曾說過：「非以天下奉一人，乃以一人主天下也。」（《隋書·煬帝紀》）雍正這一副對聯應該是從這些說法中改易而來的。意思是說，以一人兢兢業業、盡職盡責地治理天下，卻不將天下視作自己一人之天下。但從封建社會「家天下」的實質來看，這不過是一種自我標榜而已。

　　深心托毫素；

　　懷抱觀古今。

　　——乾隆題故宮三希堂聯

賞析

三希堂在故宮養心殿內，是皇帝讀書和休息的地方。乾隆非常喜歡書法，將王羲之書《快雪時晴帖》、王獻之書《中秋帖》、王珣書《伯遠帖》珍藏於此，稱為「三希堂」。

深心：指書法家作書時的全身心投入。毫素：毫指毛筆，素指絹帛，在聯中即指用紙筆所寫的書法作品。懷抱：指書法家的襟懷情調。

這一副對聯寫出了乾隆對書法藝術的理解與體悟。古代書法大師作書時潛心運筆的神態和海納百川的襟懷被充分展示出來，後人則能夠透過這副對聯體味前人的精神和襟懷，與古人完成一種精神交流，從而多有啟迪。對聯雖然短小，但有著很深的內涵與意蘊。

眄林木清幽，會心不遠；

對禽魚翔泳，樂意相關。

——北海濠濮間臨水軒聯

賞析

北海在北京西城區，以神話中的「一池三仙山」（太液、蓬萊、方丈、瀛洲）構思佈局，富有濃厚的幻想色彩。濠濮間位於北海東岸，其中有九曲石橋，臨水環山。濠濮本為兩條水名，濠水在安徽，濮水在河南。傳說莊子曾釣魚於濮水，拒絕楚王之聘。又相傳莊子與惠施曾游於濠梁之上，二人圍繞是否知魚之樂相互辯難，此後多用來指高士樂境。濠濮間，取名即本於此。

眄：斜視，目光流動著看。會心：心中領會之處。相關：相聯、相同。

《世說新語‧言語》記載，簡文入華林園，顧謂左右曰：「會心處，不必在遠。翳然林水，便自有濠、濮間想也。覺鳥獸禽魚，

自來親人。」此聯的意境大概來源於此。上聯寫欣賞清幽的林間景色，對這種世外樂境自然是心領神會；下聯寫面對著自由飛翔的鳥和自在游泳的魚，自然也有與其相同的歡暢心情。對聯緊扣濠濮間的景色特點來寫，表達出一種親近自然、悠然自得的情懷，令人有清遠澄澈、渾然忘機之感。

玉宇瓊樓天上下；

方壺圓嶠水中央。

——汪由敦題金鰲玉蝀橋聯

賞析

金鰲玉蝀橋，橫跨中海和北海水面，為九孔橋。汪由敦，字師茗，號謹堂，安徽休寧人，清雍正進士，乾隆時任軍機大臣，精詩文，擅書法，有《松泉詩文集》傳世。

玉宇瓊樓：本指天上神仙所居的華美建築，此處指金鰲玉蝀橋及附近宮殿。方壺圓嶠：本指海上的兩座仙山，此處指太液池中的島嶼。

據清人趙翼《檐曝雜記》：「金鰲玉蝀橋新修成，橋柱須鐫聯句。金在樞直擬句雲：『玉宇瓊樓天尺五，方壺圓嶠水中央。』金自以為頗切光景。汪文端（由敦）改『尺五』為『上下』，聯句便作：『玉宇瓊樓天上下；方壺圓嶠水中央。』」從寫法來看，對聯以仙境中的華美建築來比喻金鰲玉蝀橋及附近宮殿的瑰麗精美，以海上仙山來比喻太液池中的島嶼，並不算太出奇的意想，但加上「天上下」三字，意境之闊大已然不同。遠望水面，縹緲神奇之感也油然而生。這樣所謂的玉宇瓊樓、海上仙山才真正構成一幅神仙畫卷。

碧通一徑晴煙潤；

翠湧千峰宿雨收。

——乾隆題頤和園涵虛堂聯

賞析

涵虛堂，為頤和園南湖島上的主要建築。

碧通一徑：指綠叢中的小徑。宿雨：昨夜的雨。頤和園：在北京市海澱區，全園由昆明湖、萬壽山和各種宮殿組成，借西山為外景，兼有人工與自然之美，匯南北建築藝術於一體，集天下園林景觀之大成。

頤和園勝景很多，撰聯者卻匠心獨運，抓住雨後初晴的瞬間景色來描繪頤和園的勝景，用字妥帖傳神，於平凡中見出獨特。上聯「碧通一徑」寫出了經雨之後清新碧綠的美景，以及綠叢中小徑的幽深靜遠。「晴煙潤」三字則很好地把雨後朝霧潮濕蔓延的狀態描摹出來，塑造出一種氤氳朦朧的意境。下聯以「翠湧千峰」寫遠望群山之蒼翠，「湧」字極有氣勢，令人有撲面而來、意想不到之感，正與「千峰」相諧。「宿雨收」本是點明雨後初晴，但「收」字用得氣魄很大，干淨利落，與上聯的「潤」字所造成的朦朧氤氳形成一種對比。寫景聯非常講究煉字，這副對聯中「通」、「潤」、「湧」、「收」都是很典型的例子。

西嶺煙霞生袖底；

東洲雲海落樽前。

——康熙題頤和園涵遠堂聯

賞析

涵遠堂，頤和園諧趣園的正殿。

西嶺：即西山。東洲：指東海瀛洲。樽：酒杯。

此聯緊扣堂名「涵遠」二字來寫，遠望西山諸峰，煙嵐雲霞好像從袖底升起，東海瀛洲的茫茫雲霧好像落到了酒杯之前。上聯實寫西山雲霞，筆法誇張，下聯虛寫東洲雲海，想像奇特，藝術上獨具匠心，也體現出撰聯者壯闊的胸懷與非凡的氣度。從用字來說，「生」、「落」二字尤其見出功力。

虹臥石樑，岸引長風吹不斷；

波回蘭槳，影翻明月照遠空。

——乾隆題頤和園十七孔橋聯

賞析

十七孔橋在頤和園昆明湖上，飛跨於東堤和南湖島之間，橋兩頭石柱上分別鐫刻楹聯。

虹臥：即石橋如同長虹臥波。蘭槳：用木蘭木製造的船槳。蘇軾《前赤壁賦》：「桂棹兮蘭槳，擊空明兮泝流光。」

上聯寫石橋如長虹臥波，引來徐徐不斷的長風，是遠觀所見，所以從大處勾勒，寫景疏朗闊大；下聯寫泛舟橋下，蘭槳捲起水波，天空明月高懸，倒映水中，是近景描摹，所以用語細膩，造境精緻。上下聯互相對比映襯，寫出了橋上橋下清麗閒雅的景色。此聯用語典雅，動詞錘煉尤其巧妙，有靈動之感。上聯說「吹不斷」，下聯說「照遠空」，韻律上也頗有迴環曲折之妙。

螺黛一丸，銀盆浮碧岫；

鱗紋千疊，璧月漾金波。

——頤和園繡漪橋聯

賞析

繡漪橋位於頤和園南湖島和昆明湖間的東堤上。

螺黛：一種青黑色礦物顏料，《隋遺錄》記載其形如丸似螺，其佳者每顆值十金。

上聯寫日景，在繡漪橋上遠望，湖中島嶼像螺黛鑲嵌在湖面上，遠處碧綠蒼翠的萬壽山好像漂浮在碧波之上。下聯寫月色，一輪明月倒映水中，月光之下的千頃湖面水紋如鱗，金波蕩漾。這副對聯寫景繪形，對仗工整，平仄和諧，寫得典雅清麗，形象地描繪出繡漪橋附近旖旎迷人的景緻，意境清新淡遠。

堯舜生，湯武淨，五霸七雄，丑末耳，伊尹太公，便算一只耍手，其餘拜將封侯，不過搖旗吶喊稱奴婢；四書白，六經引，諸子百家，科諢也，杜甫李白，會唱幾句亂彈，此外咬文嚼字，大都緣街乞食鬧蓮花。

——圓明園戲臺聯

賞析

圓明園，遺址在北京海澱，是清代一座大型皇家園林，有樓臺殿閣達140餘處。咸豐十年（1860），英法聯軍入侵北京，此園焚燬於戰火。戲臺為道光年間所建，供皇族看戲用。

生、淨、丑、末：是戲曲中的角色行當。堯舜湯武是上古聖王。湯：指商湯。武：周武王。五霸：春秋先後稱霸的五個諸侯齊桓公、晉文公、楚莊王、秦穆公、宋襄公。七雄：戰國末年的秦、齊、楚、燕、趙、韓、魏。伊尹：商湯時宰相，曾輔佐湯滅夏桀。太公：姜子牙，曾輔佐武王滅紂。耍手：指玩弄戲法的能手。四書：指《大學》《中庸》《論語》《孟子》。六經：指《詩經》《尚書》《禮記》《易經》《樂經》和《春秋》。白：戲曲中的說白、念白。引：序。諸子百家：先秦至漢初各學派的總稱。科諢：插科打諢。戲劇中說笑耍怪逗樂稱為科諢。亂彈：舊戲曲中的說唱形式。鬧蓮花：又叫「蓮花落」、「蓮花鬧」，是說唱中的一種形

式。

梁章鉅在評價這副對聯時說：「似此大識力，大議論，斷非凡手所能為。」的確，作者見識既高，感慨又深，所以在貌似玩世不恭之中寓有寄託。他借助戲劇的形式特點，選取社會、歷史、文藝等方面最為典型的事例予以評說。三皇五帝、君王霸主、名相賢臣、詩仙詩聖、藝人奴婢，乃至《四書》、《六經》、諸子百家，各自以不同的面孔和不同的方式，在眾人面前亮相。此聯氣魄宏大，語言精煉，對歷史人物、傳統文藝等有自己的深刻理解，並能體現出一種詼諧幽默的情趣，立意高遠，意味悠長，令人讀後不勝感慨。

果證吉祥雲，三千已遍；

歡融功德水，五百非多。

——西山碧雲寺羅漢堂聯

賞析

碧雲寺是明清時期佛教建築的代表作，既保留了明代佛寺的禪宗特點，又吸收和發展了佛教密宗的建築風格，且具備皇宮的博大氣勢。

羅漢：在佛教徒心中，羅漢已通過修行永脫苦海，在蓮花盛開祥雲繚繞的西天，與諸佛一起享受著無盡的極樂。果證：根據佛教的修行程度，證得果位。佛教的果位有佛、菩薩、羅漢。佛的意思是「覺者」、「智者」，菩薩的意為「發大心的人」。羅漢，指已經修行到了能使自身脫離苦海的人。

此聯是闡發佛教教義之作，但是對仗工整，聯語典雅，在佛寺楹聯中也是很有特點的作品。上聯意思是說，眾羅漢修行圓滿，取得正果，功德深廣，吉祥之雲遍及大千世界；下聯說，羅漢通明達觀，具有極樂世界中功德水那樣多的美德，五百之數並不多，還會

有後來之人。

花雨輕霏，結青蓮法界；

雲峰郁起，現白毫相光。

——乾隆題香山寺大殿聯

賞析

香山寺位於香山東南，建於金代，元、明、清各朝都曾重修，1860年被英法聯軍焚燬殆盡。

霏：飄揚。蓮：青色之蓮花，梵語優鉢羅，常用以喻佛。白毫相光：如來三十二相之一，其眉間有白色之毫相，右旋婉轉，如日正中，放之則有光明。初生時長五尺，成道時有一丈五尺。名白毫相。

上聯是近寫，香山寺周圍花雨輕揚，呈現出一片如蓮花盛開般祥和神聖的境界；下聯遠寫，遠望群峰聳立，雲霧繚繞，好像發出白毫相的光芒。此聯透過寫景來塑造一種佛教中的神聖境界，達到對佛教教義的自然宣揚，表現手法非常巧妙，對仗也非常工整。

午夜端居欽日旦；

寅衷昭事格為馨。

橫額「敬止」

——天壇齋宮寢殿聯

賞析

天壇位於北京崇文區永定門內大街東側，為明、清兩代帝王祭天祈谷的地方。齋宮在天壇西天門以南，是皇帝舉行祭禮前齋戒之處。齋宮面朝東，為拱券形磚石結構，俗稱無樑殿，齋宮之後為寢殿。

端居：平居。此處指皇帝穿上祭服準備行祭禮。寅：古時計時用十二地支，寅指天亮之前三點到五點。衷：正中。昭：彰明。格：探究。馨：芳香，特指散佈很遠的香氣。

此聯寫皇帝在舉行祭禮之前，在齋宮寢殿從半夜就穿好祭服恭候天明，以便在黎明之後進行祭禮。這表明了皇帝對祭天祈穀之禮的重視，實際上也是為了頌揚皇帝關心國計民生、謹慎虔敬的美德，這是大多數皇室楹聯中最基本的傾向。

寢殿橫額為「敬止」，取恭敬、謹慎之意。

克踐厥猷，聰聽祖考之彝訓；

無斁康事，先知稼穡之艱難。

橫額「莊敬自強」

——天壇齋宮寢殿內堂聯

賞析

克踐：實現。厥：其。猷：謀劃。聰聽：出自《尚書·酒誥》，聆聽、牢記之意。祖考：祖先。生曰父，死曰考。彝訓：日常的訓誡。無：不要。斁：厭棄，敗壞。康事：農事。稼穡：種植和收割，泛指農業生產。

完成謀劃之後聆聽先祖的日常訓誡，在天下安寧的時候，不要厭棄農事，要牢記耕種的辛勞。皇帝在天壇舉行祭禮的主要目的，是向上天和先祖祈禱，祈求一年風調雨順，五穀豐登。所以，這裡再三講不忘農耕之辛勞，也就是要以農為本，為政權的穩固打下牢固的物質基礎。此聯含有自誡和警世之意，是為了國家的長治久安，在古代封建社會就是為了家天下的長久和穩固。

橫額為「莊敬自強」，是說對上天、先祖要恭敬，對自己要自勉、自強。

定光澄月相；

慧海湧潮音。

——錢陳群題雍和宮大殿聯

賞析

雍和宮位於北京安定門內雍和宮大街東側，是北京地區寺院最大、建築最宏偉、製作最精巧、保存最完好的喇嘛寺，也是珍藏佛教文物、珍寶最多的寺廟之一。雍和宮建於清康熙三十三年（1694），原為雍正帝即位前的府邸，名雍親王府，雍正三年（1725）改為雍和宮，成為清帝供祀祖先之影堂，乾隆九年（1744）改為喇嘛廟。錢陳群，字主敬，號香樹，浙江嘉興人，康熙六十年（1721）進士，官至刑部右侍郎。

定光：指定光如來，出現於過去世，曾為釋迦牟尼授記之佛，是過去佛中最有名者。澄：水清澈不流動。月相：據《菩提心論》載，滿月為圓明之體，與菩提心相類似，所以比喻自心形如月輪。慧海：喻指佛的智慧深廣如海。湧：湧出，現出。潮音：指僧眾誦經之聲。

此聯是闡發教義之作，大意是：定光如來有湛然清淨的菩提心，智慧深廣如海的佛、菩薩，經常示現人間，講說佛法，教導眾生。從楹聯藝術角度看，此聯對仗工整，氣魄不凡，用語典正，端莊肅穆。

接引群生，揚三千大化；

圓通自在，住不二法門。

——乾隆題雍和宮大殿聯

賞析

接引：引導攝受之意。指諸菩薩引導攝受眾生，或師家教導引

48

接弟子。群生：眾生。三千：一切萬法之總稱，天臺宗用語。大化：化指化境，佛教名詞，為如來教化所及的境域。自在：指自由自在，隨心所欲，做任何事情均無障礙。住：停留、停止之意。不二法門：法即佛法。指顯示超越相對、差別之一切絕對、相對平等真理的教法；俗語多有援引，指學習某種技藝唯一無二的方法。

此聯的基本意思是：引導眾生遵從佛的教化，弘揚總攝宇宙的大法；一心一意學佛，一定能達到諸佛、菩薩的功德，辦事順暢自如。此聯以頌揚佛法為主，涉及佛教的基本教義和術語，但對仗工穩，聯語巧妙，可見作者的藝術功力。

法界示能仁，福資萬有；

淨因臻廣慧，妙證三摩。

——乾隆題雍和宮天王殿聯

賞析

法界：指意識所緣對象之所有事物。法界，即為所化之境，即眾生界。示：示現、顯示。能仁：梵語意譯為釋迦。釋迦是印度種族之名。釋尊是出身於釋迦族的賢人，所以被尊為釋迦牟尼。一般也以「能仁」來稱呼釋尊。福：又作功德、福德。資：財物費用。亦指地位、聲望、資格、資歷等。萬有：總賅萬象、萬事、萬物的萬法。淨因：淨，佛教特指情慾的洗除淨盡；因，能引生結果的原因。佛教認為，一切萬法皆由因緣而起，有因則必有果。淨因，就是以清淨的信仰心，認識因果相應相酬，修身養性，棄惡揚善。臻：至，達到。廣：通「曠」，開闊。慧：指推理、判斷事理的精神作用，明見一切事物及道理的高深智慧。妙證：妙，不可思議。修習正法，如實體驗而悟得真理，稱為證。三摩：即三摩地，指心專注一境的精神作用。

此聯主要是以宣揚佛教教義為主。大意是說，諸佛眾生以本源

之清淨心，按次第學習諸法，佛祖釋迦就會示現，給你福德、資財、福智，你也會修得總賅萬象、萬事、萬物的大法，獲得善果；洗除引生情慾的內因和外因，樹立起遠離塵垢的清淨信仰心，達到胸懷寬廣、淨心明智、剷除煩惱的境地。

春雨杏花江上客；

明湖楊柳晚來詩。

——中山公園春明館聯

賞析

中山公園在天安門西側，原為社稷壇，是明清皇帝祭祀土地神和五穀神的地方，1914年改為公園。春明館是園內著名茶室。

上聯寫絲絲春雨之中，杏花飄零水上，就像江上羈旅飄零之客。下聯寫飛揚的柳絮輕撫湖面，近晚之時，不禁觸動人們的詩情。對聯中使用的意象「春雨」、「杏花」、「楊柳」等是最具晚春季節特徵的景物，與「江上客」、「晚來詩」中流露出的情緒是非常吻合的，能夠細緻入微地傳達出落寞、感傷的情懷，情景交融，意境清幽。另外，上下聯開首兩字「春明」既切實景，又扣館名，手法也是非常巧妙。

似聞陶令開三徑；

來與彌陀共一龕。

——林則徐題陶然亭聯

賞析

陶然亭在北京右安門東北慈悲庵內，亭名取自唐代詩人白居易詩句「更待菊黃家釀熟，與君一醉一陶然」。林則徐，字元撫，又字少穆，福建侯官（今福建福州）人。鴉片戰爭時期主張禁煙、抵抗侵略，史學界稱他為近代中國「開眼看世界的第一人」。

陶令：東晉詩人陶淵明，曾任彭澤縣令，為人率真自然，不慕權勢，後歸隱田園。三徑：徑，小路。陶淵明《歸去來兮辭》中有「三徑就荒，松菊猶存」句，這裡指隱居生活。彌陀：「阿彌陀佛」的簡稱，佛家淨土宗以為西方極樂世界之教主。龕：供奉神佛或神位的石室或小閣。

上聯用了陶淵明歸隱田園的典故，既描摹出「陶然亭」環境之幽靜，又寫出了作者對陶淵明淡泊率真、高潔出世的人生境界的嚮往；下聯切景，點明陶然亭所在的慈悲庵是佛家之地，似是寫自己對佛門的皈依，實際上主要還是表達一種閒適清高、不滿於現實的情懷。對古代的文人來說，現實之中無法施展自己的才幹，內心鬱悶而借文字尋求解脫，是非常普遍的。

大肚能容，容天下難容之事；

開口便笑，笑世間可笑之人。

——潭柘寺彌勒殿聯

賞析

潭柘寺是北京西郊著名佛寺，在門頭溝區潭柘山中，因寺後有龍潭，山間有柘樹而得名，始建於晉，名嘉福寺。自唐至清，名稱不同，俗稱潭柘寺。民間有「先有潭柘寺，後有北京城」之說。彌勒，佛教菩薩之一，民間習慣稱為彌勒佛。

佛寺楹聯的本意，無非是宣揚佛教宗旨，或者勸導、教誨世俗人生。這副對聯用淺顯的文字，將彌勒佛大腹便便、笑面悠悠又超然物外的神態勾勒得活靈活現，奉勸人們待人處事要樂觀曠達、寬厚容人，排除一切私心雜念，樂觀泰然。對聯不但對仗工整，寓意深刻，語言也通俗淺顯，在佛寺楹聯中是很有特點的。

起八代衰，自昔文章尊北；

興四門學，即今俎豆重東膠。

——法式善題韓愈祠聯

賞析

　　韓愈祠位於北京國子監內，國子監位於安定門內成賢街，是元明清三代的最高學府。韓愈是唐代著名文人，古文運動的領袖，主張文以載道，繼承孔孟的道統，被尊為百世之師。法式善（1753—1813），本名運昌，字開文，蒙古正黃旗人，乾隆四十五年（1780）進士，授檢討，遷侍讀。有《清祕述聞》《槐廳載筆》《陶廬雜錄》等著作。

　　八代：指東漢、魏、晉、宋、齊、梁、陳、隋，正是駢文由形成到興盛的時代。蘇軾《潮州韓文公廟碑》評價韓愈，「文起八代之衰」。北：北星，引申為領袖、首領的意思。四門學：古代的一種學校，韓愈曾擔任過四門學博士，教育士子，淳化世風。俎豆：古代祭祀時的器具，這裡指尊崇祭祀。東膠：《禮記》中記載「周人養國老於東膠」，這裡指韓愈祠所在的國子監。

　　此聯頌揚了韓愈在文章以及道德教化等方面的功績。上聯說韓愈發起古文運動，主張文以載道，振起了自南北朝以來文章綺靡華艷的文風，從此以後被尊為文壇的領袖；下聯說韓愈任四門學博士，繼承孔孟道統，教育士子，淳化世風，至今被後代尊崇祭祀，供奉於國子監內。作者懷著極大的崇敬來頌揚韓愈，聯語典正，對仗工穩。

　　乃聖乃神乃武乃文，扶四百載承堯之運；

　　自西自東自南自北，如七十子服孔之心。

——趙翼題正陽門關帝廟聯

賞析

正陽門是北京城南面的正門，俗稱前門。關帝廟是供奉關羽的地方，關羽是三國時期蜀國的一員名將，為蜀漢政權立下汗馬功勞。後來關公成為忠義、正氣的象徵，形成了源遠流長的「關公崇拜」。全國各地都有很多關帝廟。趙翼，清乾隆年間進士探花，著名詩人、學者，有《甌北詩話》《陔余叢考》等著作。

這是一副半集句聯。對聯讚美關公能文能武、無比神聖，受到東西南北普天之下云云眾生的拜服尊崇，就像孔子的七十二位弟子欽服孔子一樣。上聯中「乃聖乃神乃武乃文」出自《尚書》，下聯中「如七十子服孔之心」出自《孟子》，但是用得非常自然，如同己出，顯示出作者深厚的學養與高超的藝術技巧。

萬壑煙嵐春雨後；

千峰蒼翠夕陽中。

——長城居庸關聯

賞析

居庸關在北京昌平區，位於高山聳立的關溝之內，地勢雄奇險峻，是長城的一個重要關隘。其名取「徙居庸徒」之意。傳說秦始皇修長城時，將征來的民夫士卒徙居於此。居庸關不僅是軍事要塞，也是北京勝景之一，「居庸疊翠」久負盛名。

萬壑：形容山勢縱橫，地勢險峻。壑，山溝。煙嵐：山中的煙氣、霧氣。

此聯是一首寫景聯。上聯寫春雨過後，遠望群山，萬壑縱橫，山中雲霧繚繞，如入仙境。下聯寫千峰聳立，遠山披綠，在落日餘暉中更顯鬱鬱蔥蔥。對聯渲染出一幅居庸關雨後夕陽的絢爛畫卷，筆力雄闊，氣勢不凡。

皇圖永固帝道遐昌；

佛日增輝法輪常轉。

橫額「大光明藏」

——紅螺寺大雄寶殿門聯

賞析

紅螺寺位於北京懷柔區境內，為歷代佛教聖地。紅螺寺原名大明寺，始建於東晉，擴建於盛唐，明正統年間改為「護國資福禪寺」。因紅螺仙女的美妙傳說，俗稱為「紅螺寺」。

皇圖：帝王的版圖。遐：長久。昌：昌盛。法輪：佛法的別稱。

此聯是一副經常被題寫於佛教場所的對聯。比如，陝西西安鐘樓的鐵鐘上就刻著「皇圖永固，帝道遐昌，佛日增輝，法輪常轉」這十六個字。廬山恭乾禪師塔院、浙江黃岩常寂寺等處，也都題有此聯。意思不過是頌揚佛法光明長久，同時還祈祝帝王的版圖、基業永遠穩固昌盛。

橫額為「大光明藏」。在佛教教義裡，佛、菩薩都呈光明相，以光明象徵其智慧。所以「大光明藏」喻指佛家無盡的智慧。

景區景點

遊古都北京　領略殿閣楹聯中的皇家氣象

北京眾多的名勝古蹟中，存留著大量的楹聯，我們在探訪古蹟、游賞山水時，應該對其中的楹聯有更深入的瞭解，這樣才能夠更充分地領略山水勝蹟之美，更深刻地體會故都北京悠久的歷史文化。

遊覽故宮，可以體味皇家文化的典雅肅穆。從太和殿、中和殿到保和殿，從乾清宮、交泰殿到坤寧宮，乃至儲秀宮、養心殿、頤和軒，典雅古奧的楹聯隨處可見。

頤和園、圓明園等皇家園林的楹聯，既有皇家的氣象，又有靈動的構思、巧妙的想像，在寫景聯中很有特點。比如涵遠堂、涵虛堂、排雲殿、諧趣園、十七孔橋等處的楹聯，都是如此。另外，北海、中山公園、景山公園、香山、八大處等景點也有很多藝術性較強的楹聯作品。

去西山、香山諸寺以及雍和宮等處，則能夠領略故都佛教文化的絢爛多彩。寺廟對聯大抵以宣揚教義為主，但有的也有巧妙的構思。

居庸關等處長城楹聯，則以氣勢取勝，讀之令人頓生豪氣。

華北地區名勝古蹟楹聯賞析

背景分析

華北地區在地理位置上環繞北京，守護北京，同時也是北京通向全國，乃至世界的門戶，無論在經濟、政治、文化上都與北京血肉相連。它滋養北京，也受到北京古都的影響。華北地區地勢險要，如保定曾是燕南重鎮；張家口又是塞上重鎮、北京的軍事屏障；天津是北京的出海口也是其生命的咽喉；山西則地處天險堪為北京後院。在文化上，華北地區與北京十分接近，多幽並之氣，富燕趙悲歌，只是比北京少了些春風和雅。表現在對聯上，文化底蘊十分深厚，又多山野俠氣。

華北地區較多佛教、道教名山，如五臺山、恆山；也有歷史悠

久的園林，如晉祠；又不乏沾有皇家氣息的園林，如承德避暑山莊。另外，會館、戲臺、館舍也很多，其佳聯妙對亦層出不窮。它們在思想上都體現了卓然獨立的風範，既順應王制大化，又富有個性色彩；充分表達地方聲音，才士豪情。格調剛健，質樸中有深幽緬邈之思。此種風格與此地民風地氣相通。

閱讀提示

　　導遊員在講解華北地區景點的名勝古蹟楹聯時，要把握華北地區名勝古蹟楹聯的獨特之處，把握楹聯的基本思想，體會它獨有的美學風格。對於天津地區的楹聯，應該注意其作為近代港口，交匯古老文明和現代商業氣息的文化特點，注重對聯的實用功能。對於河北地區的楹聯，應該注意它正統而又縱情使氣的特點；即使是承德皇家園林中的對聯，也有山野活潑之風。對於山西地區的對聯，應該注意它們質實雄厚又幽深綿長的風格，因題寫對象都歷史悠久，又少受政治感染，所以對聯往往能思想深刻，觸動民心，不乏上乘之作。

楹聯賞析

禪門無住始為禪，但十方國土莊嚴，何處非祇園精舍；

渡世有緣皆可渡，果一念人心回向，此間即慧海慈航。

——吳鎮題天津大悲院聯

賞析

　　大悲院位於天津市河北區天緯路，是天津市保存完好，規模最大的一座八方佛寺院。因為供奉大悲觀音（又叫千手觀音）而得

名。吳鎮，字信辰，甘肅臨洮人，清代文人。

無住：佛教認為諸行無常，即是動相、空相，人的認識亦當如此，便是無住。祇園精舍：古印度須達欲購祇陀太子的園林建立精舍獻如來，祇陀戲言「布金遍地乃賣」。須達乃傾金布地。祇陀感其誠，二人同心建立精舍，請如來居之說法。

禪宗有南北之爭，北宗中斷，而南宗從唐五代到宋，形成溈仰、法眼、臨濟、雲門、曹洞五家，到宋代臨濟又分為黃龍、楊歧兩派。它們都自以為正宗，主張遍參高僧，也主張深悟名偈，對峙機鋒，禪悟以徹底了悟為修煉目的，但往往是在高僧和偈語的引導下，在一問一答中進行，破除內心的妄執和成見，獲得個人精神的解脫和昇華。他們認為，佛性即在自己心中，境界也無須外求，體現了佛教的中國化傾向。上聯是說，禪應該以無住為本，到處都是修行之空間；下聯更明確倡明，抵達佛的世界，只在一念之間，即心即佛，人心中自有勝境佛國。上聯寫實，氣象莊嚴；下聯寫虛，充滿玄機。全聯對仗工整，形象森森，玄妙悠悠，境界深遠，頗得佛家真諦。

從之字江邊到丁字沽邊，三千里遠來，同歸此宅；

拓越中舊館為津中新館，十一郡咸集，各話其鄉。

——俞樾題天津浙江會館聯

賞析

浙江會館於清康熙七年（1668），由紹興人高登泰與寄居於天津的浙江人，在明朝時期修建的關帝廟舊址上興建，亦稱紹興會館。俞樾（1821—1907），字蔭甫，號曲園，浙江德清人，清道光進士，官翰林院編修，著作有《春在堂全書》。

之字江：古浙水，又名之江，以其多曲折，故稱浙江。丁字沽：也稱丁沽、丁字水，在今天津市北，為七十二沽之一。

上聯寫水意象，江水曲折，一路蜿蜒，滔滔不絕三千里，刻畫出浙江人順流而動，不遠千里，彙集他鄉的形象，將居處他鄉之人，屹立異鄉之館舍寫得有源有本，毫無孤處寒立之情狀，反倒有應勢健行之氣勢，就這樣透過一條水把他鄉、故鄉融合為一。下聯點名題旨，更刻畫出在天津衛煥發生機，開拓事業，不忘故土的越人形象。該聯構思巧妙，立意深刻，思想通達，準確而生動地概括了浙江會館的特點和精神，而整聯中蘊含了「四海一家」、「和而不同」的儒家理想。

高敞快登臨，看七十二沽往來帆影；

繁華誰喚醒，聽一百八杵早晚鐘聲。

——天津舊鼓樓聯

賞析

天津舊城位於海河上獅子林橋的西面，現已無城牆。城中心建有一座以鐘代鼓的鼓樓，明代建築，高三層，四面穿心，通東、南、西、北四條大街，是天津舊城標誌性建築。

鼓樓：中國古代起初在鄉間造樓置鼓以報警，後來逐漸推廣到通都大邑，並具有了報時功能。登臨：這裡指登高臨遠。七十二沽：河北境內的白河，古名沽水。據說，它有72條支流，分佈在天津、寶坻、寧河諸境內，合稱七十二沽。一百八杵：佛教認為人生中的煩惱共108種；唸佛108遍，聽鐘108杵，深自懺悔，一心向善，便可消此煩惱。

鼓樓上可以憑欄遠望，也可以聽暮鼓晨鐘，這是一個能讓人清晰地知道時間和空間的所在。忙忙碌碌中需要鐘鼓的提醒，繁華紅塵中又何嘗不需要鐘與鼓的啟示和心靈慰藉。該聯很好地呈現鐘鼓在人們日常生活中的地位和價值，也表達了作者面對時間、空間、生命的獨特感悟。上聯寫登樓所見，七十二沽往來的帆影，下聯寫

早晚鐘聲喚醒了諸多繁華夢幻。全聯引人入勝，引起共鳴。因為，每一個人都願意在現實的榮華面前執守睿智的內心，每一個人都有可能被繁華晃了眼睛。

終日解其頤，笑世事紛紜，曾無了局；

經年坦乃腹，看胸懷灑落，卻是上乘。

——余昂題天津盤山天成寺聯

賞析

盤山風景名勝區，位於天津市薊縣西北15公里處，因雄踞北京之東，故有「京東第一山」之譽。盤山天成寺在盤山蓮花嶺北，又名福善寺。余昂，明代邛州（今四川邛崍縣）人，當時有名的文士。

解頤：高興。了局：棋局完結。上乘：即大乘。佛教本分大小二乘，以大乘為上乘，小乘為下乘，自禪宗興起，自認為超乎二乘之上，別立上乘禪之名。《傳燈錄》：「禪有深淺階級，悟我空偏之理而修者是小乘禪；悟吾法空所顯真理而修者是大乘禪；若頓悟自心，本來清淨，元無煩惱，無漏智，本自具足，此心即佛，依次而修者是上乘禪。」這裡的「上乘」當指「此心即佛」的徹底了悟境界。

世事紛紜，無始無終，彌勒佛只是笑對種種變化，看透了人間凡塵，這是靜觀的智慧；常年坦蕩其胸懷，卻抵達了佛的上乘境界。該聯把彌勒佛刻畫得形象生動，同時也反映了作者瀟灑磊落的人格境界。

皆山也，西南諸峰林壑尤美；

歸來兮，幼稚盈室僮僕歡迎。

——王竹舫題天津薊縣且園聯

賞析

且園位於天津薊縣。

林壑：樹林與溝壑。

上聯化用歐陽修《醉翁亭記》中「環滁皆山也，西南諸峰林壑尤美」之句，寫且園自然景色。下聯則化用陶淵明《歸去來辭》中「僮僕歡迎，稚子候門」之句寫且園的天倫之樂。有景色描寫，也有人物行止，有自然之美，更有天倫之樂，全聯呈現出一派和睦天成之景象。值得注意的是，作者透過化用前賢先哲之辭，賦予且園深厚、獨特的文化品位。

用則行，舍則藏，大德不言，大道不器；

朝而歸，暮而往，入林必密，入山必深。

——趙鶴琴題天津薊縣龍泉園聯

賞析

龍泉園位於薊縣穿芳峪。晚清以來，園林建築興盛，清朝歸田官吏及文人墨客，在此先後建有「龍泉園」、「響泉園」、「樂泉山莊」等。趙鶴琴（1895—1971），浙江寧波人，字惺吾，號臧暉老人，擅篆刻，兼工書畫，著有《藏暉廬印存》稿本。

舍：被棄而不用。大德不言：有大德的人不透過語言來宣揚，有時候語言可以成為真理的障蔽。大道不器：得大道之人不能被當作某種工具使用。

上聯是萃取儒家與道家思想精華的處世哲學和人生態度：被當政者所用，則積極進取，不被當政者所用，則採取「藏」的態度，進退出處中，保持大德，履行大道。作者宣揚為人處世的智慧，立身安命的豁達胸懷。下聯則寫徜徉山林之情趣，賞玩山林的哲學，同樣體現了作者的順應自然、深研物理、尋隱探幽的情懷。

八十君王，處處十八公，道旁介壽；

九重天子，年年重九節，塞上稱觴。

——紀曉嵐題河北承德避暑山莊萬壑松風殿聯

賞析

避暑山莊又名熱河行宮、承德離宮，在河北省承德市北。「萬壑松風」在山莊南部，是山莊七十二景之一，具有江南園林的特點。紀曉嵐，名昀，直隸獻縣（今屬河北）人，清乾隆進士，官至禮部尚書、協辦大學士，清代著名學者、文學家。

八十：即「木」。十八公：即「松」。介壽：出自《詩經·豳風·七月》：「八月剝棗，十月獲稻。為此春酒，以介眉壽。」介，乞。壽，長壽。介壽，祈禱長壽。稱觴：化用《詩經·豳風·七月》中「躋彼公堂，稱彼兕觥，萬壽無疆」之句，有祝福長壽之意。

上聯是寫樹木站立道路兩旁的莊嚴肅穆、氣宇蕭森之情態，作者巧妙地利用拆字的修辭手法，將樹木倫理化、人格化、政治秩序化，頌揚了天子威德的無所不在。下聯則寫天子年年重九登高接受塞上祝福的盛況。該聯構思巧妙、正大博雅，八十、十八對九重、重九，頗有趣味，將至陽之數與天子匹配，充分彰顯了皇帝的權威。

海水朝朝朝朝朝朝朝落；

浮雲長長長長長長長消。

——河北山海關孟姜女廟聯

賞析

山海關位於秦皇島市東北，扼東北、華北要沖。孟姜女廟在山海關東面的鳳凰山上，面臨渤海，背靠燕山。

朝：有兩種讀音，早晨之意；同「潮」音，借寓潮水之意。

長：也有兩種讀音，同「常」音；同「漲」音。

本聯採用同音假借的手法寫成，構思非常奇特，又切合所懸之處海潮漲落、浮雲消長的風物特徵，所以久為人所激賞。據分析，本聯一共有六種解讀方法：

海水潮，朝朝潮，朝潮朝落；

浮雲漲，長長漲，長漲長消。

海水潮，朝朝潮，朝朝潮落；

浮雲漲，長長漲，長長漲消。

海水朝朝潮，朝潮朝朝落；

浮雲長長漲，長漲長長消。

海水朝潮，朝朝潮，朝朝落；

浮雲長漲，長長漲，長長消。

海水潮，朝潮，朝潮，朝朝落；

浮雲漲，長漲，長漲，長長消。

海水潮！潮！潮！潮！朝潮朝落；

浮雲漲！漲！漲！漲！長漲長消。

沛澤共汾川，十里稻畦流碧玉；

剪圭分參野，千年桐蔭普黎民。

——山西太原晉祠水母樓聯

賞析

晉祠位於太原市西南懸甕山麓、晉水源流之上，是太原保留年

代最久的古建築園林。水母樓，晉祠內著名建築，內塑水母坐像。

剪圭分參野：出自周成王「剪桐封弟」的故事，講的是成王幼時，有一次把一片梧桐葉剪成玉圭形，對弟弟叔虞說：「這玉圭給你，封你為唐國諸侯！」這本來只是一句玩笑話，恰好當時史官史佚在旁，說：「君無戲言！」於是周成王就將唐這個地方分給了弟弟。

上聯寫地理風物。農田中稻麥青青，與流水輝映，如碧玉一般。下聯用「剪桐封弟」的典故，寫周王朝及唐叔虞之恩澤流傳百世。該對聯用意高妙，上聯有水流深長之景色，下聯則有恩澤百代之德；上聯中是禾苗生機勃勃之狀，下聯則有黎民融融之樂；上聯中汾水與晉水之匯合，正好與下聯中的昆弟情誼相媲美。全聯吉祥典雅。

溉汾西千頃田，三分南，七分北，

浩浩同流數十里，淆之不濁；

出甕山一片石，冷於夏，溫於冬，

冽冽有本億萬年，與世長清。

——山西太原晉祠水母樓聯

賞析

冷於夏，溫於冬：晉水源頭清澈晶瑩，四季一色，水溫保持17℃，常年如此。

上聯寫晉水灌溉良田，惠及山西南北，與眾流同奔湧，不顯渾濁。這是對晉水的德行的讚美之詞；下聯從小處開頭，寫晉水出於甕山，有夏冷冬暖之特性，接著從平實處頓生奇筆，「冽冽有本億萬年」揭示了晉水地質學意義上的亘古久遠，也暗示著她的深厚的歷史文化內涵。如果上聯是從廣度著眼，那麼下聯是往縱深裡寫，

全聯很好地寫出了晉水的神韻。這是一副行文樸實但意境深邃的對聯。

靈泉浩浩，萬頃琉璃窮地脈；

聖水溶溶，九涯珠玉盈天光。

——山西太原晉祠聖母殿聯

賞析

晉祠為古老的園林建築，古木參天，景色別緻，有很多珍貴文物。聖母殿是北宋仁宗為紀念唐叔虞之母邑姜而修建的。

上聯寫靈泉的景色，如萬頃的琉璃，又有浩浩蕩蕩之勢，且能滋養廣大的地脈；下聯寫聖水的景色，如同無垠的珠玉，又盛納、輝映著天光。上聯寫水滋養地脈之深情大德，下聯寫水映照天光之靈性高致。全聯寫得玲瓏剔透有靈性，又不失渾厚深沉。

派出三渠天機，滾滾千古源流，依總域，

福蒼生，昭景睍，恍似江南田萬頃；

澤衍百里地脈，淵淵四方雲雨，祚坤靈，

值皇圖，崇封祀，堪稱晉西第一泉。

——山西太原晉祠水鏡臺聯

賞析

水鏡臺位於晉祠內，是現存較大的明清戲臺。戲臺分前後兩部，從建築形制來看，後臺為明代建造，前臺是清代補建。

三渠：指汾河、桑乾河、濾沱河。睍：贈給、賜予；贈賜之物。祚：賜福。值：把持。崇：尊。

上聯氣勢宏大，寫難老泉是三晉主要河流之源頭，如江南良

田，造福萬民，下聯氣象森嚴，寫難老泉滋潤地脈，接洽神靈。此聯全面地讚頌了泉水的功德，對仗工整，境界廣闊而深幽。勝蹟拓蓬萊，憑欄向遠，只贏得幾點落花，數聲啼鳥；

名山開圖畫，把酒凌虛，莫辜負四圍香稻，萬頃沙鷗。

——山西太原晉祠呂祖閣聯

賞析

呂祖閣是供奉八仙之一呂純陽（洞賓）的地方。

蓬萊：神話中的名山勝境。

上聯寫呂祖閣如蓬萊仙境，憑欄遠望，時有花落幾點，鳥啼數聲，準確而精煉地寫出了此處的幽靜和超凡脫俗的景緻，如一幅淡雅空靈的圖畫；下聯寫把酒凌虛時，稻香處處，沙鷗翔集，將高格遠韻與世俗溫情結合得恰到好處。此聯為道教觀閣楹聯，卻沒有濃厚的宗教氣息，反倒多了幾分文人情趣。

主辱臣憂，當在外從亡，一飯已使肝膽碎；

功成身退，問諸君食祿，千秋留得姓名無。

——山西介休介之推祠聯

賞析

介之推祠在山西介休綿山上，祭祀春秋時晉國大夫介之推（亦作介子推、介推）。

一飯已使肝膽碎：晉文公流亡時，幾天未吃飯，介之推割下身上的肉來做湯，表現了對君主的耿耿忠心。

上聯寫晉文公亡命國外時，介之推的功勞與氣節；下聯寫晉文公回國即君位後，介之推功成身退而留名青史，並反問那些食祿之輩又在歷史上能留下什麼痕跡。全聯對比鮮明，見識高卓，讀之令

人感嘆，對介之推萌生景仰之心。

景區景點

遊華北名勝　　體味大氣的北方楹聯文化

華北地區著名山水名勝和古蹟文物，有不少可觀者。其建築宏麗，且常有楹聯題寫於上，文采風流，感動人心。天津市有玉皇閣、名泉閣、天后宮、大悲院、薊縣盤山天成寺等。河北省有長城、山海關、承德避暑山莊萬壑松風殿、承德避暑山莊煙波致爽正殿、正定隆興寺雨花堂等。山西有晉祠聖母殿、晉祠難老亭、晉祠唐碑亭、介休介子推祠、雁門關、大同華嚴寺、五臺山、武鄉普濟寺、永濟伯夷叔齊二仙廟、霍縣韓侯祠等。

東北及內蒙古地區名勝古蹟楹聯賞析

背景分析

東北地區文化獨特而自成一體。長期以來，是少數民族聚居融合之地，孕育了絢爛多彩的少數民族文化。歷史上的少數民族政權，尤其是金、清等，接受和發揚了漢文化。加之東北有「流人」彙集，他們的才華在荒冷雪域裡綻放，往往顯示出對世界的透徹領悟。東北地區在文化上有著鮮明的色彩，其宗教觀念大多不離對自然神、祖先的崇拜；其儒家文化，也側重於實用。

東北地區的歷史、地理、文化條件決定了其楹聯具有鮮明的地方色彩。無論宮殿、園林、祠堂，題寫的對聯都流光溢彩，有的在冰天雪地裡彰顯王霸之氣，有的則於荒寒世界中蘊含情味，文氣充

沛而另有雅韻。

閱讀提示

　　導遊員在講解東北地區景點的名勝古蹟楹聯時，應該注意到東北獨特的地理環境和文化背景。第一，清王朝於入主中原之前在瀋陽建立了規模宏大、佈局嚴整的皇宮，上面題寫的楹聯有帝王之氣。這些封建皇帝喜好漢族文化，楹聯中多了幾分儒雅文氣。第二，東北地區的風景名勝和宗教名山，常有內地名人來登臨拜訪，因而留下了不少名聯佳句。這些作品既有文采，又有氣魄。第三，東北地區文化交融頻繁，形成了崇尚直爽豪邁，又自得於明哲保身的機智，所以在對聯中常顯現出冷靜的處世智慧、豁達的人生態度。總之，要深刻領會每一副對聯的基本思想，體會它的格調和言外之意。

楹聯賞析

　　夜雨閒吟左司句；

　　時晴快訪右軍書。

　　──王杰題瀋陽故宮保極宮聯

　　賞析

　　保極宮在瀋陽故宮中路，是皇帝妃嬪居住的地方。王杰，清朝人，生平事跡不詳。

　　左司：指唐代詩人韋應物，曾為左司郎中。時晴：王羲之有《快雪時晴帖》。

　　上聯寫在夜雨中悠閒自在地吟唱和品味著韋左司的詩句。下聯

寫天氣晴朗時，在陽光下觀賞王右軍的書法。全聯營造出的詩情畫意幽雅古樸，閒適中也顯出宮廷生活的高貴。以右軍對左司，以夜雨對時晴，工整而巧妙，也給人以雍容典雅的感覺。

水能性澹為吾友；

竹解心虛是我師。

——阮元題瀋陽故宮衍慶宮聯

賞析

衍慶宮在瀋陽故宮中路「鳳凰樓」西側，是帝王召見大臣之所。阮元（1764—1849）字伯元，號藝臺，江蘇儀徵人，清代乾隆進士，官至體仁閣大學士，著名學者，有《研經室集》。

澹：恬靜。

此聯化自白居易《池上竹下作》詩句。上聯寫水性澹澹，可以與它成君子之交。下聯寫翠竹中空，可以是我效仿的老師。全聯體現了作者師法自然，感悟自然，體悟大道的智慧和胸懷，也寫出了作者恬淡謙虛的品格。白馬無言，空馱數百歲月；

青松有恨，曾記幾朝興亡。

——瀋陽北陵公園聯

賞析

北陵是清太宗（皇太極）的陵墓，在今遼寧省瀋陽市。

聯語用擬人手法寫作者對歷史、人事、命運的感慨，讀來令人感動，也讓人清醒。上聯寫公園中的白馬面對歷史歲月只能無言；下聯寫青松對朝代更替中給人民帶來的苦難依然有恨。全聯表達了作者對歷史的複雜感情和一種超脫而不虛無的觀照態度。

塔聳危岩紅日近；

佛眠古洞白雲埋。

——遼寧朝陽鳳凰山聯

賞析

鳳凰山位於遼寧省朝陽市郊區大凌河東6公里處。遼代在山上建有三塔。元時稱天柱峰。清朝在山上修建了上、中、下寺，並改稱鳳凰山。

塔：指凌霄塔，遼代所建，八角十三層，今毀。古洞：指朝陽洞，洞內有石臥佛。

該聯寫出鳳凰山上凌霄塔的高聳，朝陽洞的深幽，它們以白雲紅日為友，氣度不凡，飄逸有致。塔聳對佛眠，前者聳拔後者空靜，情態雖異，但均含玄機。危岩對古洞，一高一深；白雲對紅日，一紅一白，強烈的對比中呈現奇崛瑰麗的境界。

水界遼河，山通華表，

歷數代毓秀鍾靈，真乃東都勝蹟；

千峰拔地，萬笏朝天，

看四時晴嵐陰雨，遙連南海慈雲。

——遼寧鞍山千山聯

賞析

千山在遼寧省鞍山市東，也叫千華山、積翠山、千朵蓮花山。華表：華表山，在遼寧遼陽市東30公里處。傳說，漢朝遼東人丁令威在靈虛山學道，後來化鶴歸遼，集城門華表柱，因而得名。

上聯寫千山水連遼河，山通華表，又聚集了數代靈秀精華，是關東的一大勝景；下聯寫千山峰巒疊嶂，如萬笏朝天，四時風雨之變換，遙接南海慈雲。聯語描寫了千山的地理、風景、氣勢，也將

它超凡脫俗的宗教性氣質寫得恰到好處。語言概括力很強，筆力縱橫。

絕妙朋游，有明月一盅，好山四座；

是何意志，看大江東去，秋色西來。

——成多祿題吉林玉皇閣聯

賞析

玉皇閣位於吉林省吉林市區西北北山。成多祿（1865—1928），字竹山，號澹堪，吉林人，滿族，清末民初詩人、書法家，著有《澹堪詩草》。

上聯寫與知心摯友游賞此地景觀，只見一輪明月，四座群山，環境宜人；下聯寫登臨閣上，意氣縱橫，遠眺大江滔滔東流，秋高氣爽，西邊一片壯麗景色。對聯用語巧妙，尤其是「明月一盅」似神來之筆，極有神韻。對仗工整，意境開闊，難得的是體現了作者登高遠眺時心胸開闊、樂觀曠達的情致。

龍峰疏柳籠煙暖；

潭水勁松鎖月寒。

——王漱石題吉林龍潭山公園聯

賞析

龍潭公園，在吉林省永吉縣東北5公里處。龍潭山樹木茂盛，泉水清澈，風景甚好。王漱石，遼寧海城人，著有《聯語新編》。

上聯寫龍潭峰上稀疏的柳樹被薄薄的煙霧籠罩，顯得清瘦，但也有幾分暖意；下聯寫龍潭水上有蒼勁的松樹與一輪寒月交疊掩映。全聯中疏柳、暖煙、勁松、寒月等意象彼此映照交錯，營造出了自然、古勁、迷離的氣氛，非常恰當地勾勒出龍潭山公園之神

采。永世有因，大悲觀自在；

諸天無相，極樂仰文殊。

——哈爾濱極樂寺聯

賞析

極樂寺，在黑龍江省哈爾濱市南崗區東端，建於1924　年，1982年重新整修一新，現有大雄寶殿、藏經樓、鐘鼓樓等建築。

永世：指過去、現在、未來三世。大悲：與樂為慈，拔苦為悲。自在：即觀自在，觀世音菩薩的別稱。諸天：佛教認為宇宙有三界二十八天。

上聯意謂三世輪迴中有因有果，觀世音大慈大悲；下聯是說宇宙無相，文殊菩薩大徹大悟而達極樂世界。全聯表達了對佛教神靈的無比敬畏和景仰之情，也表達了作者對人生獨到深刻的理解。該聯簡潔地道出了佛教的基本核心觀念，對於啟發大眾，宣揚教義造成了好作用。

青冢有情猶識路；

平沙無處可招魂。

——內蒙古呼和浩特昭君墓聯

賞析

昭君即王昭君，名嬙，西漢南郡秭歸人。西元前33年，匈奴呼韓邪單於入朝求和親，昭君自願遠嫁。

青冢：因遠望呈黛綠色而稱為「青冢」。

上聯是說青冢默默，雖掩埋著昭君白骨，但因為有情而依然遙望著故鄉路。說青冢有情，語奇、意奇。下聯是說大漠之上找不到尋找昭君魂靈之處，語言蒼涼慷慨。全聯寄託了對昭君孤獨靈魂的

同情。

景區景點

遊東北勝蹟　　探訪冰天雪地中的風流儒雅

　　東北地區由於歷史文化傳統不及中原、江浙一帶悠久，所以古代文人行跡較少至此。但有些名勝古蹟存留的楹聯也不少，可謂冰天雪地中不乏風流儒雅，可以探訪、賞鑒的楹聯在下列景點中多有所見。遼寧省有瀋陽故宮保極宮、衍慶宮，瀋陽北陵公園，鞍山千山，朝陽鳳凰山，海城茅兒寺多羅亭等。瀋陽故宮中的對聯，以歌頌帝王為主，但也有王杰題保極宮、阮元題衍慶宮等文字、意境都很好的作品。黑龍江省有哈爾濱文廟、極樂寺等。吉林省有龍潭公園、吉林北山玉皇閣等。內蒙古有昭君墓、成吉思汗陵等。

西北地區名勝古蹟楹聯賞析

背景分析

　　西北地區曾經是中國的中心，絲綢之路經過這裡，連接歐亞大陸，長安故都曾經造就了中國的富強和繁榮。這裡多高山雪域、大漠孤煙，長江、黃河等著名大河，發源於此。在宗教文化中，崑崙山被認為是神仙居處的聖地，是中國的奧林匹斯山。西北地區歷史悠久，是中國文明的發祥地，誕生過周、秦、漢、唐等傲視四鄰的政權，誕生過燦爛成熟的文化。表現在建築上，無論宮殿、園林，還是寺廟、祠堂，都體現出深厚的文化意蘊，體現出西北文化剛勁縱橫的特點。西北地區的名勝古蹟楹聯類型齊全，既有宮殿廟堂楹

72

聯，也有豐富的園林楹聯，尤其是寺廟、祠堂楹聯較多。這些楹聯大多是思想深刻、文采斐然之作。

閱讀提示

　　導遊員在講解西北地區景點的名勝古蹟楹聯時，應該注意下面兩個問題。第一，要掌握名勝古蹟楹聯的基礎知識，瞭解楹聯背後的典故，體會楹聯的藝術特質。在講解、欣賞楹聯時要把握其基本思想、基本的美學風尚。第二，要把握西北地區名勝古蹟楹聯的獨特之處。不同的景點，楹聯特點不同。對於西安的楹聯，應該注意它曾有過的皇家氣象，曾有過的雍容典雅的貴族習氣。對於歌詠著名關隘的楹聯則要體會它慷慨蒼涼、氣吞山河的壯美。值得注意的是，由於西北地區著名景點都有優越的風水環境，撰寫者只要寫其周邊山勢、水勢便能烘托出被描寫對象的超邁之氣，而不必絞盡腦汁地模山範水，在這一點上與南方楹聯大異其趣。對於敦煌的對聯則要體會它厚重的佛教色彩、凌厲的大漠風光。總之，西北對聯形態多樣，有恢宏之氣勢。

楹聯賞析

繡嶺委荊榛，只餘堠館留賓，

記當年賜浴池邊，長恨空吟白傅；

環園新結構，雲是唐宮舊址，

問我輩沉香亭北，雅才誰嗣青蓮。

——楊頤題陝西臨潼華清池聯

賞析

華清池在陝西省臨潼縣驪山西北山麓，地有溫泉，唐貞觀年間在此建造湯泉宮，唐玄宗天寶年間擴建後改名華清池，後毀廢，1956年重建。楊頤（1824—1899），字子異，又字蓉浦，高州人，同治四年進士，曾任日講起居注官，實錄館總校，文淵閣校理，武英殿總纂，國史館纂修等。

　　堠館：館驛。長恨：指《長恨歌》。白傅：白居易於唐文宗大和九年授太子少傅，故稱白傅。沉香：沉香亭，華清宮中涼亭，為沉香木結構。據說，唐玄宗與楊貴妃坐亭賞花，命李白為樂章，李白即刻揮就《清平調》三首。

　　上聯寫華清池凋落盡了過去繁華，只有荊榛委路，只剩下驛館接待著官差與遊人。回想當年，楊貴妃曾經沐浴於此，深受唐明皇

寵愛，而他們的愛情悲劇白居易曾寫下《長恨歌》慨嘆。下聯寫沉香亭賞花，目睹唐宮舊址上的新建築，頓生今昔之感，同時也感嘆，自己登臨亭上縱然舞文弄墨，也不會有李白的雅才高致。世界發生了滄海桑田的改變，人事景物都凋謝了。全聯表達了作者對歷史遺蹟與往事的感傷情緒。

鴛瓦貼雲霄，俯挹明星兼玉女；

虎賁臥庭庑，猶強周柏與秦松。

——梁章鉅題華山西嶽廟聯

賞析

華山是中國五嶽之一，稱西嶽，在陝西省華陰縣。

鴛瓦：鴛鴦瓦的簡稱，屋瓦一俯一仰謂之鴛鴦瓦。挹：通「抑」，抑制。明星兼玉女：《太平廣記·集仙錄》載：「明星、玉女者，居華山，服玉漿，白日昇天」。

上聯寫屋上之瓦貼近雲霄星漢，超出了明星、玉女的仙風道骨。下聯寫石獸靜臥在庭院，強過了周、秦時代的古樹，對比也別有情趣。作者給這些無生命的事物注入了深厚的文化內涵，也滲透了他對審美對象的獨特感悟。該聯從小處入筆，寫石頭瓦片都能成境界。

神龍時作蒼生雨；

飲馬常思赤帝風。

——陝西漢中飲馬池聯

賞析

飲馬池在漢中城南，係當年漢高祖的馬廏。

赤帝：劉邦起義時有老嫗稱劉邦是赤帝子。另外，中國古代文

化中常以五行來解釋世界，他們認為歷史上朝代更替中也體現著五行的變化，漢朝屬於火德，赤色也屬於火。稱劉邦為赤帝子即是標榜他應時而降。

上聯寫神龍作雨，滋潤蒼生。下聯寫飲馬時依然思憶起開國帝王劉邦。該聯在結構與用意上頗講究：從神龍到赤帝，從行雨到飲馬，一切都自然而然，渾然天成。這些意象本身就形成一個意味深長的情景，彷彿能看到漢高祖的德行穿越了久遠的年代在當代延續而來，攜帶著神話色彩。該聯表達了對劉邦這一開國帝王業績的追思和崇敬。聯語對仗嚴謹。

華岳三峰憑檻立；

黃河九曲抱關來。

——陝西潼關城樓聯

賞析

潼關在陝西省潼關縣，為陝西、山西、河南三省要衝。

三峰：落雁峰、蓮花峰、朝陽峰。九曲：曲折。

陝西古潼關南城牆及水關

　　聯語以簡潔生動的筆墨描寫了潼關的險要、壯麗。上聯將西嶽華山的三座主峰比喻為憑欄而立的衛士，既寫出了潼關地理位置的重要，也烘托出它的大氣勢。下聯則寫潼關位處九曲黃河的懷抱之中，表現了潼關的沉雄與渾厚，寫出了潼關得天獨厚的地理優勢。作者以超出常人之慧眼審視潼關在特定環境中煥發出的風采，發現了潼關獨一無二的依名山、傍大河之風水環境。

　　眼不宜多，眼多則偏，

　　觀那人世間困苦顛連，徒增難過；

　　手尤要少，手少則專，

　　抱我自家的精神念慮，免得亂抓。

——劉爾炘題蘭州千手千眼佛殿聯

賞析

千手千眼佛殿在今甘肅省蘭州市。劉爾炘（1865—1931），字又寬，號果齋，甘肅蘭州人。光緒進士，授翰林院庶吉士、編修，應聘為五泉書院講席。辛亥革命後，任甘肅省臨時議會副議長，後潛心於學術。

徒：只有。

該聯見解獨到，堪稱石破天驚之語，它與佛教基本思想相左，但別有一番道理。千手千眼觀音法相所象徵的是一個大智慧的境界，眼多了，看得深遠；手多了，法力無邊。這樣的境界也是佛家所嚮往的。但是作者則主張眼要少，手要少，而企求進入冥然無知的心理狀態。全聯構思巧妙，立意新穎，體現了作者對人生的獨到見地。聯語文辭詼諧，富有哲理。

終南太華鎮東方，楊柳金城，萬井挹關中紫氣；

蔥嶺崑崙睇西極，葡萄玉塞，一樽撰天上黃流。

——裴伯謙題蘭州拂雲樓聯

賞析

拂雲樓是甘肅省蘭州最著名的名勝古蹟，在原皋蘭縣城西北，明代建築，樓共三層，臨近黃河。裴伯謙（1854—1926），名景福，號睫暗，霍邱縣人，光緒十二年（1886）進士，授戶部主事，歷任陸豐、番禺、潮陽、南海知縣。

終南：終南山，在陝西省長安縣西25 公里處，東至藍田，西至皋蘭，有400 余公里。太華：華山，華山以西是少華山。金城：漢代設置金城郡，故城在皋蘭縣西南。關中：據《關中記》 「東自函關，西至隴關，二關之間謂之關中。」這裡代指函谷關。紫

氣：祥瑞之氣。蔥嶺崑崙：自新疆疏勒到蒲犁以西為蔥嶺山脈，東進入新疆後稱崑崙山、天山。西極：最西端。葡萄玉塞：《涼州詞》：「葡萄美酒夜光杯，欲飲琵琶馬上催。」玉塞，玉門關。

上聯寫拂雲樓位處楊柳金城，東有華山、終南山坐鎮，皋蘭城裡千家萬戶在舀挹井水時，便可以取到關中紫氣，將拂雲樓獨有的地理優勢、悠久的文化歷史、安居樂業的城市環境寫得生氣畢現，也道出了它與東部中國在地理、文化上的密切關係。下聯寫拂雲樓有蔥嶺、崑崙在西部雄視，在這盛產葡萄美酒的關塞上，飲一杯酒，也有「黃河之水天上來」的豪氣。全聯透過描寫地勢、引用典故將拂雲樓氣壯山河、傲視萬古、地靈人傑的神韻寫了出來。聯語係神來之筆，有杜甫之精工，李白之神韻。

佛地本無邊，看排闥層層，紫塞千峰平檻立；

清泉不能濁，笑出山滾滾，黃河九曲抱城來。

——梁章鉅題甘肅蘭州清泉寺聯

賞析

清泉寺位於蘭州市五泉山公園內。該公園位處蘭州市南、皋蘭山北麓，因山上有甘露、掬月、摸子、惠、蒙五泉而得名。園內有許多古建築，清泉寺是其中的一個。

排闥：推門而入。紫塞：指長城。晉崔豹《古今注》說：「秦築長城，土色皆紫，漢塞亦然，故稱紫塞焉。」清泉句：唐杜甫《佳人》詩有「在山泉水清，出山泉水濁」句。

上聯寫登臨寺廟的樓閣，看到長城蜿蜒縱橫，高高低低、層出不窮的山峰次第展現，同樓閣的欄杆一樣高低，而在這裡登臨者真切地體悟到佛地的無邊。看眼前景色，如有洞天接二連三，使人心情豪放，感到世界之大，佛之無邊。上聯既寫出樓閣之險要，也點出題旨。下聯寫水，用杜甫「在山泉水清，出山泉水濁」詩意，寫

清泉水以自己在山之「清」，笑那滾滾的黃河，環抱城池而來。如果上聯是突出「無邊」，那麼下聯則彰顯「自清」。全聯以恢宏磅礴之氣度寫出了清泉寺的精神。

無邊晴雪天山出；

不斷風雲地極來。

——甘肅玉門關聯

賞析

玉門關俗稱小方盤城，相傳和闐美玉經此輸入中原而得名。玉門關在河西走廊西端的敦煌市境內，位於敦煌市西北約90公里處，為漢代西陲兩關之一，是絲綢古道西出敦煌進入西域北道和中道的必經關口，自古為中原進入西域之門戶。

上聯寫遙望天山，白雪皚皚，在陽光下無比壯麗，它們無邊無際。下聯寫連續不斷的風雲從大地的邊際飄蕩而來。該對聯縱橫跌宕，才情渾樸，有廣參天地萬物之功，表雄偉壯闊之襟懷，而且準確地發現了玉門關的獨特景緻。對仗工整，語言通達，境界高卓。

悲歡聚散一杯酒；

南北東西萬里程。

——甘肅敦煌陽關長亭聯

賞析

陽關在甘肅敦煌縣城西的古董灘上，是絲綢之路必經的關隘。

該對聯摘錄自王實甫《西廂記》的曲詞。上聯是說此處乃古代親朋好友餞行之地，上演了數不盡的悲歡離合，或聚或散也就是在杯酒之間。下聯寫杯酒之後又各奔東西的漫漫長路。陽關彷彿是旅人們人生路上的一個關節點，他們在此匆匆地聚首，然後又匆匆地

離開，人生中悲歡離合在此上演，未來何去何從，誰也難以捉摸，它只是一個暫時的方向，只有一個「情」字在這裡彙集。

三千里持節孤臣，雪窖冰天，半世歸來贏屬國；

十九年託身異域，韋韝毳幕，幾人到此悔封侯。

——馬子靜題甘肅蘇武山蘇武廟聯

賞析

蘇武廟在甘肅民勤縣東南的蘇武山上。相傳，漢代蘇武出使匈奴被拘，曾在此牧羊，後人立祠紀念，明清時續有增建，改名蘇武廟。

持節孤臣：古代使臣手持符節。持節孤臣，這裡指蘇武。屬國：典屬國的簡稱，指主管屬國的官員。韋韝：獸皮做的臂套。毳幕：鳥獸毛做的帳篷。

上聯寫蘇武在異國他鄉嚴酷的環境中，依然能保持節操，滯留十九年後回國，受封為典屬國。下聯寫蘇武身處異域，穿皮衣住氈房，不忘自身職責，銘記自己是漢家臣子。全聯高度概括了蘇武非同尋常的經歷和彪炳後世的高風亮節，形象生動又正氣浩然。對仗十分工整，「持節」對「託身」，「半世歸來」對「幾人到此」，可謂巧奪天工。

日上山，月上山，山上日月明；

青海湖，水海湖，湖海青水清。

——青海日月山聯

賞析

青海湖古稱西海，是中國最大的內陸鹹水湖，位於大通山、日月山、青海南山之間。此聯題於青海湖日月山石碑。

作者巧妙地將日月山、青海湖這些地名鑲嵌在對聯中，且營造出光彩奪目的山水景緻。上聯寫太陽升起在山上，月亮升起在山上，在山上有日月把世界照亮；下聯則寫出水的世界，湖海掩映，水流清澈。「水色」與「山光」相應，實在是巧妙。更重要的是，山光是有日月的山光，水色是來自青海的清澈，構思奇特，渾然似天成。寺貌仰巍峨，輪奐華宮垂萬世；

真光照赫濯，禮拜傳經永千秋。

——青海西寧清真大寺聯

賞析

西寧清真大寺位於西寧市城東區東關大街，是西寧市規模最大、保存最為完整的清真寺，也是西北地區四大清真寺之一。該寺創建於明初，後屢有修葺，清同治年間被毀，1911 年復建，1919 年又改建擴修。

輪奐：房屋高大，眾多而華麗。赫濯：廣大、明亮。傳經：傳授和講解《古蘭經》。

上聯寫清真寺的高大巍峨，宮殿的華美和堅固；下聯寫真主的光輝，《古蘭經》的永久。筆觸涉及寺貌、宮殿、禮拜儀式、真主、古蘭經等各個方面，非常全面地概括了伊斯蘭教的核心內容，全聯也讚頌伊斯蘭教的永恆和莊嚴，表達了自己對宗教的感情。

過也如日月之食焉；

復其見天地之心乎。

——劉鳳誥題新疆伊犁過復亭聯

賞析

過復亭在伊犁惠遠舊城，約建於乾隆後期，是清政府為謫戍伊犁的官員休息而設。劉鳳誥（1761—1830），字丞牧，號金門，

江西萍鄉人，乾隆五十四年（1789）進士，官至吏部右侍郎，有《存悔齋集》。

上聯出自《論語》：「君子之過也，如日月之食焉；過也，人皆見之；更也，人皆仰之。」意思是說君子的過錯，正如日食、月食，犯錯誤時人人都可以看到，依然是那樣磊落，而改正了錯誤，依然是那樣光明。一個人難免要犯錯誤，知錯改錯不為錯。孔子的這種對待過失的思想非常偉大，不拘泥於就事論事，而是探求人坦蕩自然之本心。下聯則出自《易‧復卦‧象》：「復，其見天地之心乎。」意思是說，歸於本心，就是要看到天地之心，即以天地為性，順應自然，存留人的本心，保持與天地大化相始終的意志。全聯表達了改過自新，尋求人性的自省態度。很好地闡述和發揚了「過復亭」之意義。

景區景點

覽西北勝景　　體會悠久的歷史文化

西北地區風景名勝多楹聯，無論是思想性還是藝術性都很高，值得有興趣的讀者去鑒賞。

陝西省有西安大雁塔、灞橋、蘇武廟、兵馬俑、臨潼華清池、潼關、韓城太史祠、延安萬佛洞、漢中飲馬池、漢中天漢樓等。甘肅省有敦煌莫高窟、敦煌陽關長亭、蘭州伏羲殿、五泉山大悲殿、五泉山清泉寺、五泉山佛寺戲臺等。青海有西寧大清真寺。寧夏有平羅縣武當山廟、同心縣清真大寺、六盤山關帝廟、六盤山蕭關城樓等。新疆有烏魯木齊天池、烏魯木齊左宗棠祠、伊犁過復亭等。

西南地區名勝古蹟楹聯賞析

背景分析

　　西南地區形勢險要，物產豐富，其悠久的文化，在歷史上自成一統。西南地區在文化上十分發達，出現過諸如李白、蘇軾這樣的文化巨人；在自然環境方面，既有南方之清麗又有北方之險怪，而且宗教氣氛濃厚，有喜歡研究宇宙人生的民風，常出多識多聞的俊秀，偶有見識卓絕的異才。四川有天府之國之稱，文化十分燦爛，文人雅士在此雲集，留下了歌詠山水、廟堂樓閣的對聯；四川也是一個瀰漫著神祕色彩的省份，宗教宮觀眾多，題寫的對聯自然不少，而且質量很高，特點明顯。雲南省具有獨特文化，積澱了無數珍貴的名勝古蹟，楹聯成為了這些名勝珍貴的裝飾。總之，西南地區的地靈人杰，景色秀麗在楹聯中都有表現；佛教的莊嚴宏麗、文人的奇崛才情，也都流露在楹聯中。

閱讀提示

　　導遊員在講解西南地區景點的名勝古蹟楹聯時，應該注意下面兩個問題。第一，掌握名勝古蹟楹聯的基礎知識，瞭解當地文化，瞭解相關的典故，體會楹聯在藝術上的特點。第二，把握西南地區名勝古蹟楹聯的獨特之處。抓住它們人文性強，寫自然風光與宗教情懷者較多這一特點，全面地把握它們的整體思想，在此基礎上根據不同的景點，作個性化的欣賞和體悟。對於四川的楹聯，應該注意其深厚的文化底蘊，濃厚的宗教色彩，體會其中的人性積極的人生態度。在鑒賞描寫自然風光的對聯時認真體會西南地區的地理、歷史，力求準確地掌握對聯的核心思想，品味秀麗山水中流蕩著的

靈氣。在對雲南楹聯賞析時，要注意雲南獨特的文化景觀和婉轉的人文氣息。總之，西南地區的楹聯數量眾多，藝術性很高，足可以陶冶今人後人的情操。

楹聯賞析

能攻心則反側自消，自古知兵非好戰；

不審勢即寬嚴皆誤，後來治蜀要深思。

——趙藩撰成都武侯祠聯

賞析

武侯祠在成都南郊，為紀念三國時蜀丞相諸葛亮而造。趙藩（1851—1927），字樾村，號蝯仙，晚號石 老人，雲南劍川人，清光緒舉人，曾任雲南省圖書館館長，著有《介庵楹句正續合編》。禪

反側：指不順從、不安分。

上聯講用兵，重在攻心；下聯講治國，重在審勢。《孫子兵法·謀略》講：「不戰而屈人之兵，善之善者也。故上兵伐謀。」諸葛亮《南征教》也說：「用兵之道，攻心為上，攻城為下。」所以，能攻心即能使眾心歸順，而熟諳於兵法的人往往不熱衷於兵伐征戰。治理國家，最重要的是根據當前形勢和實際情況，審時度勢，否則，政策的寬嚴都無法阻擋失敗的命運。鑒於此，作者告誡後來治理四川的人一定要深思切記。

成都武侯祠

異代不同時，問如此江山，龍蟠虎臥幾詩客；

先生亦流寓，有長留天地，月白風清一草堂。

——顧復初題成都杜甫草堂聯

賞析

杜甫草堂在成都西郊外的浣花溪畔，唐代詩人杜甫曾在此結廬而居，因此得名。顧復初，字幼耕，號道穆，清末元和（今江蘇蘇州）人，曾任四川總督吳棠、丁寶楨等人的幕僚，擅長書畫，有《樂靜廉余齋文集》。

上聯化用杜甫「悵望千秋一灑淚，蕭條異代不同時」（《詠懷

古蹟五首》）句意，慨嘆時代變遷，在祖國大好河山中，似杜甫這樣傑出的詩人，有幾多。下聯由杜甫晚年流落蜀川、政治上遭遇挫折、生活上貧困潦倒的經歷，而聯想到他詩歌成就卓絕，長留天地間。在月白風清的夜晚，杜甫草堂牽繫了多少文人士子的思想，令人玩味學習，景仰不已；也寄託了流落天涯，異代同心之感，自我期許甚高。

錦水春風公占卻；

草堂人日我歸來。

——何紹基題成都杜甫草堂聯

賞析

何紹基（1799—1873），字子貞，號東洲，晚號蝯叟，湖南道縣人，清道光進士，官編修，著名書法家，著有《東洲草堂詩集、文鈔》。

錦水：在成都市南。《華陽國志·蜀志》說：「錦江織錦濯於其中則鮮明，他江則不好，故命曰錦裡也。」人日：指正月初七日。

該聯據杜甫與高適的酬唱故事而成。杜甫與高適為好友，上元元年，高適為蜀川刺史，杜甫從成都前去看望他，第二年的人日，高適寫了一首《人日寄杜二拾遺》的詩，其中有「人日題詩寄草堂，遙憐故人思故鄉……今年人日空相憶，明年人日知何處」句，杜甫讀後備受感動。後來在漂泊湖湘中，杜甫作《追酬故高蜀州人日見寄》，雲：「自蒙蜀州人日作，不意清詩久零落……錦裡春風空爛漫，瑤池侍臣已冥寂」，寄託對高適的思念之情。上聯化用杜甫詩句，抒發對杜甫的景仰之情；下聯化用高適詩句，點明自己於人日來草堂憑弔。對仗工整，「公」與「我」相對，既反映出作者將杜甫引為同類，又可以看出他對自己的期許，將自己標置在與杜

甫相當的地位。

返棹東來，看風景一新，

從前碧玉深藏，仙客晚吟詩卷處；

憑欄北顧，正斗躔相映，

定有朱衣暗點，何人先奪錦標歸。

——洪錫爵題成都崇麗閣聯

賞析

崇麗閣在成都望江樓公園內，其名由西晉左思《蜀都賦》之「既麗且崇，實號成都」而來。原閣已毀，清光緒年間重建，作者因題此聯。洪錫爵，四川華陽人，光緒年間曾任知縣。

斗躔相映：斗指北星，躔指日月星辰運行的軌跡。朱衣暗點：傳宋代歐陽修主試時，每閱試卷，常常感覺身後有朱衣人時時點頭，文章即合格，後來比喻科舉考中。錦標：指錦做的旗，用以獎勵競爭得勝者。

上聯寫景。洪氏原來在湖北做官，湖北在成都東，回到成都即稱東來。作者回到成都，看到眼前風景一新，崇麗閣美景深藏，許多文人墨客曾在此題詠。下聯寫感想。在樓上憑欄北望，看到北星明亮，想到也許今年成都科考會大捷，期待著士子們奪標而回。全聯點出了該地人杰地靈的特點。

引袖拂寒星，古意蒼茫，看四壁雲山，青來劍外；

停琴佇涼月，予懷浩渺，送一篙春水，綠到江南。

——顧復初題成都濯錦樓聯

賞析

濯錦樓，在成都望江樓公園內，相傳唐代薛濤曾在此濯錦，故

名。

全聯寫濯錦樓上所見的美景。舉袖拂拭天上的星星，憶古往今來空闊遼遠，望青山白雲繚繞，使人產生蒼茫古意。樓上理琴，住琴仰望天上清涼的月，胸中頓生浩渺之情，春水蕩漾，畫船捎去春意，春天又回到江南。有淡淡的懷古之愁，但被眼前的春意與美景衝去。

古井冷斜陽，問幾樹枇杷，何處是校書門第；

大江橫曲檻，占一樓煙月，要平分工部祠堂。

——武介康題成都薛濤井聯

賞析

薛濤為唐代女詩人，是一位才女，人稱薛校書。她自制的浣花彩籤頗為著名，也稱薛濤籤。後明朝蜀藩在她的故居挖了一口井，用井水仿造薛濤籤。古井即稱薛濤井。武介康，生平事跡不詳。

斜陽照古井，只感到一陣淒冷，井邊有幾樹枇杷，誰又能知道，薛濤的住處在何處？由曲檻上可以橫望大江，一樓的煙月美景，快要與杜甫的祠堂來平分秋色了。全聯透露出一種物是人非而景色依舊的滄桑之感，也表現了對這位薄命才女的傷悼。

一生二，二生三，三生萬物；

地法天，天法道，道法自然。

——青城山天師洞聯

賞析

青城山為中國道教發祥地之一。天師洞在青城山山腰，相傳東漢張道陵天師曾在此講道。

本聯將道家核心思想以對聯的形式鐫刻在青城山天師洞，以勵

每一位來此的信徒。上聯出自《老子》四十二章：「道生一，一生二，二生三，三生萬物。」下聯出自《老子》二十五章：「人法地，地法天，天法道，道法自然。」這些思想也是道家奉為圭臬的思想。將這一思想分解為上下聯，倒是頗為工整。

一門父子三詞客；

千古文章四大家。

——張鵬翮題四川眉山三蘇祠聯

賞析

三蘇祠在四川眉山西南，原是宋代著名文學家蘇洵、蘇軾、蘇轍的故居。三蘇父子，文名顯於當時，人們為紀念他們，在此建立祠堂，歷代不斷增建。張鵬翮，字運青，康熙九年進士，官至武英殿大學士。

本聯最大的特點是巧用數詞，對仗工整，形成鮮明對比，具有誇張作用。一門父子，卻出現了千古的文章；三個詞人，卻位列唐宋八大家。以此來極贊三蘇父子的文學成就。

笑古笑今，笑東笑西笑南笑北，

笑來笑去，笑自己原來無知無識；

觀事觀物，觀天觀地觀日觀月，

觀上觀下，觀他人總是有高有低。

——四川樂山凌雲寺山門聯

賞析

凌雲寺在四川樂山凌雲山上，因為是大佛所在，所以又稱大佛寺。凌雲寺創建於唐初，後歷經毀廢。現存凌雲寺是清康熙六年重新修建的，此後又經多次修葺而成現在的面貌。

上聯用了九個「笑」字，下聯用了九個「觀」字，將佛家提倡的超脫與不執著淋漓盡致地表現了出來，同時也表現了不同的覺悟過程。上聯以「笑」來觀物，笑世間之事，無論古今，無論東西南北，最終發現自己無知無識，並一笑了之。這是一條深刻的自省之路，能意識到自己沒有什麼並能以平靜泰然的心態對之，說明足夠達觀。觀事物，觀天地日月，觀上下六合，最終發現世間一切總是有高有低。這也是一種達觀，表現了對外物的豁達寬容，是一種大覺悟和大自在。全聯以佛家超凡脫俗的眼界告誡世人，凡事不要太執著，要以觀天地萬物的胸懷去待物，這對於競爭激烈的現代人來說，有一定的啟示作用。

振衣千仞崗，看大江東去！招秋色西來，無端風景正愁人，茫茫河山，故國可為，新亭莫泣；

憑欄一杯酒，問黃鶴何之？呼臥龍不起，自古英雄造時勢，悠悠天地，匹夫有責，健者其誰。

——奉節武侯祠聯

賞析

奉節武侯祠在重慶奉節東臥龍山上，祀三國蜀丞相武鄉侯諸葛亮。

振衣句：晉左思《詠史》詩有「振衣千仞崗，濯足萬里流」句。大江東去：宋蘇軾《念奴嬌·赤壁懷古》詞有「大江東去，浪淘盡，千古風流人物」句。新亭莫泣：亭名，在今江蘇省江寧縣南，此句出自《世說新語·言語》：「過江諸人，每至美日，輒相邀新亭，藉卉飲宴。周侯中坐而嘆曰：『風景不殊，正自有山河之異！』皆相視流淚。」黃鶴何之：唐崔顥《黃鶴樓》詩有「黃鶴一去不復返，白雲千載空悠悠」句。匹夫有責：清顧炎武有「天下興亡，匹夫有責」的說法。

本聯為登山抒懷之作。自古登臨者，多易發感慨。上聯寫作者立在高岡，看江水東流，值秋色正濃之際，不免產生懷古之幽思，萌生為故國作為的心思。下聯寫作者把酒憑欄，嘆英雄對時勢的推動與影響，天行健，君子以自強不息，陡生匹夫興國之感。

半面山樓，半面江樓，書畫舫，容我掀髯大笑，邀幾個赤松、黃石、白猿來，一評今古；

數聲樵笛，數聲漁笛，翠微天，盡他拍手高歌，聽不真綠水、明月、清風引，萬象空濛。

——汪炳璈題貴陽甲秀樓聯

賞析

著名古樓閣甲秀樓矗立在貴陽南明河中的萬鰲磯石上，取「科甲挺秀」之意，是繼昆明大觀樓之後，西南又一名樓。從古到今該樓經歷了六次大規模的修葺。汪炳璈，字仙譜，湖南寧鄉人，清道光舉人，歷任貴陽、遵義、安順等府知府，工詩善畫，聯語尤精，每到一處均有題詠，盛享「風流太守」之名。

貴陽甲秀樓

　　赤松：傳說中的仙人。黃石：黃石公，據說秦末年間曾傳張良《天書》一卷。白猿：傳說春秋時越國有女善舞劍，她在路上遇見一個老人，自稱是袁公，與她試劍，之後飛上樹，化為白猿而去。

　　全聯給人的感覺是瀟灑出世。一樓而風景迥異，半面靠山，半

面臨水，在這樣有墨跡的畫舫裡，邀請幾個如赤松、黃石、白猿那樣出塵的朋友，談笑自若，評古論今，該是何等愜意。山上的樵聲與水上的漁歌互答唱和，綠水、清風、明月賞心悅目，只感覺萬象空濛。人在山水中自適，放情山水，嘯傲江湖的情態表露無遺。

洞辟幾時？問孤松而不語；

雲飛何處？輸老鶴以長閒。

——貴州黃平縣飛雲洞聯

賞析

飛雲洞，在貴州黃平縣東坡山上，又名飛雲崖。

此聯是遊人至飛雲洞，見其奇險而發出的驚嘆之問。上下聯的問句緊扣洞名。上句從時間的角度發問，問洞辟幾時，即意味著此洞年代久遠，就連長壽長青之孤松都難以作答；下句從空間的角度發問，問雲飛自何處，是對其天造的奇特地勢的驚訝，自然無人能解答這一問題，只見洞口的老鶴流露出寧定閒適的神姿。飛雲象徵著飛昇，象徵著超脫和長生，所以，聯中出現的意象除了長壽之孤松外，還有像徵成仙的仙鶴，立意、意象與結構呈現了完美的統一。

五百里滇池，奔來眼底。披襟岸幘，喜茫茫空闊無邊！看：東驤神駿，西翥靈儀，北走蜿蜒，南翔縞素；高人韻士，何妨選勝登臨。趁蟹嶼螺洲，梳裹就風鬟霧鬢；更蘋天葦地，點綴些翠羽丹霞。莫孤負四圍香稻，萬頃晴沙，九夏芙蓉，三春楊柳。

數千年往事，注到心頭。把酒凌虛，嘆滾滾英雄誰在？想：漢習樓船，唐標鐵柱，宋揮玉斧，元跨革囊；偉烈豐功，費盡移山心力。盡珠簾畫棟，卷不及暮雨朝雲；便斷碣殘碑，都付與蒼煙落照。只贏得幾杵疏鐘，半江漁火，兩行秋雁，一枕清霜。

——孫髯題昆明大觀樓聯

賞析

大觀樓始建於清代康熙二十九年（1690），後在兵火中毀壞。現在的樓為同治年間重建，共三層，位於昆明小西門外大觀公園內。孫髯，字髯翁，號頤庵，晚號蛟臺老人，昆明人。不求聞達，工詩古文詞，著《永言堂詩文集》。

滇池：即昆明湖、昆明池，在昆明市西南。東驤神駿：這裡指金馬山。西翥靈儀：這裡指碧雞山。蜿蜒：這裡指蛇山。縞素：這裡指白鶴山。樓船：指戰船。《史記·平準書》載：「武帝大修昆明池，治樓船。」鐵柱：《新唐書·吐蕃傳》載：「九征毀絙夷城，建鐵柱於滇池以勒功。」玉斧：指以玉飾柄的斧子。《續資治通鑒·宋紀》載：「王全斌既平蜀，就乘勢取雲南，以圖獻」，宋太祖「以玉斧畫大渡河以西，曰　『此外，非我有也』。」革囊：指羊皮筏子。《元史·憲宗本紀》載：「忽必烈征大理過大渡河，至金沙江，乘革囊及筏以渡。」

本聯的特點是寫景氣勢宏偉，抒懷情感澎湃，具有大開大合之勢。上聯寫在大觀樓上四望的景色，採用擬人手法，五百里的滇池都奔到眼底，似乎是臣服，又似乎是為了討取觀者的喜歡。這些景色使遊人不由得敞開襟懷，享受著空曠無邊帶給內心的愉悅。作者進一步運用擬人手法，將東邊的金馬山、西邊的碧雞山、北邊的蛇山、南邊的白鶴山的生動姿態寫出，極寫景色之美吸引遊人登臨。滇池上的島嶼似蟹、沙洲似螺，裝點著美麗如女子的湖光山色。丹霞翠羽、四圍香稻、萬頃晴沙、九夏芙蓉、三春楊柳，都是經典的美景。下聯寫在如此浩闊的美景前，內心起伏不平的歷史滄桑之感。漢、唐、宋、元，雖然當初功業顯赫，但如今都隨時間消失，無處再覓英雄，也無法使曾經的輝煌永存。世間萬物都逃不脫自然的淘汰。儘管是珠簾畫棟，也無法留住暮雨朝雲，只留下斷碣殘

碑，與蒼煙落照作伴。相比人事代謝，幾杵疏鐘、半江漁火、兩行秋雁、一枕清霜這樣的自然存在，也許才更自然永恆一些吧。全聯在愴然懷古中落下帷幕。

一水抱城西，煙靄有無，拄杖僧歸蒼茫外；

群峰朝閣下，雨晴濃淡，倚欄人在畫圖中。

——楊慎題昆明西山華亭寺聯

賞析

昆明西山是昆明附近太華山、華亭山、羅漢山、碧曉山的總稱，山勢蜿蜒，景色如畫。華亭寺在華亭山山腰，與太華寺、三清閣為西山三大名勝。華亭寺殿宇華麗，佛像莊嚴。楊慎（1488—1559），字用修，號升庵，四川新都人，明正德狀元，授翰林修撰，著名文學家、學者，著有《升庵全集》。

上聯寫華亭寺上眺望的景色。滇池綠水環抱城西，輕煙繚繞，薄霧迷茫，隱約隱現，拄杖僧人消失在雲霧蒼茫中。下聯寫滇池上的景色。從滇池上仰望，群峰似朝寺閣低下了頭，峰上時雨時晴，景色變化不一，如淡妝的西子湖，濃淡相宜，美人倚欄，如在畫圖中。同在美景中，僧人與倚欄人，暗示了不同的人生途徑，有些參禪的味道。

半壁起危樓，嶺如屏，海如鏡，舟如葉，城郭村落如畫，況四時風月，朝暮晴陰，試問古今遊人，誰領略萬千氣象；

九秋臨絕頂，洞有雲，崖有泉，松有濤，花鳥林壑有情，憶八載星霜，關河奔走，難得棲遲故里，來嘯傲金碧湖山。

——昆明西山飛雲閣聯

賞析

飛雲閣位於昆明西山羅漢山上，建在懸崖峭壁之上，高聳險

峻，登之可俯瞰昆明全景。

本聯寫昆明西山飛雲閣的美景。上聯寫飛雲閣上四望的景色。山嶺如翠屏，大海如明鏡，扁舟如飄落的樹葉，城郭村落秀美明麗如在畫中。下聯寫西山之景。山臨絕頂，窈洞雲繞，峭崖飛泉，松濤陣陣，花鳥林壑處處有情。這樣的美景，有幾人真正領略，又有幾人真正嘯傲湖山！同樣是寫景，上聯是平靜之美，下聯是奇險之美；前者更像外在景色，而後者更像內心起伏不平的波瀾，表面波瀾不驚，實則頗寓滄桑坎坷，使人讀後陡生蒼涼悲愴之意。

有亭翼然，占綠水十分之一；

何時閒了，與明月對飲而三。

——黃星岩題昆明翠湖碧漪亭聯

賞析

碧漪亭，在雲南省昆明市翠湖公園內，綠水環抱，風景秀麗。黃星岩，字奎光，清乾嘉時文人。

本聯抒發了遊人至此閒適自然的心情。上聯化用歐陽修《醉翁亭記》　「有亭翼然，臨於泉上」句，勾畫出碧漪亭臨空飛翔之勢，也點出了湖水碧波蕩漾之清澈。下聯化用李白《月下獨酌》「舉杯邀明月，對影成三人」句，嚮往一種浮生偷閒的生活，月下獨酌，影共人悅。是讓人休閒放鬆的妙對，與湖亭景色十分和諧。

豈不偉哉！宛如鬼斧神工，展開石破天驚之造化功夫，經千劫而仍然生色；

何其奇也！造此懸崖峭壁，鑿出珠聯璧合之琳瑯寶庫，歷萬年而分外閃光。

——張子齋題雲南劍川石鐘寺石窟聯

賞析

石鐘寺地處現雲南劍川縣城西南25公里處的石鍾山上，是白族先民的佛寺。名震滇黔的劍川石窟就在石鍾山上。張子齋，雲南大理人，白族。

對於磅礴而難以一一細陳的事物，往往只能以形容或比喻來表達。這也就是張子齋對聯的特色。上下聯均以感嘆句開始，表示了強烈的讚美與驚嘆之情，石窟「偉」與「奇」的特色被勾勒了出來。鬼斧神工與石破天驚，突出了石窟造像的偉大；珠聯璧合與懸崖峭壁，顯示了石窟的奇險異常。數詞的運用，表明了石窟的堅固，而使更多人因此受到教化與福澤。石窟的壯麗宏偉呈現眼前。

大叩大鳴，小叩小鳴，普覺夢中之夢；

一聲一佛，千聲千佛，遙聞天外之天。

——大理崇聖寺勝概樓聯

賞析

勝概樓在大理城西北崇聖寺內。

上下聯以形象的方式闡述了佛理。佛家認為迷即眾生，悟即成佛。迷如夢中，悟如清醒。上聯以寺院鐘鳴之音，喻啟眾生醒悟。大大小小的鐘聲，能使天下人都從夢中驚醒，了悟。下聯形容信徒的虔誠。人人口中稱佛，人人稱佛之聲匯聚成一股巨大力量，響徹天際。信徒之眾，信佛之誠可見一斑。

幾經撥雲尋路，何樹聽泉，喜茫茫才到此清涼境界；一任魚躍鳶飛，天空海闊，活潑潑都收上畫閣樓臺。

——雲南通海秀山清涼臺聯

賞析

清涼臺位於雲南通海縣城南秀山上，有「冠冕南洲，秀甲南滇」之美譽。

清涼：指佛教聖地。唐代五臺山別名清涼山。《華嚴經》菩薩住品說：「東北有處，名清涼山，從昔以來，諸菩薩眾，於中止住。現有菩薩，名文殊師利，與其眷屬諸菩薩眾一萬人俱，常在其中而演說法。」因此，清涼多泛指佛教聖地。本聯中的清涼臺位於雲南通海縣城南秀山上，有「冠冕南洲，秀甲南滇」之美譽。

上聯寫清涼臺地勢高遠。撥雲尋路，說明清涼臺在山高雲深處，狀其高險深僻；何樹聽泉，又勾畫出其幽靜深遠，有出塵之感。下聯清涼臺景色優美。魚躍鳶飛，海闊天空，刻畫出清涼臺上視野開闊，景色秀美，令人心胸滌盪。而這樣的美景，又被以生動的筆觸收入了樓臺畫閣，真乃景中有景，美不勝收。上下聯對仗精妙，巧用數詞，造成了誇張鋪排的作用。形容詞「喜茫茫」與「活潑潑」的對仗，非常人性地寫出了遊人到此的感受與心理活動。「喜茫茫」有頓悟佛理的喜悅，而「活潑潑」又像徵了得道之後精神境界的開闊愉悅，堪稱絕對。

負笈跋涉赴勝地；

忍饑耐寒求正宗。

——景行題拉薩色拉寺聯

賞析

色拉寺在拉薩市北郊三公里處的山麓下，由喇嘛教格魯派（黃教）創始人宗喀巴門徒絳欽杰卻在明永樂十六年建。

負笈：背著書箱，古代指讀書人遠行求學。正宗：指佛教喇嘛教。

背著行囊，長途跋涉，來到了這久已聞名的名勝之地，雖然沿途饑寒交迫，但都忍過來了，只為了要拜望這佛教正宗地。上聯道出了色拉寺是一個名勝之地，下聯道出了色拉寺是佛教正宗所在之地。兩句用行路的艱難、困苦襯托出了拜訪色拉寺的堅定執著，也

反映了色拉寺的佛教名勝地位，吸引著許多人去朝拜。

景區景點

賞西南風景　　感受瑰麗的楹聯藝術

　　西南地區有獨特的文化，景色秀麗，人文薈萃，有很多景點楹聯點綴其上，光彩照人，醒人耳目，給人以美的享受。

　　四川有成都望江樓公園崇麗閣、望江樓公園濯錦樓、望江樓公園吟詩樓、成都浣花祠、武侯祠、文殊院、漢昭烈廟、杜甫草堂、樂山凌雲寺、凌雲寺樂山大佛、凌雲寺東坡讀書樓、新都寶光寺、劍閣姜維祠、閬中張飛墓、奉節白帝城、眉山三蘇祠、青城山天師洞、青城山古黃帝祠、峨眉山清音閣、峨眉山雙飛橋、峨眉山報國寺、峨眉山伏虎寺等，有許多頗具文采的楹聯。雲南有西山華亭寺、西山太華寺海月堂、西山三清閣、西山飛雲閣、西山龍門、昆明翠湖、昆明聶耳紀念亭、昆明大觀樓、昆明鸚鵡山太和宮、昆明黑龍潭、昆明金山草堂、昆明中和寺、通海秀山、通海溫泉、通海海潮寺、麗江得月樓、武定正續寺等。貴陽甲秀樓、貴陽龍井、貴陽城隍廟、黃果樹瀑布亭等。廣西有桂林獨秀峰五詠堂、七星公園棲霞寺、疊彩山白雲堂、疊彩山風洞、桂林南薰亭、桂林普陀精舍、陽朔公園等。西藏有拉薩布達拉宮、昌都龍神祠、拉薩大橋等。

華東地區名勝古蹟楹聯賞析

背景分析

　　華東地區包括上海、山東、江蘇、浙江、江西、安徽、福建六省一市，是經濟繁榮、文化發達、人文薈萃之地，鄒魯文化的博大，江浙文化的靈秀，閩越文化的奇麗，徽皖文化的深廣等等，各呈異彩。這一地區古今文人的活動比較活躍，楹聯、詩詞更是文人傳播文化、互相交流的主要媒介。明清以來，這一地區逐漸成為楹聯創作的主要地區，因此名勝古蹟楹聯的數量非常之多，藝術性很高，並且有著鮮明的特點。

　　華東地域內有南京、揚州、蘇州、杭州、紹興、濟南、曲阜、合肥、安慶、長沙、南昌、九江、福州、漳州等歷史名城，有泰山、黃山、廬山、武夷山、天臺山等文化名山，又有長江、西湖、太湖、鄱陽湖、玄武湖、大明湖等名水，滕王閣、大觀樓、勝棋樓、煙雨樓等亭臺樓閣，靈隱寺、龍華寺、東林寺、開元寺等著名佛寺，還有豫園、留園、滄浪亭等著名園林。這些名勝古蹟使歷代文人為之傾倒，在吟賞山水、流連園林寺觀的同時，留下了大量的楹聯。這些名勝楹聯體現了文人的審美感覺和胸懷襟抱，也為勝蹟增添了深厚的文化底蘊。

閱讀提示

　　導遊員在講解華東地區景點的名勝古蹟楹聯時，應該注意下面兩個問題。第一，對於名勝古蹟楹聯的基礎知識，楹聯藝術的基本特點需要特別熟悉，尤其是華東地區，名勝古蹟楹聯數量多，種類

豐富，各種楹聯藝術技巧的使用體現得比較全面。只有對基本知識熟悉了，在講解、欣賞楹聯時才能夠做到有的放矢，切中肯綮。第二，要把握華東地區名勝古蹟楹聯的獨特之處。不同的景點，楹聯特點不同，欣賞的角度也有所不同。不同場合的楹聯，各有特點。華東地區的園林景觀清麗深幽，楹聯大多透過寫景來抒發作者體味山水之情，充滿靈動，所以在欣賞講解時要側重從審美的角度出發，注重體會對聯的意境。樓閣楹聯登高抒懷，感慨萬千；名山楹聯包孕豐富，氣魄宏大。我們可以主動去體會那種登臨之後胸襟開闊、眼界大開的感覺。華東地區佛寺很多，楹聯大多側重以景喻禪，構思巧妙，純粹直接宣揚教義的不多，這就需要我們具備一定的宗教知識，或者要有一定的慧心，才可能體會其中三昧。

楹聯賞析

此即濠間，非我非魚皆樂境；

恰來海上，在山在水有遺音。

——陶澍題上海豫園魚樂榭聯

賞析

豫園位於上海市東南部，是具有400年歷史的明代私人名園，是一座具有江南特色的庭園，由造園名家張南陽設計。庭園占地約200平方公尺，分為外院與內院。陶澍：字子霖，湖南安化人，清嘉慶七年（1802）進士，官至兩江總督加太子少保。

濠間：相傳，莊子與惠施曾游於濠梁之上，二人圍繞是否知魚之樂相互辯難，此後多用來指高士樂境。山水遺音：相傳，伯牙與子期一曲「高山流水」成為知音，後指相知相得的摯友情懷。

此聯主要描寫豫園魚樂榭的幽靜美景令人樂而忘憂，流連忘

返，就像在濠梁之間。而只有心境相似的知音好友才能體會這種共同的自由感受，就好像伯牙與子期才能夠真正相互理解「高山流水」的樂趣。對仗工整，意境清遠，體現出一種高雅情致。

遊目騁懷，此地有崇山峻嶺；

仰觀俯察，是日也天朗氣清。

——陶澍題上海豫園一笠亭聯

賞析

一笠亭是上海豫園內景觀。

此聯為道光五年（1825）陶澍任兩江總督因公來滬駐豫園時所作，是一副集句聯，聯語集自王羲之《蘭亭集序》，抒發了作者登上一笠亭旁大假山時的所見所感。上聯寫此地有崇山峻嶺，綿延逶迤，可以放眼遠眺，抒展胸懷襟抱。下聯寫今日晴空萬里，天高氣爽，仰望天宇，俯察萬物，無限江山盡在眼中心中。對聯寫出了一笠亭附近的壯麗景色，表達了作者面對自然美景的暢快心情與雅緻情懷。從對仗上來講，此聯也很有特點，上聯的「遊目騁懷」與下聯的「仰觀俯察」並不對仗，又上聯「崇山峻嶺」與「天朗氣清」亦不對仗。但上聯首句「遊目」與「騁懷」自對，「崇山」與「峻嶺」自對，下聯首句「仰觀」與「俯察」自對，「天朗」與「氣清」自對，是非常巧妙工整的當句對。

得好友來如對月；

有奇書讀勝觀花。

——上海豫園得月樓聯

賞析

豫園是江南名園之一，得月樓取意於宋人蘇麟詩句：「近水樓臺先得月，向陽花木易為春。」

上聯「得好友來如對月」首尾嵌「得月」樓名，頗為巧妙。李白有「舉杯邀明月，對影成三人」的詩句，表達世無知己的感慨，此聯可謂反其意而用之，三兩好友相聚，如對明月般神清氣爽，表達了對友情的深切感受。下聯抒寫遨遊奇書世界的愜意，勝過賞花觀景，表現出一種閒適淡然的文人意趣。

疊起一房山，大好園林，

最難得茅屋沽春，竹籢消夏；

剪取半江水，別開境界，

更時有車聲輾夢，帆影催詩。

——上海半淞園聯

賞析

半淞園是昔日滬上著名園林，位於南火車站附近的黃浦江畔。園名取自杜甫「剪取吳淞半江水」之詩句。1937年被日軍炮火所毀，遺址在今黃浦區東起花園港路、西抵望達路、北臨半淞園路的黃浦江畔。

一房山：仿照北京北海公園「一房山」樣式建造的亭臺。茅屋沽春：出自唐司空圖《二十四詩品》 「玉壺買春，賞雨茅屋」。竹籢：樓閣邊用竹建造的小屋、小亭。

上聯寫在半淞園內建造仿「一房山」樣式的亭臺，築成一片大好園林，最難得的是嚴冬之時在茅屋中飲酒，盛夏時在竹亭中納涼消暑，這才是最為愜意閒適的；下聯寫引進吳淞半江水入園，整個園林景觀就別開境界，又時時有悠遠的車聲輾人清夢，遠處杳杳的帆影催人詩興。對聯不僅準確描繪了半淞園的獨特景觀與迷人景色，更表達了一種沉於其中的閒適、淡泊的情懷，對仗工整，用語典雅，意境悠遠。

棟風有信催藍尾，趁者百花生日，看鶯鶯戀友，燕燕呼朋，直游到山重水復疑無路；

蕙露為書寫綠章，乞他三月輕陰，當個個鈴聲，層層幡影，好說著萬紫千紅總是春。

　　——許棫題上海嘉定花神廟聯

賞析

嘉定花神廟舊址在上海市嘉定境內，今不存。許棫，字夢西，陽湖（今江蘇武進）人。一生不仕，長期主講於道南學院。

棟風有信：即棟花風，二十四番花信風的最後一風。《歲時廣記》記載：「江南自初春至初夏，五日一番風候，謂之花信風。梅花風最先，棟花風最後。」棟風吹過，春去夏來。棟花風到時節必至，所以說「有信」。藍尾：飲藍尾酒。唐代風俗，飲酒到最後一位時，必須連飲三杯，所以多有託詞，須經人催勸，稱作催藍尾。這裡比喻春天須經棟風催促才肯離去，表達了惜春之情。蕙露綠章：花神廟祭祀時用香草蘸著露水向神靈寫奏章，因為寫在青藤紙上，所以稱綠章。鈴聲：護花的鈴聲。唐代風俗，春天在花樹上綴以銅鈴，有鳥雀棲枝時拉動鈴繩令飛。幡影：春幡的影子。春天時在門前立竹竿，竿上挑一花布，迎風擺動，起護花的作用。

此聯是一首花神廟聯，但妙處正在不明寫花神，而是透過描寫人們愛惜暮春景色來寫，意境含蓄深婉。上聯寫春盡之時，遊人賞春，一面留戀，一面珍惜，所以呼朋喚友，直游到山重水復疑無路，頗有一番纏綿難捨的情感。下聯寫祭祀時用香草蘸著露水寫奏章，表達惜春的虔誠心願，鈴聲幡影，也正是為了惜春護花，留住這萬紫千紅一片春意盎然的美景。聯語婉約清麗，對仗工整，文才斐然，體現出作者的才情。

儒術豈虛談，水利書成，功在三江宜血食；

經師偏晚達，專家論定，狂如七子也心降。

——林則徐題上海嘉定歸有光祠聯

賞析

歸有光，江蘇崑山人，明代著名文學家，「唐宋派」的領袖。歸有光祠在上海市嘉定境內。

水利書：指歸有光的《三吳水利錄》。血食：指受祭祀。經師：歸有光推崇孔孟，被稱為經師。晚達：歸有光晚年才中進士，故稱晚達。七子：指明後七子中之王世貞，他曾在《歸太僕贊並序》中對歸有光大加讚揚。

這是一副祠堂聯，上聯寫歸有光是儒家文人，但又不同於明末那些游談無根、學問空疏的儒生。他曾撰述《三吳水利錄》，使三江百姓受他的福澤，應該被後人尊崇祭祀。下聯寫歸有光對儒家經典有很深的造詣，偏偏晚年才中進士，仕途不達，但他對文壇的影響為時人稱道，即使像王世貞這樣的狂傲之士也非常欽佩。透過這副對聯，作者高度概括了歸有光一生的功績與影響，表達了對注重實學、文章出眾的前輩文人的敬仰之情。山左稱有古歷亭，坐覽一帶幽燕之盛；

當今誰是名下士？不覺三嘆感慨而興。

——何紹基題山東濟南大明湖歷下亭聯

賞析

大明湖歷下亭位於山東省濟南市舊城北，歷下亭在湖中小島上，始建於北魏，今存為清代建築。何紹基（1799—1873），清代詩人、書法家，字子貞，號蝯叟，道州（今湖南道縣）人，道光十六年（1836）進士，授職編修，任國史館協修、纂修、總纂提調等職，曾出任四川學政。何紹基精通經史、小學，書法別具一

106

格，善作對，所題名聯甚多。

山左：指太行山以東，山東的別稱。一帶幽燕：即「幽燕一帶」的倒裝，「幽燕」指現在河北北部及遼寧一帶。當今誰是名下士：杜甫《陪李北海宴歷下亭》中有「濟南名士多」句，這裡針對此詩句而問。

上聯寫登亭所見，登上人所共稱的歷下亭，可以一覽壯麗景色，更聯想起幽燕一帶人文薈萃的盛況，自有一種思古幽情，並不單純是寫景。下聯抒懷，寫登歷下亭所感，有感於時過境遷，世事變化，當年杜甫所頌揚的「濟南名士多」盛況不再，不由得再三感慨喟嘆。本聯雖是題景聯，但是注重在結合歷下亭濃重的文化底蘊來抒發感懷，今昔對照，更感悲慨。

四面荷花三面柳；

一城山色半城湖。

——劉鳳誥題山東濟南大明湖小滄浪亭聯

賞析

小滄浪亭是山東濟南大明湖西北岸的一處園林，因仿蘇州名園滄浪亭的建築模式建成，故名小滄浪亭。

對聯抓住大明湖及小滄浪亭周圍的典型景物——「荷」、「柳」、「山」、「湖」來寫，寥寥數筆，就準確鮮明地描繪了大明湖的風光和濟南城的景色。上聯繪近景，清新明媚；下聯寫遠景，宏大壯麗。二者相互映襯，相得益彰，筆調簡潔明快，意境疏朗開闊，是寫景聯中的杰作。仰之彌高，鑽之彌堅，可以語上也；

出乎其類，拔乎其萃，宜若登天然。

——徐宗幹題山東泰山孔子岩聯

賞析

泰山為五嶽之首，古稱岱山，又稱岱宗，位於山東省中部，山勢雄偉，氣勢磅礴，名勝古蹟眾多，有「五嶽獨尊」之譽。孔子岩在泰山頂峰，據說孔子登泰山時曾在此發出「登泰山而小天下」的感慨。後人因之稱為「孔子岩」。徐宗幹，字樹人，江蘇人，清嘉慶進士。

仰之彌高，鑽之彌堅：出自《論語·子罕》。彌，更加、越發。意思是（對於孔子的品德和學識）抬頭仰望，越望越覺得高，努力鑽研，越鑽越覺得艱深。語上：見《論語·雍也》「中人以上，可以語上也；中人以下，不可以語上也。」意思是中等水平以上的人，可以告訴他高深的學問，中等水平以下的人，不可以告訴他高深的學問。出乎其類，拔乎其萃：出自《孟子·公孫丑上》，意思是超出他同類的人。宜若登天然：應該如同登天一樣。

這副對聯主要是集《論語》與《孟子》書中的語句而成的集句聯，構思巧妙但又不顯雕琢，對仗工整又自然平淡。聯句既讚揚了孔子品德的高尚與學問的高深，也描繪了孔子岩本身的高聳超拔；既切合景觀本身，又有很深的內涵與意蘊，達到了一語雙關的作用。從用字上來說，聯中用了「之」、「乎」、「也」、「然」等虛字，不僅沒有破壞對聯的韻律和對仗，反而顯得節奏鮮明，韻律曲折，別有一番獨特效果。

門辟九霄，仰步三天勝蹟；

階崇萬級，俯臨千嶂奇觀。

——山東泰山南天門聯

賞析

泰山南天門又名三天門，位於十八盤盡頭，是登山盤道的頂端，坐落在飛龍岩和翔鳳嶺之間的山口上，是登泰山頂的門戶，門額題「摩空閣」三字，始建於元至元元年（1264），明清多次重

修，建國後又翻修兩次。現在建築保持了清代的風格。

泰山十八盤

　　九霄：九天雲霄，指極高的天空。仰步：至此山極陡峭，登山者好像仰天而登。三天：道教稱清微天、禹余天、大赤天為三天，這裡指天上世界。千嶂：千萬峰巒。

　　上聯寫由下仰視，南天門好像開闢了九天雲霄，仰天而登，猶

如看到了天上宮闕；下聯寫由上俯瞰，登山的臺階高有萬級，四周群山峰巒疊翠，一片磅礡壯麗之景。對聯概括了南天門的險要地勢，把遊人經過艱難登攀而至頂峰時自豪開闊的情懷抒發得淋漓盡致，令人不由得想起杜甫《望岳》中的名句「會當凌絕頂，一覽眾山小」。

我本楚狂人，五嶽尋山不辭遠；

地猶鄹氏邑，萬方多難此登臨。

——彭玉麟題山東泰山聯

賞析

彭玉麟（1816—1890），字雪琴，號剛直。湖南省衡陽人，曾協助曾國藩創立湘軍水師。累官水師提督，授兵部右侍郎，加太子少保。彭玉麟喜作楹聯，名勝楹聯多有藝術價值。

上聯用李白《廬山謠寄盧侍御虛舟》詩中的句子，我本是像李白一樣的狂傲之士，不辭險遠今日終於登上五嶽獨尊的泰山，可以想見他的豪氣；下聯用唐玄宗《經魯祭孔子而嘆之》以及杜甫《登樓》詩中的句子，說此地是孔子這樣的聖人的故里，我在天下多難之時登臨，體現出一種欲挽狂瀾的壯志情懷。彭玉麟游泰山題寫此聯時，清朝正面臨內憂外患，因此他登高望遠，觸景生情，表達了一種雄視天下的豪情以及生於憂患、天降大任的慷慨，筆力豪放雄健，情感濃烈深摯，是集句聯中難得的佳作。

山水有靈，亦驚知己；

性情所得，未能忘言。

——閻敬銘題山東煙臺蓬萊閣聯

賞析

蓬萊閣位於山東蓬萊市北的丹崖山巔，由白雲宮的三清殿、呂

祖殿、蘇公祠和天后宮、龍王宮、蓬萊閣、彌陀寺等幾組不同的祠廟殿堂、樓閣、亭坊組成，統稱為蓬萊閣。宋代起修建，歷代擴建。秦始皇訪仙求藥和八仙過海的故事都發生在此，有仙境之稱。閻敬銘，字丹初，陝西朝邑人，清東閣大學士，戶部尚書，曾任山東巡撫。

這是一副集句聯。上聯出自酈道元《水經注·江水》：「既自欣得此奇觀，山水有靈，亦當驚知己於千古矣。」緊扣蓬萊仙境的傳說，寫蓬萊閣山水有靈的魅力，自然令後人驚為知己。下聯出自《宋書》卷六十一：「但性情所得，未能忘言於悟賞，故與之遊耳」之句，寫性情中意於山水，所以不能忘言，盡情欣賞這人間仙境。聯語自然靈動，體現了作者忘情於山水、融合於自然的情趣與追求。

寫鬼寫妖高人一等；

刺貪刺虐入骨三分。

——郭沫若題山東淄博蒲松齡故居聯

賞析

蒲松齡，字留仙，別號柳泉居士，清代著名小說家，所撰《聊齋誌異》達到了古代文言短篇小說的高峰。其故居在山東淄博。郭沫若（1892—1978），現代傑出的作家、詩人、學者，著名的社會活動家，四川樂山人，1914年赴日本留學，回國後從事文藝運動，解放後，被選為全國文聯主席，曾任政協副主席，生平著述甚多，有《沫若文集》等行世，在對聯撰述方面也非常有成就。

蒲松齡目擊離亂時事，官貪民偷，風漓俗靡，而假借狐鬼，用20餘年寒暑，著成《聊齋誌異》，以抒勸善懲惡之心及心頭不平之氣。郭沫若的這副對聯精闢地評價了《聊齋誌異》的藝術成就與思想價值。《聊齋誌異》的題材多為鬼狐故事，蒲松齡塑造了許多

具有鮮明特點的鬼狐形象，是古代志怪類文言小說的集大成者，所以上聯說他的藝術表現力高人一籌。不僅如此，蒲松齡還在虛幻的鬼怪故事中寄託個人對於現實的強烈關注與批判，深刻揭露批判了當時的貪婪暴虐之徒，從而使《聊齋誌異》在思想深度上也達到了一個新的境界。

掬水月在手；

弄花香滿衣。

——劉墉題山東濰坊十笏園四照亭西廊聯

賞析

十笏園在山東省濰坊市，是一處民居式園林建築，四照亭在十笏園中。劉墉，清代著名書法家，字崇如，號石庵，山東諸城人，乾隆十六年（1751）進士，由編修累官至體仁閣大學士，加太子太保。

本聯摘自唐人於良史《春山夜月》詩，但非常切合所題處的景觀。上聯寫月，明月對於凡塵的力量來講是難以企及的，但是如果你掬一捧水，月的清輝就蕩漾在掌心。下聯寫賞花之時花香清新瀰漫，「滿」字用得頗為巧妙。對聯是題景之作，但主旨明顯不在描摹景物，著意表達的是一種令人神往、愜意自由的境界，一種人與自然萬物融為一體的感覺，有虛幻之美，有靈氣之妙，這種格調是比較符合古代文人的審美情趣與精神追求的。

成春秋，一書褒貶嚴斧鉞；

留洙泗，片席俎豆以馨香。

——山東曲阜孔廟聯

賞析

孔子是中國古代偉大的思想家、政治家、教育家，對後世影響

甚為深遠。他所創立的以仁政德治為核心的儒家學說被奉為封建社會的正統思想。他被尊為「至聖先師」、「萬世師表」。後人為了表達對他的推崇和對儒家思想的尊奉，在他的故鄉山東曲阜建起了規模宏大的孔廟、孔林、孔府。孔廟是奉祀孔子的地方，位於曲阜城的中央，是在孔子故居的基礎上逐步改建而成的。

山東曲阜孔廟

成春秋：相傳孔子作《春秋》，其書多寓褒貶，體現了自己的政治理念。《孟子·滕文公下》說：「孔子成《春秋》而亂臣賊子

懼。」斧鉞：鉞，古代兵器，像大斧。斧鉞指用斧、鉞殺人的刑罰，泛指死刑。洙泗：洙水和泗水，孔子曾在洙泗之間講學，這裡指儒家源遠流長的學問傳承。俎豆：古代祭祀時用的器具，代指祭祀。馨香：香氣遠聞，這裡指流芳後世的影響。

這副對聯頌揚了孔子偉大的歷史功績以及對後代的深遠影響。上聯寫孔子撰述《春秋》，借史書來闡發微言大義，書中多寓褒貶，令亂臣賊子恐懼害怕，不敢作惡，比斧鉞之刑還要嚴厲。下聯寫孔子創立儒家學派，透過講學傳道，深遠地影響了中國文化，流芳百世，一直到今天還能享受後人的祭祀。對聯以頌揚為主，但從實處落筆，聯語典正，對仗工穩，令人對孔子的無限景仰之情油然而生。

世事如棋，一著爭來千古業；

柔情似水，幾時流盡六朝春。

——朱元璋題今江蘇南京明故宮聯

賞析

明故宮由皇城與宮城兩部分組成，曾作為明初洪武、建文、永樂三代皇宮，長達54年之久，直到明永樂十九年，明成祖朱棣遷都北京，南京明皇宮結束王朝宮廷的使命，但地位仍十分重要。清咸豐、同治年間，由於太平軍與清軍的作戰，明故宮遭到較大的破壞，逐漸成為廢墟。朱元璋，濠州（今安徽鳳陽）人，自幼出家為僧，後參加郭子興紅巾軍反元，勢力逐漸壯大。1368年，朱元璋即皇帝位，國號「明」，建元「洪武」，是為明太祖。朱元璋喜作對聯，民間流傳著很多朱元璋的楹聯軼事。

世事：時事，大勢。一著：下棋落一子。千古業：永遠流傳的千古帝王大業。柔情似水：這裡是說江水也有感情。六朝：三國的吳和後來的東晉，南朝的宋、齊、梁、陳，都在南京建都，歷史上

合稱「六朝」。

上聯以棋局比喻世事，朱元璋認為自己棋高一著，打下了千古江山，開創了帝王大業，不可一世的得意之情溢於言表；下聯感嘆柔情似水，曾幾何時，六朝的繁華已經消逝。上聯豪邁傲然直抒胸臆，下聯感嘆江山興廢無常，道出了世事、人生的真諦，真實地反映了朱元璋奪取天下後既躊躇滿志又滿懷憂慮的心情。

三百年方策猶存，剩鳧渚鷗汀，時有雲煙入圖畫；

四十里昆明依舊，聽菱歌漁唱，不須鼓角演樓船。

——薛時雨撰江蘇南京玄武湖聯

賞析

玄武湖在南京玄武門外，湖中有五個小洲，為南京名勝。薛時雨（1818—1885）：字慰農，又字澍生，號桑根老人，安徽全椒人，清咸豐進士，做過嘉興、嘉善知縣和杭州知府，後主講杭州崇文書院、江寧尊經書院和惜陰書院，著有《藤香館詩刪》等。

三百年方策：明初在玄武湖中小洲上建黃冊庫，藏全國戶籍賦稅檔案。鳧：野鴨。四十里昆明：玄武湖寬約40里。南朝宋孝武帝劉駿曾兩次在玄武湖操練檢閱水軍。劉駿稱玄武湖為「昆明湖」。鼓角：戰鼓和號角。樓船：戰船。

這副對聯是薛時雨題玄武湖湖神廟聯，透過詠史寫景而抒發心中之感慨。上聯寫300年前此地是明初的黃冊庫，儲藏了全國的戶籍賦稅檔案，如今故物猶在，而人事已非，只有沙洲水汀之上的野鴨水鷗仍然嬉戲翔集，伴著時隱時現、縹縹緲緲的煙嵐雲霞，構成一幅如詩如畫的人間仙境。下聯以「四十里昆明依舊」承接上聯，中心仍然是寫史事，南朝宋孝武帝劉駿兩次在玄武湖（他稱之為「昆明湖」）操練檢閱水軍樓船，實際上還是寫時間之流逝，狀今古之變遷，下面接著寫現實中的玄武湖，自然風景秀美如畫，一派

恬然自得、生趣盎然的盛世昇平景象。尾句與首句相照應，完成了對歷史事件的介紹，反映了作者追求平靜、安寧生活的理想。全聯既描繪了玄武湖風光，又抒發了作者的古今之嘆，意味深長，思慮深刻。

憾江上石頭，抵不住遷流塵夢。柳枝何處，桃葉無蹤，轉羨他名將美人，燕息能留千古蹟。

問湖邊月色，照過來多少年華？玉樹歌餘，金蓮舞後，收拾這殘山剩水，鶯花猶是六朝春。

——曾廣照題江蘇南京莫愁湖勝棋樓聯

賞析

莫愁湖勝棋樓，在今南京市，始建於明洪武年間。相傳，朱元璋與名將徐達曾在此下棋，朱元璋輸了，便把樓和莫愁湖賜給徐達，因稱勝棋樓。現今建築是清同治十年（1871）重建的。曾廣照，晚清江蘇文人。

石頭：即石頭城，位於清涼山後，是南京的著名古蹟。石頭城又是南京的別稱。遷流塵夢：形容人世間的變化。遷流指江河水道改變，塵夢指人們的生活變幻如夢。柳枝：宮廷樂曲名。這裡喻指過去宮廷的繁華已經消失。桃葉：即桃葉渡口。原在秦淮河與青溪水合流處，這裡喻指過去的勝蹟已不存在。名將美人：名將指明代中山王徐達，他隨朱元璋征略四方，屢有戰功。美人指莫愁女。燕息：安息。玉樹：指《玉樹後庭花》樂曲。金蓮：南唐宮女窅娘善舞，李後主作金蓮，令窅娘纏足作新月狀，舞於蓮中。

這副對聯對仗工整，文字典雅清麗，讀來氣韻流暢，一氣呵成。上聯寫石頭城也不能阻止江流的遷轉和人世如夢的變化，過去的一切繁華、勝景，名將、美女，千年之後都無跡可尋；下聯寫湖邊月色，年年如此，而過往一切綺靡風流今日化作殘山剩水，不留

痕跡，只有楊柳鶯花仍然喚起一片春色。對聯從美景勝蹟入手，描述了自然、人生以及世事的變化，注重抒發自己對歷史的理解與感悟，其中蘊含了無盡的感慨，可以說是透過寫景來抒情言志的傑作。

雞鳴山下，玄武湖邊，振起景陽樓故址；

帝子臺城，胭脂古井，依然同泰寺舊觀。

——江蘇南京雞鳴寺聯

賞析

雞鳴寺在南京玄武湖畔、雞鳴山東麓，三國時為吳後苑城，南朝梁普通八年在此建同泰寺。梁武帝時發生侯景之亂，寺被戰火所焚。明洪武二十年（1387）在同泰寺遺址建雞鳴寺。寺門山下有胭脂井，相傳陳後主與張麗華、孔貴妃為避隋兵而藏此井中。傳說以白布拭井欄石，石脈有胭脂痕，故稱「胭脂井」。

振起：興起。景陽樓：在雞鳴寺旁，民國初重建。帝子臺城：帝子，指梁武帝。臺城，即三國吳後苑城，侯景之亂中梁武帝餓死於此。

這是一副描繪雞鳴寺的風景名勝聯。對聯交代了雞鳴寺的位置，一一列舉雞鳴寺周圍的景觀建築，但作者的本意卻不在描繪景物，而是借景抒情，在古蹟的興廢之中，寄寓幽思懷古之情，表達自己對歷史變遷的無限感慨。聯語自然平易，但蘊含豐富，感慨猶深，令人讀後頗多回味。矩令若霜嚴，看多士俯伏低回，群囂盡息；

襟期同月朗，喜此地江山人物，一覽無餘。

——李漁題江蘇南京明遠樓聯

賞析

明遠樓是科舉考試的考場──貢院內的樓宇，位於貢院中間，原是用來監視應試士子的行為和院落內執役員工有無傳遞關節的設施。「明遠」是「慎終追遠，明德歸原」的意思。李漁，浙江蘭溪縣人，清代著名的文人和戲劇理論家。

矩令：指貢院內考試的各種規矩。多士：指參加考試的秀才們。囂：喧嘩，吵鬧。襟期：抱負、襟抱。

本聯上下句是正對關係，對仗工穩，頗有威勢。上聯寫考場法度謹嚴、威勢逼人，考試的士子都恭恭敬敬，考場內一片肅靜；下聯寫作者胸襟豪邁、氣度不凡，如明月般高潔明朗，有攬盡一方英才之感。「看」，是上聯中的領詞，領起「多士俯伏低回，群囂盡息」兩句；　「喜」，是下聯中的領詞，領起「此地江山人物，一覽無餘」兩句。從結構上來看，上聯的謹嚴與下聯的疏朗也形成鮮明的對照，具有特別的藝術效果。

松聲、竹聲、鐘磬聲，聲聲自在；

山色、水色、煙霞色，色色皆空。

──江蘇南京燕子磯聯

賞析

燕子磯在南京觀音門外的觀音山上，在此可俯瞰長江。

鐘磬：寺廟中僧人所使用的樂器。自在：自由、任意活動。色色皆空：佛教認為超出色相意識之界為空，又稱「色空」。這裡是一切皆空的意思。

這是一副寫景聯，又有著豐富深刻的內蘊。上聯從聲音的角度來描寫悠遠的境界，連用五個「聲」字；下聯寫燕子磯的山水煙霞景色，連用五個「色」字，表現了「燕子磯」的幽靜與遼闊。「聲聲自在」寫出了自然界的寧靜與和諧；　「色色皆空」，則反映出

作者的超脫塵世的理想。對仗工整，風格輕靈，涵蘊悠長。疊字的運用，更顯現出作者巧妙的構思。風風雨雨，暖暖寒寒，處處尋尋覓覓；

鶯鶯燕燕，花花葉葉，卿卿暮暮朝朝。

——江蘇蘇州網師園聯

賞析

網師園在蘇州葑門十全街，原為南宋史正志萬卷堂故址，稱「漁隱」，清乾隆時改名為網師園。

網師園

這是一副疊字楹聯。用疊字法作楹聯，可以生動地表現楹聯的意境，語音和諧，節奏明朗，韻律協調，能夠增強楹聯的藝術魅力，獲得特定的表達效果。上聯化用李清照詞《聲聲慢》中的句

子，寫初春之時，乍暖還寒，又時有風雨，處處是尋尋覓覓尋景探幽之人；下聯寫園中一片鶯歌燕舞，花繁葉茂，戀人們早晚都卿卿我我，共賞鳥語花香的美景。疊字的運用使聯語獨具特色，聲律鏗鏘，情韻悠長，表現面對良辰美景賞玩不盡的情趣。

清風明月本無價；

近水遠山皆有情。

——梁章鉅題江蘇蘇州滄浪亭聯

賞析

滄浪亭位於蘇州城南三元坊內，是蘇州最古老的一所名園。相傳是五代吳越廣陵王的池館，北宋詩人蘇舜欽以四萬錢買下，並在此築亭。取「滄浪之水清兮，可以濯我纓；滄浪之水濁兮，可以濯我足」之意，名亭曰「滄浪亭」，自號滄浪翁。其後滄浪亭屢有興廢，清同治十二年（1873）在原址重建，為今亭佈局的主要基礎。

這是一副集句題景聯。上聯摘自北宋歐陽修《滄浪亭》詩中「清風明月本無價」句，下聯摘自蘇舜欽的《過蘇州》詩中「綠楊白鷺俱自得，近水遠山皆有情」句。上聯寫滄浪亭的和風月色，清風明月給予人們精神上自由愜意的感覺是無法用金錢來衡量的；滄浪亭內假山上有小樓名看山樓，登樓可覽蘇州遠近風光。下聯即寫登樓遠看，只見遠山近水，風景旖旎，感覺山水也是有情之物。對聯摘句而成，匠心獨運但又渾然天成，更為難得的是表達了作者貼近自然、與外物融合為一的精神境界和追求。

塵劫歷一千餘年，重複舊觀，幸有名賢來作主；

詩人題二十八字，長留勝蹟，可知佳句不須多。

——鄒福保題江蘇蘇州寒山寺聯

賞析

寒山寺在蘇州閶門外楓橋旁，建於梁天監年間。唐代有高僧寒山在此住持，改名「寒山寺」。該寺屢毀屢建，清光緒時蘇州知府集資重建。鄒福保，清代江蘇文人。

塵劫：佛教用語，即指人世的災難，無量劫數為塵劫。一千餘年：自南北朝始建，到清光緒時重修，其中經歷約一千多年。名賢：指清末光緒年間修寒山寺的蘇州知府。二十八字：即張繼的《楓橋夜泊》詩：「月落烏啼霜滿天，江楓漁火對愁眠。姑蘇城外寒山寺，夜半鐘聲到客船。」

上聯談寒山寺之變遷，歷經千年興衰，無數劫難，到今日重新興盛，一切都有賴於名賢襄助，表達了作者面對歷史變遷的感慨；下聯寫張繼《楓橋夜泊》詩二十八字，足以長留寒山寺勝蹟，與寒山寺交相輝映，揭示出千年古寺深厚的文化底蘊。銜遠山，吞長江，其西南諸峰嶺壑尤美；

送夕陽，迎素月，當春夏之交草木際天。

——伊秉綬題江蘇揚州平山堂聯

賞析

平山堂在揚州瘦西湖邊大明寺西側，是北宋慶歷八年（1048）歐陽修任揚州知州時建造的。伊秉綬，清代書法家，字祖似，號墨卿、默庵，福建汀州人，乾隆進士，官至揚州知府。

這是伊秉綬所作揚州平山堂集句聯。上聯集范仲淹《岳陽樓記》和歐陽修《醉翁亭記》中句子而成，下聯集王禹偁《黃岡竹樓記》和蘇軾《放鶴亭記》中句子而成，準確描繪了平山堂四時之景，結構巧妙，但又顯得渾然天成。上聯寫登上平山堂眺望，目極遠山，大江滔滔不盡，西南處峰巒疊翠，風景尤為美麗；下聯寫平山堂春夏之交日落時分的景色，夕陽西下，素月東昇，平山堂周圍

121

草木連天，一片蔥翠蒼茫。聯語氣勢恢宏，境界遠大，節奏韻律頓挫有力，是集句聯中的傑作。

　　勝地據淮南，看雲影當空，與水平分秋一色；

　　扁舟過橋下，聞簫聲何處，有風吹到月三更。

　　——江湘嵐題江蘇揚州二十四橋聯

江蘇省揚州瘦西湖二十四橋景區風光

賞析

　　二十四橋位於揚州舊城西門外，據傳建於隋煬帝時。江湘嵐，清代江西文人。

勝地據淮南：指風景優美的揚州位置在淮水以南。雲影當空：這裡是說雲彩高懸空中，水面上是雲彩的倒影。扁舟：小船。聞簫聲二句：化用唐代詩人杜牧《寄揚州韓綽判官》中的兩句詩「二十四橋明月夜，玉人何處教吹簫」。

上聯先點明二十四橋的位置，然後寫白天遠觀所見二十四橋秋景，空中彩雲高懸，水中雲影徘徊，水天一色，景色旖旎；下聯寫二十四橋迷人的月夜美景，扁舟一葉，簫聲不絕，清風徐徐，皓月當空，過去的美好傳說如在眼前。寫景清麗細膩，語言典雅自然，意境悠遠縹緲，讀來使人如在畫中，令人心馳神往。

借得西湖一角，堪誇其瘦；

移來金山半點，何惜乎小。

——江蘇揚州瘦西湖聯

賞析

瘦西湖位於揚州市西北郊，原是隋唐以來揚州城的城壕兼洩洪河道，經歷代造園專家營建，從天寧寺御碼頭到蜀岡平山堂南麓，在十里長的湖區兩岸，創造了巧奪天工的湖上勝境。1988年，揚州蜀岡——瘦西湖風景區被國務院列為「具有重要歷史文化遺產和揚州園林特色的國家重點名勝區」。

瘦西湖歷史悠久，最主要的造景原則就是「借」，用遠景近收、近景烘托的方法塑造了別具一格的園林風格。這副對聯側重寫瘦西湖的「瘦」和小金山的「小」，把瘦西湖和小金山的特點描述得淋漓盡致。「瘦」不是枯，而是幽邃俊俏，所以值得誇耀；「小」不是拘，而是精緻小巧，所以不可惜其小。總之，瘦西湖和小金山體現出一種特有的嫵媚之美。

風聲雨聲讀書聲，聲聲入耳；

家事國事天下事，事事關心。

——顧憲成題江蘇無錫東林書院聯

賞析

東林書院在江蘇無錫，又名龜山書院。宋代大儒楊時曾在此講學，後以其地為書院，元廢。明萬曆年間，顧憲成兄弟於舊址重建，與高攀龍等講學於此，抨擊閹黨，一時號為「東林黨」。顧憲成，明末東林黨領袖，江蘇無錫人，萬曆進士，官至吏部文選司郎中。

這副對聯歷來被人們稱道。上聯將風雨聲和書院中的讀書聲融為一體，塑造出風雨飄搖之中仍然努力進取的意境；下聯以齊家治國平天下為己任，勸誡學子們不但要努力讀書，也要關心國家天下大事，不能專為追求個人的功名利祿。對聯既有寫景抒情的詩意，又有積極的入世態度和政治情懷，這在當時是難能可貴的。從對聯藝術來看，對仗極其工整，疊字運用也非常巧妙。

臺榭漫芳塘，柳浪蓮房，曲曲層層皆入畫；

煙霞籠別墅，鶯歌蛙鼓，晴晴雨雨總宜人。

——鄭燁題浙江杭州西湖湖心亭聯

賞析

湖心亭在杭州西湖中，始建於明嘉靖三十一年（1552）。亭為樓式建築，四面環水，亭西為南高峰、北高峰，景色壯觀。今亭為1953年重建。鄭燁，明嘉靖文人。

臺榭：指建築在西湖中的水榭。蓮房：蓮蓬，以其分隔如房，故名蓮房。蛙鼓：這裡指青蛙的叫聲如擊鼓一樣叫個不停。

這是一副文詞清麗，對仗工整的名勝風景聯。上聯寫煙雨之中的湖心亭，時隱時現，亭旁堤岸上的柳樹被春風吹拂如浪，湖中的

蓮荷也隨風搖曳，層層疊疊，蜿蜒伸展，組成一幅瑰麗的圖畫；下聯寫西湖邊的各種建築物籠罩在煙霞之中，鶯歌蛙鳴，無論是雨天、晴天，西湖景色都是富有詩情畫意，令人神往的。對聯在寫景時採取動靜結合的藝術手法，靜中有動，動中有靜，將西湖湖心亭的景觀描繪得活靈活現，呈現出一派生機勃勃的景象。另外，「曲曲層層」、「晴晴雨雨」等疊字的運用也非常巧妙，既突出表現了主題，又增強了對聯的節奏感，音韻和諧，妙趣橫生。玉鏡淨無塵，照葛嶺蘇堤，萬頃波澄天倒影；

冰壺清濯魄，對六橋三竺，九霄秋靜月當頭。

——德馨題浙江杭州西湖平湖秋月聯

賞析

平湖秋月在杭州西湖白堤西端，前臨外湖，水面開闊，秋夜皓月當空之時，湖平如鏡，故稱為「平湖秋月」，為西湖十景之一。德馨，即德曉峰，清末江西巡撫。

玉鏡：比喻明月。葛嶺：山名。在杭州市西湖北岸。蘇堤：在杭州市西湖中，北宋蘇軾知杭州時，疏濬西湖，堆泥築堤，故名。「蘇堤春曉」為西湖十景之一。冰壺：盛冰的玉壺。這裡用來比喻清潔的湖水。濯魄：濯，光大，著明；魄，月始生或將滅時的微光。濯魄比喻明月下清澈的湖水。六橋：指蘇堤中的六座橋。三竺：位於杭州靈隱山飛來峰東南，有上天竺、中天竺、下天竺三座山，合稱「三竺」。

杭州西湖平湖秋月

　　這是一副寫「平湖秋月」秋夜勝景的名勝聯，文辭優美，意境
幽遠，對仗嚴整，聲律和諧。上聯寫如玉鏡般的皓月高懸當空，清
輝如瀉，照耀著葛嶺、蘇堤，遠望萬頃茫茫的西湖，波平似鏡，水
天一色；下聯寫明月籠罩下的西湖清澈純淨，與六橋、三竺交相輝
映，在秋靜夜深之時，月光如水，萬籟無聲，令人如臨仙境。對聯
緊密圍繞明月來寫，突出秋月之澄澈，不僅給自然景觀增添了詩情
畫意，而且也很好地傳達出作者澄明開闊的思想情趣。對聯綜合運
用比喻、對比等藝術技巧，將平湖秋月的美景描繪得淋漓盡致，取
得了很好的藝術效果。

憑欄看雲影波光，最好是紅蓼花疏，白蘋秋老；

把酒對瓊樓玉宇，莫辜負天心月到，水面風來。

——彭玉麟題浙江杭州西湖平湖秋月亭聯

賞析

平湖秋月亭位於西湖小孤山東，三面臨水。彭玉麟，清代湖南衡陽人，喜畫梅、吟詩、題聯。

紅蓼：一種開紅花的水草。白蘋：生長於淺水邊的草本植物，開白花。秋老：指深秋。把酒：舉起酒杯。瓊樓玉宇：指月宮。天心月到：即月到天心。

上聯寫深秋之時在西湖平湖秋月亭憑欄遠望，只見雲影徘徊，波光蕩漾，稀疏可見的紅蓼花與深秋白　相映成趣；下聯寫在亭中把酒賞月，月到中天，感覺四面風生，一片愜意。聯語正對應「平湖秋月」之景，寫來平易疏淡，意境悠遠，令人涵詠不盡。蘋

雲間樹色千花滿；

竹裡泉聲百道飛。

——乾隆題浙江杭州西湖淨慈寺聯

賞析

淨慈寺在浙江杭州市南屏山慧日峰下，始建於五代周顯德元年（954），原名慧日永明院，南宋紹興九年（1139）改名淨慈寺。寺前有「南屏晚鐘」碑亭。

這是一副描寫西湖淨慈寺及淨慈寺周圍景色的名勝風景聯。對聯只有短短的14個字，作者卻綜合運用了比喻、誇張等藝術技巧，將雲間樹色、竹裡泉聲描繪得淋漓盡致、形象生動。上聯寫遠景、靜景，把雲霧中的樹木在陽光照射下呈現的奇異景色，形容為

繁花盛開，想像奇妙；下聯寫近景、動景，將竹林中傳出的清泉聲比喻為從千百道竹縫間飛出一樣傳入耳中，感覺細膩而奇特。千花「滿」，寫出了雲間樹色的絢麗奪目；百道「飛」，則將山澗泉水的聲響描摹得活靈活現，用字非常巧妙。上聯的樹色與下聯的泉聲，組成一幅動靜結合、有聲有色的圖畫，令人彷彿進入一種清幽絢麗的仙境之中。

杭州淨慈寺山門

古蹟重湖山，曆數名賢，最難忘白傅留詩，蘇公判牘；勝緣結香火，來游福地，莫虛負荷花十里，桂子三秋。

——江庸題浙江杭州靈隱寺聯

賞析

靈隱寺在浙江杭州市西湖西北靈隱山麓，東晉咸和元年（326）始建，明重建，寺前有飛來峰、冷泉、龍泓洞等勝景，為

西湖遊覽勝地。江庸，原上海文史館館長。

白傅留詩：白傅，即白居易，中國唐代著名詩人，晚年曾任太子少傅，故稱白傅。白傅留詩，指白居易任杭州刺史時，在靈隱寺留下不少詩篇。蘇公判牘：蘇公，即蘇軾，北宋著名文學家。判，評判，處理。牘：古代寫字用的木片，後世稱公文為文牘。蘇公判牘，是指蘇軾任杭州通判時，常在靈隱寺、冷泉等地處理公務。荷花十里，桂子三秋：自柳永《望海潮》詞：「重湖疊巘清佳，有三秋桂子，十里荷花」中化出。

上聯寫湖山勝蹟，著重寫古代名賢，「白傅留詩，蘇公判牘」是有關靈隱寺的兩段歷史佳話，兩個典故的運用，既讚美了千古勝蹟，壯麗河山，又頌揚了傳統文化的源遠流長，包含了作者對先賢崇敬的心情，立意頗高；下聯先緊扣題名，寫自己與佛門聖地靈隱寺的香火因緣，接著運用集句的藝術手法描寫西湖風景，化用柳永《望海潮》詞中名句，將湖上十里荷花盛開，岸上三秋桂花飄香的迷人美景，展現在人們的眼前，也表達了作者不負美景、努力進取的精神，而荷花與桂子的高潔純淨也與千年佛地靈隱寺的莊嚴肅靜正相襯，可謂匠心獨運。

泉自幾時冷起；

峰從何處飛來。

——董其昌題浙江杭州靈隱寺冷泉亭聯

賞析

冷泉亭在靈隱寺前飛來峰下，臨溪而建，環境極為幽靜。因泉水炎夏不溫，所以稱為冷泉。據南宋周密《武林舊事》：「靈隱冷泉亭上，又有醴泉、冷泉，今皆湮沒。」董其昌，松江華亭（今上海松江縣）人，官至禮部尚書，明末著名的書畫大家。

此聯連用疑問代詞「幾時」、「何處」發問，不僅寫出了景物

129

的特點，而且把自然景觀與人的理性思索結合起來，既風趣奇妙又給人留下思考和想像的餘地，頗令人玩味。梁章鉅在《楹聯叢話·勝蹟》中記載：「相傳晉咸和元年，西天僧慧理登山，嘆曰：『此是中天竺靈鷲之小峰，不知何年飛來？』因以為名。」董其昌的靈感應該是受此啟發，但以對聯的形式發問，顯得更為妥帖巧妙，所以引得後人紛紛作答。清末俞樾說：「泉自有時冷起，峰從無處飛來。」俞樾之女說：「泉自禹時冷起，峰從頂處飛來。」石冶棠說：「泉自冷時冷起，峰從飛處飛來。」左宗棠則說：「在山本清，泉自源頭冷起；入世皆幻，峰從天外飛來。」可謂各有其理，妙趣橫生。

青山橫郭，白水繞城，孤嶼大江雙塔院；

初日芙蓉，曉風楊柳，一樓千古兩詩人。

——李宗昉題浙江溫州江心寺樓聯

賞析

江心寺在溫州濱江小島上，建於唐代咸通年間。江中原有兩座小嶼，後江流淤積，使二嶼合而為一。兩嶼上各有一塔，名「東塔」、「西塔」。嶼上建有江心寺、文天祥祠。李宗昉，字靜遠，號芝齡，江蘇山陰（今江蘇淮安縣）人，清嘉慶間進士。

青山二句：自李白《送友人》詩「青山橫北郭，白水繞東城」化出。曉風楊柳：自北宋詞人柳永《雨霖鈴》詞「今宵酒醒何處，楊柳岸，曉風殘月」化出。兩詩人：江心寺樓舊時有南朝謝靈運和唐孟浩然兩位著名詩人像。

此聯是一副寫景聯，透過對江心寺自然風光的描繪，抒發了作者對古人的仰慕之情，流露了歸隱山水的情志。上聯化用李白詩句，寫遠處青山茫茫，城郭巍巍，近處江水如帶，繞城而過，在江流之中的孤嶼上，東西塔院兩相矗立，所寫之景顯得闊大疏朗；下

聯寫景則清新自然，輕快活潑，而到「一樓千古兩詩人」，作者的感懷也油然而生，謝靈運晚年以登山臨水而自樂，孟浩然則是盛世隱士的典型代表，他們對山水之境的體悟有相通之處，這裡作者表達的不僅是對江心寺風光景物的讚美，可能還有對古人徜徉山水之間的自由境界的嚮往。

先生何許人？羲皇以上；

醉翁不在酒，山水之間。

——鄭燮題浙江桐廬嚴子陵釣臺聯

賞析

釣臺位於浙江桐廬縣城西富春江畔。嚴光，字子陵，少有高名，與東漢光武帝劉秀是同窗好友。劉秀即位後，多次召其出仕輔政，嚴光堅辭不受，甘居山林，歸隱富春江畔以耕釣為樂。後人追慕其高風亮節，憑弔者絡繹不絕。鄭燮（1693—1765），字克柔，號板橋，江蘇興化人，乾隆元年（1736）進士，曾官山東範縣、濰縣知縣，頗有政績，後乞病歸。為官前後，均居揚州，以書畫名世。

上聯化用陶淵明《五柳先生傳》中「先生不知何許人也」以及《與子儼等疏》中「自謂是羲皇上人」的句子，讚頌嚴子陵像陶淵明一樣是不慕榮華、無慾無求的高士，就像上古社會的賢人一樣；下聯化用歐陽修《醉翁亭記》中「醉翁之意不在酒，在乎山水之間也」句，表明嚴子陵歸隱山林，不是為了垂釣，而是寄情山水，擺脫人世間的塵雜。對聯表達了作者對嚴子陵高風亮節的景仰，也透露了自己對擺脫世俗社會的隱居生活的嚮往。

我輩復登臨，目極湖山千里而外；

奇文共欣賞，人在水天一色之中。

賞析

滕王閣在今江西省南昌市。唐永徽四年太宗李世民之弟、滕王李元嬰都督洪州時營建。原閣規模宏大，有「西江第一樓」之稱。1300多年來，滕王閣屢經毀建。1989年，主閣重建竣工。李春園，清代文人。

「我輩復登臨」句：出自孟浩然《與諸子登峴山》詩：「江山留勝蹟，我輩復登臨。」「目極湖山千里而外」句：出自韓愈《新修滕王閣記》。「奇文共欣賞」句：出自陶淵明《移居》詩：「奇文共欣賞，疑義相與析。」唐高宗上元二年（675）重九日，洪州都督在此大宴賓客，王勃應邀出席，作《滕王閣序》。此處「奇文」即指《滕王閣序》。「人在水天一色之中」句：由《滕王閣序》中「秋水共長天一色」一句化出。

此聯是一副集句聯。集句，是對聯的一種寫作手法，可以集詩句、詞句、俗語、成語、格言等等為聯，集句聯的特點是用現成的語句，按對聯的形式、格律編排在一起，構成一種新的意境，有如渾然天成，本聯就是一副集句聯佳作。上聯寫作者登臨滕王閣遠眺，一個「復」字不僅寫出了滕王閣的悠遠歷史，而且也聯繫了古人與今人之間的共同感懷。「目極湖山千里而外」，寫作者登臨高閣，極目遠矚，千里而外的湖光山色盡收眼底，用誇張的手法寫出了作者登高遠望的心胸開闊、心曠神怡，氣勢磅礴。下聯寫登臨高閣之上，飽覽風光之餘，欣賞玩味千古傳頌的奇文《滕王閣序》，興致無窮。「人在水天一色之中」既是交代上句，又切合實景，寫人在水天一色的美景之中暢遊，創造出一種博大幽遠的意境。

興廢總關情，看落霞孤鶩、秋水長天，幸此地湖山無恙；

古今才一瞬，問江上才人、閣中帝子，比當年風景如何。

——劉坤一題江西南昌滕王閣聯

賞析

劉坤一，字峴莊，湖南新寧人。1862年起，先後任廣西布政使、江西巡撫、兩江總督、兩廣總督。

興廢句：滕王閣屢修屢毀，達28次之多。看落霞句：出自王勃《滕王閣序》「落霞與孤鶩齊飛，秋水共長天一色。」

這是作者立於新葺的滕王閣上，縱目遠眺，目睹勝景，所撰的一副寫景抒懷聯，有濃郁的歷史感懷，並不僅僅是簡單的寫景狀物之作。上聯開首說滕王閣的屢修屢毀讓人感慨萬千，接著作者巧妙地攝取了「落霞孤鶩」、「秋水長天」、「湖山」等亙古不變的自然景物，兩相對比，揭示了世事興廢變遷的必然規律；下聯感嘆時間的流逝不過瞬間，而當年人物已然不再，今昔對照，在歷史變遷中抒發了懷古之幽情。一「看」一「問」兩句，道出了滕王閣勝景歷經興廢、風雨滄桑而依然如昔的幸運與不易，同時也抒發了作者面對時世遷轉的無限感慨之情。

四壁雲岩九江棹；

一亭煙雨萬壑松。

——江西廬山御碑亭聯

賞析

廬山在江西九江市南，臨長江。御碑亭，又名「白鹿升仙臺」，在廬山仙人洞西北的錦繡峰上。亭內有朱元璋所寫的《周顛仙人傳》碑刻。

棹：搖船的工具，也指船。

上聯寫登上御碑亭遠望，四面峰巒疊翠，雲蒸霞蔚，九江城外景色一覽無餘，江中帆影點點，棹聲可聞；下聯寫遠望御碑亭，陰

晴變幻，煙雨滿亭，萬壑松風。對聯抓住景物特點，落墨於雲岩、煙雨、松樹、江船等幾個典型意象，描繪了御碑亭四周的美麗景色，繪景準確形象而具有概括力，寫法上很有特點。境界開闊，刻畫細膩，可謂寫景聯的佳作。

橋跨虎溪，三教三源流，三人三笑語；

蓮開僧舍，一花一世界，一葉一如來。

——唐英題江西廬山虎溪三笑亭聯

賞析

虎溪，在廬山東林寺前。相傳，晉時慧遠法師居東林寺，常和道士陸修靜、詩人陶淵明吟詩往來，成為一段佳話。三笑亭，在廬山東林寺，寺前有虎溪，溪上有石拱橋。東晉高僧慧遠在寺中創設「白蓮社」，常有僧俗來往，他送客從不過橋。一次，陶淵明、陸修靜來訪，慧遠送客出門，談興正濃，不覺走過了虎溪橋，三人發覺後，大笑而別，後人於是在此建三笑亭，以記其事。唐英，清代書畫家、篆刻家、陶瓷藝術家，字雋公，號蝸寄老人，瀋陽人，隸漢軍正白旗，歷任淮關、九江關、粵海關監督以及督陶使等。

橋跨虎溪：指東林寺前虎溪上的石拱橋。三教，指陶淵明所代表的儒教，慧遠所代表的釋教和陸修靜所代表的道教。一花一世界，一葉一如來：一花指蓮花。一世界，佛經合四大洲諸天為一世界。如來，即佛教始祖釋迦牟尼。華嚴教義認為「一即一切，一切即一」，大小事物間相容相即，所以說一朵蓮花可見整個世界。又認為佛為了眾生而幻化無數之身，故云一片蓮葉體現一如來。

上聯「橋跨虎溪」四字，點明亭的位置，引出歷史傳說，代表不同思想流派的三人在此傾談交流，會心而笑；下聯「蓮開僧舍」四字，指慧遠在此創建「白蓮社」，弘揚佛法，然後以當句對的形式闡發了佛教教義。聯語切亭切寺，既交代了為名山古蹟增光添彩

的文苑佳話，又深入淺出地闡明了教義。構思巧妙，頗有意趣。既有上下聯的對仗，「橋跨虎溪」對「蓮開僧舍」，又有當句對，「三教三源流」對「三人三笑語」，「一花一世界」對「一葉一如來」，對仗非常巧妙。

煙柳有情，駘蕩春光，風籟更催晨笛起；

水天無際，澄鮮秋色，月明遠共夜珠來。

——江西九江甘棠湖煙水亭聯

賞析

甘棠湖在江西九江市中心，廬山泉水注入而成，面積約270畝。煙水亭立於甘棠湖中，相傳為三國時東吳都督周瑜點將臺舊址，原名浸月亭，初建於唐元和十一（816）至十三（818）年，北宋時改名煙水亭。該亭多次廢建，現亭為清末修建而成。1972年，全面修復。

駘蕩：舒緩蕩漾的樣子，形容春天的景色。風籟：風聲。澄鮮：清新。共：通「拱」，拱衛，環抱。夜珠：夜明珠，此處比喻甘棠湖四周點點燈火如夜明珠。

此聯是一副意境清遠、對仗工整的名勝聯，採用鶴頂格嵌字法，將亭名「煙水」二字分別嵌入上下聯之首，顯得貼切而巧妙。全聯圍繞「煙」、「水」二字展開。上聯寫在明媚舒緩的春光之中，煙水湖畔如雲煙般纏綿的楊柳在春風的吹拂之下，脈脈含情，令人心馳神往，春風吹送笛聲，打破了清晨的寧靜，喚醒人們來享受這令人陶醉的美好春光；下聯著意描畫煙水亭深秋夜景，首句「水天無際」是化用辛棄疾《水龍吟·登建康賞心亭》詞中「水隨天去秋無際」一句而成。深秋之夜，放眼遠眺，只見一片水天相接，碧波無際，秋色清新高遠，明月皓潔，燈火閃爍，彷彿夜明珠撒落人間。對聯抓住甘棠湖煙水亭的春光和秋夜各有情趣這一特徵

來做文章，繪景狀物，寄情於景，讀來令人賞心悅目。

一彈流水一彈月；

半入江風半入雲。

——董雲岩題江西九江市琵琶亭聯

賞析

琵琶亭位於江西九江長江大橋東側，因唐代著名詩人白居易的長詩《琵琶行》而得名。董雲岩，清代文人。

此聯化唐人詩句而成。上聯出自盧仝《風中琴》「一彈流水一彈月，水月風生松樹枝」句；下聯出自杜甫《贈花卿》「錦城絲管日紛紛，半入江風半入雲」句。把琵琶亭周圍的水聲、風聲、江天、雲彩、晚月融為一體，寫景如畫，意境悠遠，耐人尋味。從對聯作法來講，「一彈流水一彈月」和「半入江風半入雲」都是不等字當句對。

莽乾坤能得幾人閒？早安排鐵板銅琶，唱大江東去；

好風月不用一錢買，休辜負青山紅樹，送爽氣西來。

——王珊森題安徽安慶大觀亭聯

賞析

安慶大觀亭在安慶市西南正觀門外，為明代知府陸鈳所建。亭旁還有聯蓋亭、徐錫麟紀念亭和元代余闕墓等名勝。王珊森，生平事蹟不詳。

莽乾坤：即莽莽乾坤、蒼茫大地。鐵板銅琶：古代演奏歌曲時的樂器。宋俞文豹《吹劍錄》：「學士（指蘇軾）詞，須關西大漢，銅琵琶、鐵綽板，唱『大江東去』。」大江東去：宋蘇軾《念奴嬌·赤壁懷古》首句是「大江東去」，為人所傳誦。好風月

不用一錢買：化用李白《襄陽歌》　「清風朗月不用一錢買，玉山自倒非人推」詩句。

這是一副境界開闊、氣勢豪邁的名勝風景聯。作者在氣勢雄偉的大觀亭上縱目遠眺，看滾滾長江，看青山紅樹，既描繪了秋高氣爽、氣象萬千的壯麗景色，又抒發了江山依舊、英雄已逝的感慨，以及珍惜這大好風光、與清風明月為伴的開闊胸襟。作者把歷史典故運用到對聯中，化用了蘇軾、李白詩詞中的句子，不但豐富了對聯的內容，使人產生聯想，而且表達了與古人相同的自由灑脫的情趣追求，加深了對聯的思想深度。

侍金鑾，謫夜郎，他心中有何得失窮通，但隨遇而安。說什麼仙，說什麼狂，說什麼文章聲價。上下數千年，只有楚屈平、漢曼倩、晉陶淵明，能彷彿一人胸次。

踞危磯，俯長江，這眼前更覺天空地闊，試憑欄遠望。不可無詩，不可無酒，不可無奇談怪論。流連四五日，豈惟牛渚月、白紵雲、青山煙雨，都收來百尺樓頭。

——黃琴士題安徽馬鞍山採石磯青蓮祠太白樓聯

賞析

青蓮祠太白樓位於安徽省馬鞍山採石磯畔，始建於唐代元和年間，原名謫仙樓，於今已有1200多年的歷史。太白樓與岳陽樓、黃鶴樓、滕王閣齊名，並稱「長江三樓一閣」，素有「風月江天貯一樓」之美譽。黃琴士，清末文人。

侍金鑾：指唐玄宗時，李白被召為供奉翰林，待詔金鑾殿，是李白一生事業最順利的時期。謫夜郎：指安史之亂中，李白參加永王幕府，兵敗，被流放夜郎，這是他一生最大挫折。楚屈平、漢曼倩：屈平即屈原，曼倩即東方朔。說什麼仙，說什麼狂：時人稱李白為「謫仙人」，他自己曾說「我本楚狂人」。牛渚月、白紵雲、

青山煙雨：寫採石磯附近景色，牛渚山的月色、白紵山的雲影和謝公山的煙雨。

上聯評論李白無論得志失意，都能隨遇而安、泰然處之，對所謂詩仙、狂人、文章聲譽等一切都等閒視之，不執著在乎。上下幾千年只有楚國屈原、西漢東方朔、東晉陶淵明胸襟能跟他相提並論。下聯寫太白樓矗立在高高的採石磯上，從樓上俯瞰長江，只覺天高地遠，正好憑欄遠望，賦詩飲酒，指點江山，流連久之，牛渚月色、白紵雲影、青山煙雨，都能在百尺樓頭一覽無餘。對聯節奏明快，氣勢縱橫，文才斐然，情感充沛，很好地刻畫了詩仙李白飄逸豪放、自由曠達的情懷。

鳥識玄機，銜將春來花上弄；

魚穿地脈，挹將月向水邊吞。

——朱熹題福建漳州開元寺書舍聯

賞析

漳州開元寺在漳州西北面天寶山，寺建於唐垂拱二年（686），後歷經修建毀廢，勝蹟現多已不存。朱熹（1130—1200），字元晦，號晦庵，徽州婺源（今屬江西）人，宋代著名理學大師。他一生著述甚多，有《朱子全集》等傳世。

玄機：道家稱玄妙之理。這裡指氣候變化的規律。地脈：地的脈絡。這裡指水流，水流像人身血脈，所以稱地脈。挹：吸取。書舍：當時朱熹讀書講學的地方。

此聯是一副狀景聯，聯意扣寺名「開元」（即新年），以「鳥」、「魚」的活潑可愛寫出春意盎然和勃勃生機，描繪了一幅動人的春意圖，富於趣靈。上聯寫鳥兒能夠辨別、把握氣候的變化規律，在花間樹林之中嬉戲；下聯寫魚兒能在水中自由遨遊穿梭，吸取春天的氣息。上聯的「識」、「銜」對下聯的「穿」、

「挹」，不僅對得貼切，而且寫出了鳥和魚的不同特點和習性。此聯不僅文詞清麗，對仗精工，而且字裡行間，還蘊含著豐富的哲理。朱熹是借魚、鳥作比喻，闡明大自然生生不息的哲理，啟迪讀書的士子努力進取，稱得上是情、景、理的完美交融，妙趣橫生，令人回味無窮。

景區景點

遊歷華東　　體會底蘊深厚的楹聯文化

華東地區有眾多的名勝古蹟，存留著數量豐富的楹聯，我們在探訪古蹟、游賞山水時，除了欣賞風景之外，還應該深入理解其中的楹聯，這樣才能夠更充分地領略山水勝蹟之美，體會華東地區悠久的歷史文化，豐富知識，陶冶情操。

以下比較著名的景點都存留著大量文化底蘊深厚、藝術價值頗高的楹聯。如上海的魚樂榭、得月樓以及龍華寺、靜安寺；山東泰山的岱廟、南天門、泰山絕頂，濟南大明湖的歷下亭、小滄浪亭，曲阜的孔府、孔廟、孔林；江蘇南京的玄武湖、莫愁湖、清涼山、雞鳴寺以及明遠樓，蘇州的虎丘、留園、網師園、滄浪亭、寒山寺，揚州的平山堂、瘦西湖；浙江杭州西湖附近各景點，如平湖秋月、湖心亭、花港觀魚、靈隱寺、飛來峰、岳墳，以及嘉興的煙雨樓、臺州的天臺山；安徽安慶大觀樓，採石磯太白樓；江西南昌的滕王閣，九江的煙水亭、琵琶亭，廬山絕頂、東林寺；福建的福州、泉州古城，武夷山，漳州的開元寺等。

華中地區名勝古蹟楹聯賞析

背景分析

　　華中地區包括河南、湖北、湖南三省，是物華天寶、人杰地靈、英才輩出的地方。河南是中華民族的主要發祥地之一，文化厚重而靈秀，名勝古蹟很多，比如具有一種中庸之美的古都洛陽、開封，體現出雄渾之美的嵩山，氣勢磅礡、滔滔不盡的黃河等。湖北、湖南歷史上是楚文化的發源地，湘鄂之地文化博大精深、鍾靈毓秀，境內山川秀麗，古蹟眾多，有悠久歷史的文化古城武漢三鎮及襄陽、長沙、岳陽、衡陽，有名聞天下的黃鶴樓、晴川閣、岳陽樓，還有橫穿其境的長江和渾無際涯的洞庭湖，還有秀麗高峻的衡山。這些名山大川、浩瀚湖泊、高樓杰閣，引起歷代文人的審美之感、思古之恨，現在依然留存的楹聯就是他們情感思想的體現，也為名山勝蹟增添了濃重的文化意蘊。

閱讀提示

　　導遊員在講解華中地區景點的名勝古蹟楹聯時，應該注意下面兩個問題。第一，對於名勝古蹟楹聯的基礎知識，楹聯藝術的基本特點，需要特別熟悉，尤其華中地區名勝古蹟楹聯數量比較多，各種楹聯藝術技巧的使用體現得比較全面。只有對基本知識熟悉了，在講解、欣賞楹聯時才能夠做到有的放矢，切中肯綮。第二，要把握華中地區名勝古蹟楹聯的獨特之處。不同的景點，楹聯特點不同，欣賞的角度也有所不同。不同場合的楹聯，各有特點。河南是中原文化的中心，歷史悠久，傳統深厚，因而這一地區的楹聯文化

底蘊深厚、大氣磅礴。比如嵩山及少林寺的對聯，境界高遠、大氣磅礴；洛陽、開封古城的對聯，典雅正統、比較厚重，特點是很鮮明的。湖北、湖南的也有著鮮明的地域特點。除了直抒山水情懷和山水審美體驗的山水景物楹聯之外，抒發作者懷古幽思、感喟牢騷等情緒的登臨憑弔之作，也非常多。湘鄂之地多書院，書院中的楹聯，在寫景之外，往往又滲入了崇德、勸學、勵志等意蘊，思想內容非常豐富。在閱讀、欣賞這些對聯時，不僅需要理解字面意思，對其中大量運用的典故也要熟悉，這樣才能真正深入理解這些對聯的內蘊。

楹聯賞析

翠色千重包楚塞；

黃河一線下秦川。

——河南嵩山絕頂亭聯

賞析

嵩山由太室山和少室山等組成，東西綿延約60餘公里，東周時始定為中嶽，五代以後稱中嶽嵩山，為中國五嶽之一。嵩山絕頂，即峻極峰，是中嶽嵩山的最高峰。

楚塞：指古楚國北部邊界。古楚國北部北邊直到河南南陽一帶。秦川：包括今陝西、甘肅兩省的廣大地區，這一帶在春秋戰國時期屬秦國。

這是一副描繪中嶽嵩山絕頂風光的對聯。上聯寫在嵩山絕頂居高臨下鳥瞰四周，只見崇山峻嶺，鬱鬱蒼蒼，一直綿延到古代楚國的邊界，突出顯現了峰頂的高峻雄奇；下聯寫向北眺望，極目所見，從秦川奔騰而下、一瀉千里的黃河，綿延一線，時隱時現，寫

出了嵩山絕頂山峰的高聳險峻。此聯以雄健的筆力，宏偉的氣魄，展現出一種峻奇雄偉之美，在風景名勝聯中是氣度非凡、不可多得的傑作。

從用字上來講，此聯文字凝練簡潔，但極具張力，上下聯分別用「包」和「下」兩個動詞，使「翠色」、「黃河」具備了動感和力量，收到了特殊的藝術效果。另外，用「千重」來修飾翠色，用「一線」來修飾黃河，使得眼前的景物高度形象化，全聯意境也更加深遠。

一葦渡江，遠源溯六祖；

九年面壁，妙理悟三乘。

——河南嵩山少林寺達摩面壁洞聯

賞析

少林寺在嵩山少室山脈的北麓，是千年古剎。達摩面壁洞在少林寺西北的五乳峰上，相傳是少林始祖印度僧人菩提達摩面壁九年修行佛法的地方。

一葦渡江：出自《詩經·河廣》 「誰謂河廣，一葦杭之」。這裡指傳說中達摩在南朝梁武帝時期從金陵乘船渡江北上少林寺面壁修行的故事。六祖：指禪宗衣鉢相傳的六位祖師。初祖達摩，以下是慧可、僧粲、道信、弘可、慧能。三乘：佛教用語，指三種深淺不同的修行途徑：菩薩乘（大乘）、緣覺乘（中乘）、聲聞乘（小乘），只有菩薩乘的修道之士才能普度眾生，緣覺乘、聲聞乘只能自度，不能度人。

這副對聯寫菩提達摩的行事和修行。上聯寫達摩來到中國，從金陵乘船渡江北上，開創中國禪宗一脈，一直到後來的六祖慧能，禪宗淵源不絕；下聯寫達摩面壁九年修行佛法，歷經艱辛，最終徹悟佛禪之理，掌握了能夠普度眾生的「三乘」佛法。「一葦渡江」

言其神奇飄逸，「九年面壁」言其執著艱辛，所以最終能夠開創禪宗，洞悟佛法。

中天臺觀高寒，但見白日悠然，黃河翻滾；

東京夢華銷盡，徒嘆城郭猶是，人民已非。

——康有為題河南開封龍亭聯

賞析

龍亭在河南開封市西北，原為宋皇宮御苑的一部分。清康熙三十一年，建萬壽亭，供皇帝誕辰時文武百官朝賀之用。康有為，近代思想家、文學家，字廣廈，號長素，廣東南海（今廣東佛山）人。早年重視經世致用之學，1898年與梁啟超等人發動戊戌變法運動，變法失敗後，逃亡國外，其後思想日趨保守。其主要著作有《新學偽經考》《孔子改制考》《大同書》等。

中天：河南在中國中部。東京：北宋稱汴京（開封）為東京。夢華：指過去的繁華景況。

上聯寫登上皇宮高樓，寒意襲人，只見白日悠然，黃河滾滾入海；下聯說東京的繁華如夢一樣消失殆盡，徒然慨嘆山河城池依舊，王朝卻已變遷，百姓也不復存在，表現出濃重的物是人非之感。康有為後期思想傾向於保守，所以聯中寫景物的變化，主要是為了表現一種懷舊與失落的情感，具體而言就是對清王朝的懷念與悼惜之情。對繁華逝去的感嘆是人類共通的情感，所以即使我們拋開此聯寫作的具體背景，也一樣能體會到那種深深的感慨。

南連嵩岳，北接武山，天險扼西東，勢壓兩河鷹獵地；

漢拒楚兵，晉阻石眾，征戰歷唐宋，古來三字虎牢關。

——河南滎陽虎牢關聯

賞析

虎牢關位於滎陽城西北汜水鎮。傳說，周穆王曾畜虎於此，故名虎牢關。此處地勢險要，自春秋戰國至唐宋，歷來都是兵家必爭之地。

鷹獵地：指古來征戰之地。武山：指廣武山。漢拒楚兵：秦末楚漢戰爭時，此為漢拒楚兵之地。晉阻石眾：晉時北方的石勒、劉淵等政權曾在此長期混戰。

上聯寫虎牢關的險要地理位置，向南連接嵩山，向北連接廣武山，似一道天險扼制東西要道，成為黃河兩岸兵家必爭之地；下聯追溯歷史，從秦末楚漢戰爭到晉代五胡亂華，再歷經唐宋，千餘年來，虎牢關三字與戰爭密不可分。對聯從地理形勢和歷史影響兩方面表現了虎牢關的重要性，聯語雄奇，氣勢非凡，令人嘆服。一樓萃三楚精神，雲鶴俱空橫笛在；

二水匯百川支派，古今無盡大江流。

——薩迎阿題湖北武漢黃鶴樓聯

賞析

黃鶴樓在今湖北省武漢市，江南三大名樓之一。薩迎阿，字湘林，滿族人。清代乾隆時人。

144

黃鶴樓

　　一樓：即黃鶴樓。萃：匯聚。三楚：這裡指長江流經的湘、鄂一帶。雲鶴俱空橫笛在：化用崔顥《黃鶴樓》中「黃鶴一去不復返，白雲千載空悠悠」和李白《黃鶴樓聞笛》中「黃鶴樓中吹玉笛」的詩句而成。二水：指長江和漢水。百川支派：指各小河溪流都注入長江和漢水。

　　上聯突出黃鶴樓的宏偉崇高，為三楚精神之所繫，傳說中的黃鶴白雲已杳無蹤跡，但幸好橫笛還在，可以吹盡我無限憂愁；下聯抓住黃鶴樓峙立江邊的特點，極力渲染大江容納百川溪流、古今無盡的氣勢，更進一步突出黃鶴樓深厚的歷史文化底蘊，源遠流長。全聯對仗精工，語言清新自然，風格俊朗豪健。

　　棟宇逼層霄，憶幾番仙人解佩，詞客題襟，風日最佳時，坐倒

金樽，卻喜青山排闥至；

川原攬全省，看不盡鄂渚煙光，漢陽樹色，樓臺如畫裡，臥吹玉笛，還隨明月過江來。

——宋鎛題湖北武漢晴川閣聯

賞析

晴川閣位於武漢龜山東端禹功磯上，與黃鶴樓隔江相望，為明代漢陽太守範子箴所創建，取唐人崔顥《黃鶴樓》詩中「晴川歷歷漢陽樹」之句意命名。宋鎛，清嘉慶、道光年間曾任湖北地方官，江蘇溧陽人。

棟宇：指晴川閣。仙人解佩：劉向《列仙傳》載有漢皋二仙女將佩珠給鄭交甫的神話。詞客題襟：唐代詩人溫庭筠、段成式等，曾以詩相唱和於漢水之濱，詩成十卷，稱為《漢上題襟集》。題襟，抒懷。坐倒金樽：開懷暢飲。排闥：王安石《書湖陰先生壁》詩有「一水護田將綠繞，兩山排闥送青來」句。鄂渚：江中小洲，在原武昌城外西江中。玉笛：李白《與史郎中飲聽黃鶴樓上吹玉笛》詩中有「黃鶴樓中吹玉笛」句。過江來：《過江來》是曲調名，這裡語帶雙關。

這是一副題勝蹟聯。上聯寫晴川閣之高聳，然後借「仙人解佩」贈給鄭交甫的美麗傳說和唐代溫庭筠、段成式等「詞客題襟」以詩唱酬的動人故事，來抒發自己在風日最佳之時登臨晴川閣，開懷暢飲，蔥翠滿眼，意興飛揚的情感；下聯寫登臨晴川閣可以一覽全省風物，從輕煙繚繞的鄂渚到樹色斑駁的漢陽，描繪了樓臺如畫，玉笛聲聲，明月當空的迷人景色。對聯寫出了晴川閣的氣勢以及四周美麗的景色，造語華麗，對仗工整，使事用典自然妥帖，可謂情景交融之杰作。

撼山抑何易，撼軍抑何難，願忠魂常鎮荊湖，護持江漢雄風，

大業先從三戶起；

文官不愛錢，武官不怕死，奉讜論復興國家，留得乾坤正氣，新猷端自四維張。

——孔庚題湖北武漢岳飛亭聯

賞析

岳飛亭在武漢市蛇山。抗日戰爭爆發前，在蛇山下昭烈祠發現一塊明代所刻的岳飛遺像石碑。當時民族情緒高漲，故特為岳飛建亭紀念，以激勵同胞。孔庚，同盟會員，辛亥革命元老。

撼山抑何易，撼軍抑何難：南宋時岳飛率軍抵抗金軍，屢戰屢勝，敵人哀嘆「撼山易，撼岳家軍難」。荊湖：湖北、湖南一帶。岳飛曾長期在武昌一帶駐守。三戶：《史記·項羽本紀》「楚雖三戶，亡秦必楚也」。文官不愛錢，武官不怕死：岳飛曾說過「文官不愛錢，武將不怕死，則天下太平矣」。讜論：宋代陳次生撰《讜論集》，內容大多直言敢諫、正直明達。新猷：謀劃。四維：指禮、義、廉、恥。《管子·牧民》說：「四維張，則君令行。」

這是一副刻在岳飛亭石柱上的對聯，表達了人們對岳飛的懷念之情和對岳飛精神的強烈呼喚。上聯寫撼山容易，撼動軍人愛國之心何其難，希望岳飛的忠魂能夠鎮守荊湖，護持江漢雄風，要振興民族大業要先從楚地開始；下聯寫如果文官不愛錢，武將不怕死，人人都能發揚「讜論」精神來復興國家，那就會保留民族的浩然正氣，國家新興的大業就從禮、義、廉、恥這四維開始。對聯慷慨激昂，在讚頌岳飛精忠報國精神的同時，主要還是激勵民眾團結一心，抵禦外侮，決不屈服，至今讀來仍令人胸膽開張。

志在高山，志在流水；

一客荷樵，一客聽琴。

賞析

伯牙臺在武漢漢陽龜山尾部月湖湖畔，又名古琴臺。傳說，春秋時琴師俞伯牙在此鼓琴時與能夠聽懂琴音的樵夫鐘子期結為至交，相約明年中秋再見。後鐘子期死，伯牙非常悲痛，撫琴一曲後，將琴在石上摔碎，終生不再鼓琴。後人感其情誼，築伯牙臺以紀念。

這是一副集句聯。上聯出自《列子‧湯問》：「伯牙鼓琴，志在登高山，鐘子期曰：『善哉，峨峨兮若泰山。』 志在流水，鐘子期曰：『善哉，洋洋兮若江河。』」下聯出自唐司空圖《二十四詩品‧實境》：「清澗之曲，碧松之陰，一客荷樵，一客聽琴。」上聯講俞伯牙彈琴志在高山、流水；下聯講鐘子期荷樵、聽琴，一客即指鐘子期而言。對聯緊緊圍繞伯牙臺來寫，借子期為伯牙知音的故事表達了對前代先賢的景仰之情。

勝蹟別嘉魚，何須訂異箴訛，但借江山攄感慨；

豪情傳夢鶴，偶爾吟風嘯月，毋將賦詠概平生。

——朱蘭坡題湖北黃岡赤壁挹爽樓聯

賞析

赤壁古稱赤鼻，也稱赤鼻磯，在今湖北黃岡縣城西門外。宋代大詩人蘇東坡曾在此作前後《赤壁賦》和《念奴嬌‧赤壁懷古》等名篇。但此赤壁與三國「赤壁之戰」的赤壁不同。朱蘭坡，甘肅徑川人，清嘉慶進士。

嘉魚：據考證，周瑜破曹的赤壁應在湖北嘉魚縣境內。訂異箴訛：考訂甄別虛假錯誤的說法。攄：抒發，舒展。夢鶴：蘇軾在《後赤壁賦》中曾提到夢鶴之事。概：概括。

上聯說黃州赤壁不同於嘉魚赤壁，何必去考訂甄別真假呢？蘇軾本人並非不知道，他不過是借江山勝蹟來抒發自己的人生感慨罷了；下聯寫蘇軾的豪情透過《後赤壁賦》中夢鶴的描寫已經傳達出來，他不過是偶爾吟風頌月，不能以其在詞賦中的吟詠來概括他的一生。在作者看來，蘇軾以此地為三國赤壁，不過是用以表達自己的人生感懷以及對歷史的思考，並非不知何處是「赤壁之戰」的故址，因此後人讀蘇軾的赤壁詞賦，自然不必拘泥於這些小節，而應著重體會其作品中的豪放情懷與曠達情致。

一樓何奇？杜少陵五言絕唱，范希文兩字關情，滕子京百廢俱興，呂純陽三過必醉。詩耶？儒耶？吏耶？仙耶？前不見古人，使我愴然涕下！

諸君試看：洞庭湖南極瀟湘，揚子江北通巫峽，巴陵山西來爽氣，岳州城東道崖疆。潴者，流者，峙者，鎮者，此中有真意，問誰領會得來？

——何紹基題湖南嶽陽樓聯

賞析

岳陽樓是江南三大著名樓閣之一，原為三國東吳魯肅操練水軍的閱兵臺。唐開元四年（716）張說謫守岳州，在此建樓。宋慶曆五年（1045），滕子京重修岳陽樓，范仲淹寫了《岳陽樓記》一文，岳陽樓因此聲譽倍增。何紹基（1799—1873），字子貞，號東洲，湖南道州人，道光十六年（1836）進士，授官編修，博涉群書，書法自成一家。此聯一說為竇垿所撰。

杜少陵五言絕唱：杜少陵即杜甫。五言絕唱是指杜甫的五言律詩《登岳陽樓》：「昔聞洞庭水，今上岳陽樓。吳楚東南坼，乾坤日夜浮。親朋無一字，老病有孤舟。戎馬關山北，憑軒涕泗流。」范希文兩字關情：范希文即范仲淹，北宋政治家、文學家。其《岳

陽樓記》中的「先天下之憂而憂，後天下之樂而樂」為世人傳誦，兩字關情即指其中的「憂」、「樂」兩字。滕子京百廢俱興：滕子京即滕宗諒，字子京。北宋河南人，慶曆四年被貶到岳陽，次年主持重修岳陽樓。呂純陽三過必醉：呂純陽即呂洞賓，名岩，唐代進士。傳說，後來入終南山修道成仙，為「八仙」之一，自號純陽子。據《岳陽風土記》載，呂洞賓好酒，曾三醉岳陽樓。他的《絕句》詩雲：「三醉岳陽人不識，朗吟飛過洞庭湖。」前不見古人，使我愴然涕下：化用陳子昂《登幽州臺歌》中「前不見古人，後不見來者。念天地之悠悠，獨愴然而涕下」句。揚子江北通巫峽：揚子江即長江。巫峽為長江三峽之一。巴陵山西來爽氣：指巴陵山在岳陽西。岳陽古為巴陵郡。爽氣，指明朗開豁的自然景象。岳州城東道崖疆：岳州，隋代置岳州，治所在巴陵（今岳陽市），元改為路，明改為府，南朝宋置巴陵郡。東道崖疆指東面接連高山。崖疆，指山岩之邊界。潴者：潴，水停聚之地。峙者：直立、聳立著的。鎮者：一方的主山稱鎮，形容山勢雄鎮一方的樣子。此中有真意句：化用陶淵明《飲酒》「此中有真意，欲辨已忘言」句。

上聯開首用問句讚歎岳陽樓的奇偉，起筆不同凡響。接著歷數有關岳陽樓的典故，杜甫的《登岳陽樓》詩寫出洞庭湖的浩渺闊大，范仲淹的「先天下之憂而憂，後天下之樂而樂」使岳陽樓聲譽倍增，滕子京重修岳陽樓，呂洞賓留下三醉岳陽樓的傳說，從詩、儒、吏、仙四個方面寫出自古以來岳陽樓的奇偉壯美。最後以陳子昂的詩句作結，抒發今日登臨不見前賢的悲慨之情。下聯從位置形勢繼續寫岳陽樓之奇偉，登樓遠眺，南到瀟湘，北及巫峽，西至巴陵，東連高山。湖水、江流、群山、險峰，一覽無遺。最後以問句收結，此天地勝景中的真意，又有誰能領會得來呢？表達了人在面對歷史與自然的偉大時無可排遣的孤獨感，寓意深遠。作者多用典故，著力表現岳陽樓歷史的悠遠與文化的深厚，使此聯的內涵十分豐富。而上下聯連用排比，也使得此聯氣勢闊大，很好地表現了岳

陽樓的雄偉奇絕。

湖南洞庭湖岳陽樓

風物正淒然，望渺渺瀟湘，萬水千山皆赴我；

江湖常獨立，念悠悠天地，先憂後樂更何人。

——楊度題湖南嶽陽樓聯

賞析

楊度（1875—1931），湖南省湘潭人，字晳子，號虎公。1897年，入湖南長沙時務學堂讀書。1902年，留學日本。曾依附袁世凱，策劃復辟帝制。後移居上海，思想漸趨變化，嚮往革命。1922年起，參加孫中山領導的民主革命。1929年秋，由周恩來介紹祕密加入中國共產黨。有《楊度集》傳世。

先憂後樂：北宋范仲淹《岳陽樓記》中有「先天下之憂而憂，

後天下之樂而樂」的句子，表達了他以天下為先的高尚情操。

　　這是一副名勝聯，但主旨並不是寫景，而是抒發心中深沉的感慨。上聯寫景，作者登上岳陽樓，見深秋風景淒然，眺望渺遠的瀟湘，茫茫蒼蒼，萬水千山奔湧而來，造境宏大而寥廓；下聯抒懷，作者獨自登臺，處在遼遠的江湖，悠悠天地之中頓感孤獨無依，像范仲淹那樣的先憂後樂的先賢更有何人呢？上聯的寫景正為下聯的抒懷奠定基礎，即塑造了一種悲戚渺茫的境界，以抒發悠悠天地之中的孤獨感，更表達自己對范仲淹的認同感和敬仰之情。

　　晚景自堪嗟，落日餘暉，憑添楓葉三分艷；

　　春光無限好，生花妙筆，難寫江天一色秋。

　　——湖南長沙岳麓山愛晚亭聯

　　賞析

　　愛晚亭位於長沙岳麓山青楓峽口，附近古木參天，深秋時紅葉滿山，景色迷人。亭名即取唐人杜牧《山行》　「停車坐愛楓林晚」詩意，亭額「愛晚亭」三字為毛澤東親筆題寫。

　　晚景自堪嗟：北宋歐陽修《戲答元珍》詩中有「野芳雖晚不須嗟」的句子，這裡是反其意而用之。生花妙筆：比喻高妙的文筆。江天一色：唐王勃《滕王閣序》中有「秋水共長天一色」的句子。

　　對聯概括了愛晚亭周圍楓葉艷紅的美景。上聯從實處入題，開首先點出「晚」字，說晚景自可嗟嘆，但並不悲觀，下面說夕陽余暉更能增加楓葉的艷麗，語氣一轉，境界自然得到提升；下聯從虛處落筆，先說春光明媚，無限美好，但緊接著筆勢又轉，說高妙的文筆能夠描摹春景，卻難以描繪這江天一色的迷人秋景，春光無限好正是這可愛秋景的襯托和鋪墊。對聯語言清麗，構思巧妙，景、情、理互為滲透，意蘊悠長。

自滇池八百里而下，瀟湘泛艇，岣嶁尋碑，名蹟訪姜齋，風月湖山千古；

孕衡岳七二峰之靈，揮塵談兵，植槐卜相，雄才張楚國，文章經濟一家。

——張之洞題湖南衡陽石船山湘西草堂聯

賞析

湘西草堂為明末清初著名學者王夫之的故居，在石船山下。王夫之，字而農，號姜齋，學者稱船山先生。張之洞（1837—1909），清末洋務派首領。字孝達，號香濤，直隸南皮（今屬河北省）人。同治進士，曾任翰林院侍講學士、體仁閣大學士、山西巡撫、兩廣總督、湖廣總督、軍機大臣等職，是清末重臣。所作楹聯很多，有《張文襄公全集》傳世。

滇池：在雲南省昆明市西南。岣嶁尋碑：岣嶁，山名，衡山七十二峰之一。碑即岣嶁碑，也叫禹碑，傳說為夏禹治水時所刻。揮塵談兵：晉人清談時，經常手執塵尾，後人稱談論為揮塵。談兵，指明朝滅亡後王夫之在衡山舉行義事。植槐卜相：相傳周代宮廷外有三棵槐樹，太師、太傅、太保三公朝見天子時面向三槐而立，所以後人想當大官的就種槐樹卜求。這裡指王夫之抗清失敗後，曾出任南明桂王政府官員。經濟：指經國濟民。

上聯從石船山湘西草堂的地理形勢寫起，從滇池逶迤八百里直下衡陽，在瀟湘泛舟，在岣嶁山尋碑，尋訪王夫之當年行跡，湖山之景，風月之色，千古不變；下聯寫王夫之的行事作為，包孕衡岳七十二峰的靈秀，不僅大義舉兵，而且曾出任南明政府官員，施展雄才大略，可謂經濟與文章之才集於一身。聯語對仗工穩，氣概不凡，多用典故，但都是圍繞王夫之本人行事展開，無堆砌之感。

望望七十二峰，工部游時，詩聖有誰能繼響；

遙遙一千餘載，文公去後，岳雲從此不輕開。

——湖南衡山祝融峰聯

賞析

南嶽衡山位於湖南省中部衡山縣，五嶽之一，也是中國佛教名山。衡山南起衡陽回雁峰，北至長沙岳麓山，擁有大小山峰72座。祝融峰海拔1290公尺，為南嶽絕頂。

工部：唐代著名詩人杜甫，曾任工部員外郎，故稱「杜工部」，因為杜甫在古代詩歌史上享有崇高的地位，所以後人又稱他「詩聖」。杜甫晚年從岳陽乘船經衡山，有一詩詠贊衡山，其中有「祝融五峰尊」的句子。繼響：繼承餘響。文公：唐代大文學家韓愈，去世後謚號為文公，他有《謁衡岳廟遂宿岳寺題門樓》一詩，也是詠贊衡山的名篇。岳雲從此不輕開：傳說韓愈游衡山時，陰雨連綿，他默默祈禱之後，雲開霧散，所以後來蘇軾《潮州韓文公廟碑》說「公之精誠能開衡岳之雲」。

上聯寫遙望衡山七十二峰，想到當年杜甫遊歷此處，作《望岳》一詩，有誰能跟詩聖相媲美呢？下聯寫自韓愈游衡山一千多年之後，再無人能使衡岳雲開霧散。上聯懷杜甫，下聯思韓愈，實際上是互文見義，透過寫兩位文化巨人與衡山的關係，揭示了南嶽衡山悠久而深厚的文化內涵。

三萬軸書卷無存，入室追思名宰相；

九千丈雲山不改，憑欄細認古煙霞。

——湖南衡山鄴侯書院聯

賞析

唐代文人李泌，在德宗時官居宰相，封鄴侯，曾隱居衡山，死後其子建南嶽書院紀念他。南宋時遷至集賢峰下，改名鄴侯書院，

清乾隆年間又加以擴建。

三萬軸書卷：典故出自韓愈詩「鄴侯家多書，插架三萬軸」。雲山：衡山山高雲繞，故稱「雲山」。古煙霞：煙霞峰過去的風貌。

上聯追思古人，寫當年李泌有三萬卷的藏書，而今已經無存，進入書院，讓人不由得嚮往當年名相的風采；下聯寫當今風景，不變的是萬丈雲山依舊，憑欄遠眺，昔日煙霞依稀可辨。上聯寫人、物之變，下聯寫風光不改，由物及人，由景及情，表達了對昔人已逝的感慨，對名相風範長存的敬仰之情。

景區景點

遊華中勝蹟　　領略山水楹聯之美

墨客文人在遊山玩水、尋古訪勝之際，或觸景生情，或抒發襟懷，題寫楹聯，留於後世。有時一副好聯，能使遊人流連忘返，增添遊興，難以忘懷。我們在遊覽華中名勝時，除了欣賞美景，感受歷史，也應該充分領略名勝古蹟的山水楹聯之美，理解其中深蘊的文化內涵。在華中三省的許多勝蹟都存留著很多著名的楹聯。比如：河南的嵩山一帶，有少林寺、達摩洞、嵩山絕頂等處；洛陽城內有白馬寺等佛寺古蹟；開封有龍亭，鞏縣有杜甫墓，南陽有武侯祠等，以勝蹟對聯為主。湖北武漢的黃鶴樓、晴川閣，文人多慕其名而至，所以名聯很多。其他如東湖、伯牙臺，以及黃岡赤壁，公安一帶，也是存留著很多楹聯。湖南長沙的天心閣、賈誼祠，嶽麓山的愛晚亭等處，岳陽的岳陽樓，可謂名聯薈萃，衡山的南天門、半山亭、回雁峰、祝融峰等處，衡陽的湘西草堂等，楹聯也各有特色。

華南地區名勝古蹟楹聯賞析

背景分析

　　華南地區包括廣東、廣西、海南、臺灣、香港、澳門等地。歷史上嶺南文化與中原文化有所不同，後來中原文化滲入，與嶺南文化相互影響，形成了獨特的文化風貌，具有既古老又年輕、充滿活力、不斷超越的鮮明特點。這一地區歷史悠久的文化勝蹟很多，嶺南名城有廣州、潮州、南寧、桂林等，存有鎮海樓、白雲山、潮州韓文公祠、惠州西湖、梅州人境廬、桂林獨秀峰、海口五公祠等勝蹟。這些地方現在還保留著很多楹聯，多傳達出悠久的歷史文化，頗多人生感懷。另外臺港澳等，如太古巢、日月潭、開元寺、鄭成功祠，香港的三一園、長山古寺，澳門的松山亭等，也有很多楹聯存留至今，或輕靈秀逸，或渾樸質重，風格多樣，各有特色。

閱讀提示

　　導遊員在講解華南地區景點的名勝古蹟楹聯時，應該注意下面幾個問題。第一，對於名勝古蹟楹聯的基礎知識，楹聯藝術的基本特點，需要特別熟悉，只有對基本知識熟悉了，才能真正理解、欣賞楹聯，也才能夠更好地講解各景點的楹聯，引導遊客欣賞楹聯文化，豐富旅遊感受。第二，要把握華南地區名勝古蹟楹聯的獨特之處。華南地區的名勝古蹟楹聯，題寫於樓閣、亭臺、寺觀、祠堂者比較多，所以大多詠嘆古事、抒發感懷，或者宣揚教旨、表達禪悟，往往有較深的內蘊。比如鎮海樓聯的慷慨有感，潮州韓文公祠、鄭成功祠聯、海口五公祠的歷史意識，惠州西湖聯的文學意味，臺灣開元寺聯的禪悅情懷，桂林獨秀峰聯的思古幽情等等，都

是意蘊深遠，又各有特點。導遊員在講解時必須深入其中，充分領會，才能夠引導遊客加以欣賞，加深其對景點文化的理解，提高其旅遊文化素養。第三，華南各地文化略不同於中原文化，所以要求導遊員對本地的一些文化背景、歷史背景有深入的瞭解，這樣才能對楹聯進行深入淺出、詳細充分的講解。

楹聯賞析

萬千劫危樓尚存，問誰摘斗摩霄，目空今古；

五百年故侯安在？只我倚欄看劍，淚灑英雄。

——張之洞題廣州越秀山鎮海樓聯

賞析

越秀山也叫粵秀山，位於廣州市北面。鎮海樓在越秀山上，始建於明代洪武十三年（1380），登樓遠望，盡覽廣州全景。

劫：劫難、災難。危樓：高樓。摘斗摩霄：摘斗，摘星斗；摩霄，接近雲霄。故侯：指主持修建鎮海樓的明永嘉侯朱亮祖。倚欄看劍，淚灑英雄：南宋辛棄疾《水龍吟》詞中有「把吳鉤看了，欄杆拍遍，無人會，登臨意」以及「倩何人、喚取紅巾翠袖，搵英雄淚」的句子，與對聯中的表達很相似。

鎮海樓

　　這是一副題風景名勝的對聯，但並沒有寫越秀山鎮海樓周圍秀麗壯美的自然景色，而全是弔古抒懷。上聯寫鎮海樓歷經劫難至今尚存，問豪氣直上雲天、目空今古的英雄如今何在，抒發了世事變幻、英雄安在的感嘆；下聯寫主持修建鎮海樓的故侯朱亮祖已逝，自己空有才幹，卻只能倚欄看劍，無以實現抱負，表達自己空負壯志、世無知己的感慨。「問誰」是上聯領詞，領起「摘斗摩霄，目空今古」；　　　　「只我」是下聯領詞，領起「倚欄看劍，淚灑英雄」。兩相對照，既是自負的表達，又有悲慨的情懷。其調悲壯已極，令人讀之不禁嘆息再三。

　　東土耶？西土耶？古木靈根不二；

　　風動也，幡動也，清池碧水湛然。

　　——廣州光孝寺聯

賞析

廣州光孝寺位於市區光孝路北，廣州四大叢林之一，是歷史最悠久的寺院建築。寺址初為南越王趙佗第三世孫故宅，三國時吳國虞翻於此辟苑圃，後家人施宅田為寺，名制止寺。宋紹興二十一年（1151）始定名為光孝禪寺，寺內歷史文物甚為豐富。

東土、西土：東土指中國，西土指天竺（今印度）。古木：指菩提樹。風動、幡動：佛教《壇經》上這樣記載，「時有風吹幡動，一僧曰：風動。一僧曰：幡動。議論不一。慧能進曰：不是風動，不是幡動，而是心動。」

上聯寫菩提樹有智慧靈根，自然不必分別其來自東土、西土，表達了佛法為一、外物無別的觀念。下聯寫池中碧水清澈，有如參禪心境，不管風動、幡動，我心靜若止水，強調所達到的物我兩忘的禪悟境界。聯意清幽淡雅，「耶」、「也」等虛字的使用，使對聯節奏曲折，跌宕多姿。

有三分水、四分竹、添七分明月；

從五步樓、十步閣、望百步長江。

——黃遵憲題廣東梅州人境廬聯

賞析

黃遵憲（1848—1905），字公度，廣東梅州人，光緒二年（1876）舉人，歷任駐日、美、英等國參贊、總領事，後任湖南長寶鹽法道、署按察使。因參加戊戌變法被革職。近代著名詩人，著有《人境廬詩草》。黃遵憲被革職回鄉後，在梅州營建新宅，取陶淵明《飲酒》詩「結廬在人境，而無車馬喧。問君何能爾？心遠地自偏」之意，取名為「人境廬」。

望百步長江：百步之外可望到長江，這裡指梅江，江水經梅州

東流。

上聯側重寫人境廬清新淡遠的景色，流水、竹影、明月，構成了一幅靜雅明麗、充滿自然意趣的圖畫。水、竹、月分別用「三分」、「四分」、「七分」來形容，有層層點染之妙。下聯側重寫人境廬的建築，從「五步樓」、「十步閣」，到「百步長江」，層層遞進，眼界也逐漸開闊。全聯以虛實相間的筆墨，寫人境廬的自然景緻和建築，文字淺白卻含蓄深婉，寄寓著作者深切的政治情懷。

春盡花魂猶戀石；

雨餘山氣欲吞潮。

——梁啟超題廣東佛山南海西樵山枕流亭聯

賞析

枕流亭在佛山南海西樵山天湖畔。梁啟超（1873—1929），近代著名思想家、文學家、學者，字卓如，號任公，別署飲冰室主人，廣東新會人，17歲中舉。戊戌變法前，梁啟超與康有為一起發動「公車上書」，宣傳變法，戊戌變法失敗後，流亡日本。他是近代文學革命運動的理論倡導者，提出「詩界革命」、「小說界革命」的口號，並在創作上進行積極嘗試，散文自成一體，稱為「新民體」。

上聯寫暮春將盡時節，殘花飄落於山間岩石上，筆調婉約，瀰漫著凄迷憂傷的情懷；下聯描繪雨後山林中霧氣蒸騰，像要吞沒山溪春潮，筆勢雄奇，隱寓著作者不得舒展的憤激之情。上聯用「戀」字表現柔婉之美，下聯用「吞」字表現雄健氣勢，煉字頗為妥帖傳神，意境幽深。

伴雲何處住？得住且住；

問月幾時圓？見圓便圓。

——陳仲英題廣東潮州步月亭聯

賞析

步月亭在廣東省潮州市。陳仲英，清代人，曾任臺灣知府。

這是一副充滿佛禪之趣的對聯。表面上是寫景，實際上是說禪，聯語中有景有禪，景與禪互為表裡，以景見性，景禪合一。上聯從雲寫起，問雲何處住留，雲沒有意念，自然無所謂住留，所以說得住且住，實際上是勸諭世人凡事不必執著，要隨遇而安。下聯寫月，問月幾時可圓？月之圓缺自有定數，不如見圓說圓，實際上還是勸諭世人不必執著於「幾時」，而應順其自然。總之，此聯透過雲、月的無定，表達了萬物皆能自得，一切無須人為的禪機。

不增不減，不生不滅，不垢不淨；

如夢如幻，如泡如影，如露如電。

——林兆龍題廣東惠州朝雲墓聯

賞析

朝雲墓在惠州西湖孤山。朝雲即王朝雲，蘇軾的側室。惠州西湖位於惠州之西。原稱豐湖，由豐湖、鱷湖、平湖、菱湖和南湖等組成，統稱西湖。北宋詞人蘇東坡曾謫居惠州三年，留下朝雲墓、六如亭等勝蹟。林兆龍，清道光年間任惠州豐湖書院主講。

這是一副集佛經聯。上聯出自《般若波羅蜜多心經》「是諸法空相，不生不滅；不垢不淨；不增不減」。是說一切物質、精神，既不會增加，也不會減少，既沒有產生，也沒有滅亡，既無所謂骯髒，也無所謂潔淨。下聯出自《金剛經》：「一切有為法，如夢、幻、泡、影；如露，亦如電，應作如是觀。」是說世間凡是有所為而成的法，都是生滅無常的，如夢、如幻、如泡、如影、如露

亦如電，終究是虛幻的，一切都是不真實的。聯語既有對佛教教義的宣揚，又表達了對過去不必執著的思想。

到此處才進一步；

願諸君勿廢半途。

——廣東肇慶鼎湖山半山亭聯

賞析

鼎湖山在廣東省肇慶市東北，是嶺南四大名山之一。半山亭位於入山步行上慶雲寺和飛水潭必經之路，又叫小歇群峰。

題景對聯中有的以寫景為主，有的透過寫景來抒情，有的則意在說明某種哲理。此聯主要是反映一定的生活哲理，告訴人們，到得半山，不過是進了一步而已，距離頂點還有很長的路途，俗語說「行百里者半九十」，凡事要不斷努力，向更高的目標攀登，才能最終成功。登山如此，成功之道亦然。從對聯本身來講，由於運用了口語的形式，顯得誠懇親切而意味深長。

山從衡岳分來，數雲外芙蓉，畫本都收眼底；

水向蒼梧重匯，聽江頭琴築，元音猶在人間。

——蔣綺齡題廣西桂林南薰亭聯

賞析

南薰亭在桂林北極路東、虞山舜祠左側。《孔子家語·辨樂解》：「昔者舜彈五弦之琴，造《南風》之詩。其辭曰：『南風之薰兮，可以解吾民之慍兮』。」南薰亭即據此命名。蔣綺齡，字申府，號月石，廣西全州人，道光二十年（1840）進士，官至順天府尹。

衡岳：南嶽衡山。水向蒼梧重匯：湖南的湘江和廣西的灕江在

蒼梧匯合。築，古代絃樂器，形如琴，十三弦。北舜山上有古蹟「韶音洞」，相傳舜曾在此奏韶樂。

此聯寫桂林南薰亭山水風光。上聯從山寫起，桂林諸山是從衡岳綿延而來，登南薰亭眺望遠處群峰環繞中的西湖，芙蓉盛開，美景如畫，盡收眼底；下聯從水寫起，湘江、灕江在蒼梧匯合，閒坐亭上，可聽到江邊有人彈奏古韶樂之聲。對聯緊扣景點特徵描繪景物，上聯側重在山、在畫，下聯側重在水、在音，從遠到近，寫來有聲有色，含蓄雋永。

得地領群峰，目極舜洞堯山而外；

登堂懷往哲，人在鴻軒鳳舉之中。

——梁章鉅題廣西桂林獨秀峰五詠堂聯

賞析

獨秀峰在桂林市中心，南朝宋顏延之任桂林太守時曾在此讀書，賦《五君詠》（五君指嵇康、阮籍、劉伶、阮咸、向秀）。宋元祐年間建「五詠堂」，後被毀，清道光年間，梁章鉅任廣西巡撫時重建，刻《五君詠》於石，並題此聯。

舜洞：在桂林市北虞山西麓。堯山：在桂林市東。鴻軒鳳舉：出自《五君詠》寫向秀的句子「交呂既鴻軒，攀嵇亦鳳舉」。古人常用鴻雁、鳳凰來比喻君子的美好德行。據《晉書·向秀傳》記載：「（嵇）康善鍛，秀為之佐，相對欣然，旁若無人，又共呂安灌園於山陽。」說明向秀是一個率性自由、不執著追求利祿功名、品性高潔的人。

這是一副寫景懷古聯。上聯寫獨秀峰在此地傲視群峰，遊人登上頂峰遠望，可以一直看到舜洞、堯山以外的風光，眼界開闊，神清氣爽；下聯寫登上五詠堂，對歷史上的先賢往哲油然而生景仰之情，表達了與古人心靈世界的相通。上聯的寫景是為了突出下聯對

古人的懷念崇敬，更為了體現千載之下後人對更高更自由的精神境界的追求。聯語典雅，對仗工整。

於東坡外，有此五賢，自唐宋迄今，公道千秋垂定論；處南海中，別為一郡，望煙雲所聚，天涯萬里見孤忠。

——海南海口五公祠聯

賞析

五公祠位於海口市與瓊山縣接壤處，是為紀念唐、宋時期貶謫到海南島的五位著名歷史人物：唐朝名相李德裕，宋朝名相李綱、趙鼎、名臣胡銓、李光而建的，故名五公祠。五公祠始建於明萬曆年間，清光緒十五年（1889）重修，後又多次修繕，素有「瓊臺勝景」的美名。

上聯寫歷史上貶謫海南的先賢中除了蘇軾，還有這五位賢人，都因堅持正義而被貶，從唐宋以來，千秋功過自有公道的評價；下聯寫崖州是南海中的邊遠郡縣，遠望崖州，煙雲籠罩，萬里天涯之外可見孤忠賢士。對聯頌揚了五公高尚的民族氣節和後人深切的敬仰之情。

長亭惜別，古道瞻歧，雨笠塵襟人日日；

山鳥吟春，寺花送曉，煙鐘風磬我年年。

——香港新界長山古寺聯

賞析

長山古寺位於新界禾徑山麓，原稱長生庵，是古驛站遺址。

上聯想像古代驛站送別的情景。長亭之中依依惜別，古道之上遙望歧路，每天都有人在煙雨濛濛、塵土滿襟的古道上離別，充滿傷感的情調。下聯寫山寺景色，花香鳥語，春光明媚，年年皆有鐘磬之音，一派悠遠的情境。鳥吟、花送，用擬人手法，畫面更顯靈

動。煙鐘、風磬，既合乎周圍的景物特點，也增添了視覺、聽覺上的美感。聯中嵌「長山」，「古寺」，天衣無縫，非常巧妙。松風送抱，正蕩胸懷，近看鏡海波光，蓮峰嵐影；

山雨欲來，且留腳步，遙聽青洲漁唱，媽閣鐘聲。

——李供林題澳門松山亭聯

賞析

松風送抱：這裡是指風從松林間吹入人的懷抱。鏡海：形容大海水平如鏡。蓮峰：美稱山峰秀如芙蓉，故曰蓮峰。嵐影：嵐，山林中的霧氣。嵐影，指山林樹木在雲霧籠罩中呈現出的奇異景色。青洲漁唱：青洲，長滿青草的小洲，這裡指澳門半島西北角小離島。漁唱，指漁人互相唱和的歌聲。媽閣：這裡指松山寺中雕刻華麗的樓閣。

這是一副名勝風景聯，它採用互相襯托、動靜結合的藝術手法，細緻描繪了澳門松山寺周圍的神奇瑰麗的景色。上聯寫作者眺望所見，茫茫大海平整如鏡，波光激灩，山峰秀如芙蓉，雲蒸霞蔚，林間的徐徐清風，蕩滌胸懷，給人一種氣象萬千而又寧靜肅穆的感覺；下聯寫山雨欲來的情景，從長滿青草的小洲上傳來優美的漁歌，從華麗莊嚴的松山寺裡傳出悠遠的鐘聲，組成了一曲漁歌互答、鐘鼓和鳴的交響曲，令人心曠神怡、樂而忘返。此聯不僅對仗工整，平仄和諧，而且文辭優美，意境高遠。上下聯嵌入「松」、「山」二字，更增強了對聯的藝術感染力。

高潭懸日月；

法幢起國魂。

——臺灣南投日月潭玄光寺聯

賞析

165

日月潭位於臺灣中部南投縣叢山中，是臺灣最大的天然湖，著名的風景區。湖中有一小島，以島為界，潭的北半部如日，南半部如月，故稱日月潭。玄光寺，位於日月潭南岸青龍山畔。抗日戰爭期間被日本人從南京天禧寺劫走的部分玄奘遺骨，於1966年從日本取回後曾安放在該寺（後又移存玄奘寺）。

高潭：即日月潭。因高出海拔760公尺，故稱其為高潭。法幢：即經幢。中國佛教一種最重要的刻石。鑿石為圓柱或棱柱，一般為八角形，高三四尺，上覆以蓋，下附臺座。幢各面及底頭部，各刻佛或佛龕。在周幢雕像下，遍刻經咒，以《密經》及《尊勝陀羅尼》為最多。其制式由印度的幢形變化而來，自唐代以後盛行各地。國魂：指崇高的精神，中華民族的精神。

上聯抓住日月潭的突出特點來寫景，極力描繪日月潭的雄偉氣勢與壯觀景色，有如懸在高處的日月一樣，令人神往。此處「日月」既指日月潭中的「日潭」和「月潭」，又可理解為天上的「日」、「月」，可謂一語雙關；而一個「懸」字，既是想像豐富的寫實，又傳達出肅然起敬之意。下聯從佛教的立場出發來借景抒情，用代表佛教重要標誌的法幢，隱喻曾存放過玄奘遺骨的玄光寺，表明它是中華民族崇高精神的象徵。此聯借古抒情，借史喻理，情景交融，從而造成一種高遠的意境、豪邁的氣勢，讀後令人心胸開闊，強烈的民族自豪感與愛國之激情油然而生。

水清魚讀月；

花靜鳥談天。

——陳定山題臺北陽明山聯

賞析

陽明山原名草山，在臺北市北部，是臺北著名風景區。陳定山，名蘧，字小蝶，1927年生，浙江杭州人。陳定山精通詩文、

詞曲、書畫、戲曲、小說等，著作甚豐。

這副對聯用短短的十個字寫出了陽明山清幽雅緻的迷人景色，傳達出作者的情趣追求，藝術上很有特點。上聯以「水清」作參照來突出「魚讀月」，寫陽明山泉水、湖水清澈，以至於魚兒在月夜欣賞月亮的微妙情景，也能看得清清楚楚。而「魚讀月」用擬人手法反過來又渲染了水的清澈。下聯以「花靜」作參照來突出「鳥談天」。陽明山風和日麗、環境幽靜，連鳥兒在花叢中「談天」也能聽得清清楚楚。「鳥談天」同樣是用擬人手法來對幽靜景色進行細緻入微的描述。這種以動襯靜、動靜結合的藝術手法，塑造出一種環境清幽、優美雅緻的意境，也很好地傳達出作者追求清逸和超脫世俗的思想情感。另外，作者在上聯中藏著一個「清」字，下聯中藏著一個「靜」字，連起來就是「清靜」二字，既突出了主題，又表達了作者的思想情趣，寫法上也是很巧妙的。

開千古得未曾有之奇，洪荒留此山川，作遺民世界；極一生無可如何之遇，缺憾還諸天地，是創格完人。

——沈葆楨題臺南延平郡王祠聯

賞析

延平郡王祠，在臺灣臺南。清同治十三年，欽差大臣沈葆楨至臺灣，建鄭成功祠於臺南。祠成，沈葆楨親撰此聯。鄭成功（1624—1662），祖居福建省泉州。21 歲時鄭成功效忠於南明政權，被賜姓朱，史稱鄭成功為「國姓爺」。後來鄭成功在泉州聯絡江南各路抗清力量，「反清復明」，大敗清軍。1662年，鄭成功收復臺灣，荷蘭殖民者投降，結束了對臺灣38年的殖民統治。沈葆楨（1820—1879），字翰宇，號幼丹，福建侯官（今福州市）人。道光二十七年（1847）進士，入翰林院，曾任監察御史、船政大臣、兩江總督兼南洋大臣等。他巡守臺灣，驅逐日寇，開發寶島，為建設近代海軍，鞏固海防做出貢獻。

千古：比喻時代久遠。洪荒：古代傳說世界開始時一片洪水，稱為洪荒。缺憾：鄭成功志在反清復明，其志未成，是為缺憾。

上聯論鄭成功收復國土，開拓臺灣，使此地成為明代遺民世界，勳業為古人所未有；下聯感慨其一生無可如何的際遇，反清復明的志願只能作為遺憾還給天地，推崇其為獨創一格的完人。對聯概括了鄭成功一生的境遇與貢獻，正面評價了鄭成功反清復明的功業及當年所處的環境，可謂不朽名作。

景區景點

遊歷華南　　領略南粵獨特的楹聯文化

山水楹聯多題寫在自然山川和人文勝境，集優美的語言藝術、精湛的書法藝術和鐫刻藝術於一體，與環境美景交相輝映，可謂珠聯璧合。山水楹聯，是重要的山水旅遊文化資源。華南地區留存的著名楹聯很多，比如：廣東廣州的鎮海樓、白雲山，以及光孝寺、華林寺、真武廟等寺觀，還有黃花崗七十二烈士墓等革命紀念地；潮州的韓文公祠、步月亭、西湖公園等；惠州西湖的六如亭、朝雲墓，肇慶鼎湖山，梅州的人境廬，南海的西樵山，博羅的羅浮山，清遠的飛來寺等等。廣西桂林的獨秀峰、五詠堂、七星公園、疊彩山、南薰亭、陽朔等。海南海口的五公祠，瓊中的五指山等。臺灣臺北的太古巢，日月潭，開元寺，鄭成功祠等。香港的三一園、長山古寺。澳門的松山亭等。

古代山水詩詞曲賦基礎知識

什麼是古體詩、近體詩？

從格律上看，詩可分為古體詩和近體詩。

古體詩又稱「古詩」或「古風」，凡不受近體詩格律的束縛的，都是古體詩。古體詩除了押韻之外不受任何格律的束縛，這是一種自由體或半自由體的詩。古體詩句數沒有限定，一般不對仗，不講求平仄，既可以押平聲韻，又可以押仄聲韻。

近體詩也稱「今體詩」，是唐代形成的律詩和絕詩的通稱，同古體詩相對而言。句數、字數和平仄、用韻等都有嚴格規定。

什麼是律詩、絕句？

律詩是近體詩的一種。律詩的韻、平仄、對仗，都有許多講究。由於格律嚴密，所以稱為律詩。律詩有以下特點：每首八句，五律共四十字，七律共五十六字，每首十句以上者，則為排律；押平聲韻；每句的平仄都有規定；律詩中，兩句相配，稱為一聯，第一、二兩句稱為首聯，第三、四兩句稱為頷聯，第五、六兩句稱為頸聯，第七、八兩句稱為尾聯，作為律詩，中間兩聯需要對仗，首尾兩聯不用對仗。

絕句即「絕詩」，定格僅有四句，比律詩的字數少一半，以五言和七言為主，簡稱「五絕」、「七絕」。絕句實際上有古絕、律絕兩類。古絕可以用仄韻，即使是押平韻的，也不受近體詩平仄規則的束縛，可以歸入古體詩一類。律絕是律詩興起以後才有的，古絕遠在律詩出現以前就有了。律絕跟律詩一樣，押韻限用平聲韻腳，並且依照律句的平仄，講究粘對。

什麼是詞、詞牌、闋？

詞是一種按照樂譜的曲調、節拍來填寫、歌唱的文學樣式。詞又稱「長短句」，這是由它參差錯落、長短不齊的句式特點而得名的。詞原被稱為「曲詞」或「曲子詞」，是由詞的入樂性質而起的。後來詞逐漸跟音樂分離，成為詩的變體，所以也把詞稱為「詩餘」。「詩餘」還含有詩的下降、詩的餘緒的含義。

詞是依譜歌唱的，寫詞時所依據的樂譜、樂調數目繁多，每種詞調都有特定的名稱，叫做「詞牌」。詞牌，就是詞的格式的名稱。關於詞牌的來源，大約有下面的幾種情況：

（1）本來是樂曲的名稱。例如《菩薩蠻》，據說是由於唐代大中初年，女蠻國進貢，她們梳著高髻，戴著金冠，滿身瓔珞，像菩薩。當時教坊因此譜成《菩薩蠻曲》。據說，唐宣宗愛唱《菩薩蠻》詞，可見是當時風行一時的曲子。《西江月》 《風入松》《齊天樂》《彩雲歸》等，都是屬於這一類的。這些都是來自民間的曲調。

（2）取自人名或地名。如《念奴嬌》，念奴本是唐代天寶年間一個能歌善舞的倡女的名字。又如《多麗》 《沁園春》，多麗是一個善彈琵琶的歌女的名字，沁園是漢代沁園公主的園名。《揚州慢》 《八聲甘州》也都是取自地名。

（3）取自前人詩意。如《蝶戀花》取自梁武帝「翻階蛺蝶戀花情」，《醉東風》取自李白「絲管醉東風」，《玉樓春》取自白居易「玉樓宴罷醉和春」。

（4）來源於最初詞作者所詠的內容。《踏歌詞》詠的是舞蹈，《舞馬詞》詠的是舞馬，《欸乃曲》詠的是泛舟，《漁歌子》詠的是打魚，《拋球樂》詠的是拋繡球，《更漏子》詠的是夜。凡是詞牌下面註明「本意」的，就是說，詞牌同時也是詞題的，就不另有題目了。

曲終叫做闋。一闋，表示曲子到此告終。因此，樂曲一首叫做一闋，詞一首也叫做一闋。下面再來一闋，表示依照原曲再唱一首歌。

古代山水詩詞是怎樣產生、發展的？

山水文學是文學發展過程中的必然。人類在與自然共處的過程中，必然會對二者的關係有所反映。起初，這種反映是以神話的形

式出現的，接著，在《詩經》和《楚辭》中，出現了大量詠嘆山水、描摹景物的詩句。中國傳統詩歌以抒情為主，詠嘆自然景物成為豐富其表現力的一個重要手段。但那時山水還沒有成為一種獨立的審美對象，而往往只是作為比興寄託的對象。曹操的《觀滄海》被認為是中國文學史上第一首完整的山水詩。「宋初文詠，體有因革。莊老告退，而山水方滋。」（劉勰《文心雕龍·明詩》）山水文學在劉宋時期大規模興起，有其社會原因。

東晉以前，中國的政治文化重心在北方。南渡以後，山水風貌之美迥異於北方，使北方士人耳目一新，暢神寄情於其間：

顧長康從會稽還，人問山川之美。顧雲：「千岩競秀，萬壑爭流。草木蒙籠其上，若雲興霞蔚。」（《世說新語·言語》）

江南山水的迂曲深秀，影響了文人的審美情趣，也必然帶動詩歌內容和風格的豐富。此時，南方士族莊園經濟愈益興盛，經濟自足，文人身居其間，既能享受權勢富貴之利，又盡得山水田園之美。正如《宋書·謝靈運傳論》所言：「鑿山浚湖，功役不已。尋山陟嶺，必造幽峻，岩障千重，莫不備盡。」莊園為士族提供了最為現實和理想的生活基礎。文人生活環境的轉變，必然直接影響到文學創作的題材。晉宋時期，由於社會矛盾的紛繁，在士人中盛行一種「朝隱」之風。面對王室與士族、士族與士族之間的矛盾，一部分士人盡力選擇一條能夠保全自己遠離禍患的中間道路，於是以「吏非吏，隱非隱」的「朝隱」，來緩衝出仕與隱居的矛盾，一時成為社會上層的普遍風氣。於是自然山水在文人現實生活和精神生活中占據了重要地位。

就文學自身的發展看，山水詩的產生，還與當時盛行的玄言詩有著密切的關係。統治東晉詩壇百年的玄言詩，雖往往流於抽象玄理的解釋，但士人普遍追求人格美與自然美的統一，把大自然看作最能體現「道」的底蘊和真諦的對象，這使得能否領略自然之美成

為衡量人的精神境界的標準。玄言詩人孫綽曾諷刺一個人說：「此子神情都不關山水，而能作文？」（《世說新語·賞譽》）由於這種風氣的影響，流行的玄言詩裡開始出現了一些山水詩句，作為玄學名理的印證。自然山水越來越成為獨立的審美對象，也意味著詩壇風氣的轉變。

劉宋初期，謝靈運大量創作山水詩，在藝術上又有新的開拓，確立了山水詩在文壇的優勢地位，「遊山水詩，應以康樂為開先也」。（沈德潛《說詩晬語》）自然物進入創作領域，在陶淵明作品中則表現為田園詩。謝朓是繼謝靈運之後，另一位重要的山水詩人。謝朓筆下的山水詩在景與情的融合方面更加自然。

唐王朝的建立，經濟、文化及國際交往的空前繁榮，為山水詩的進一步發展提供了良好的發展背景。遼闊的疆域、千姿百態的自然風光、名勝古蹟，成為唐代山水詩的創作源泉。山水詩走向藝術的巔峰。盛唐詩人對筆下的山水，充滿濃郁的激情，富於氣勢。王維、孟浩然、李白、杜甫，以不同的風采展現了自然山水的秀麗多姿、博大神奇。中唐詩人中以韋應物、柳宗元、韓愈、白居易等為代表，或簡淡，或奇崛，或平易，各有千秋。晚唐詩人寫作的山水詩則呈現出晚唐國勢的衰頹和文人傷感的精神面貌，成就最高的是杜牧和李商隱。

宋代山水詩的議論化傾向十分明顯。宋人借寫新奇秀美的景緻，表達自己的哲理體驗與審美感悟，開闢了另一種藝術境界。王禹偁、梅堯臣、蘇舜欽，是宋初寫作山水詩的大家。蘇軾的山水詩享有盛名，善於從動態中捕捉山水景物的特徵，體現出對自然的妙悟和與山水的契合，並且大多體現出濃厚的理趣。南宋大詩人中以楊萬里、範成大的山水詩最為著名。宋代山水旅遊文學的發展，還體現在山水旅遊詞這一新的文學樣式的產生。宋代山水旅遊詞，在描寫旅遊生活的過程中，往往融入個人的遭際和國家民族的命運，

表現出豐富而複雜的內涵。代表作如王安石的《桂枝香·金陵懷古》、辛棄疾的《水龍吟·登建康賞心亭》等，充滿對歷史變遷的感喟和對國勢的憂慮，內涵遠遠超出了一般的旅遊詞作。柳永尤其擅長寫宦遊行旅過程中的風物景觀，以表達羈旅行役之愁與相思離別之苦。柳永還積極開拓山水旅遊詞的題材範圍，突出地體現在對都市風光和城市風物的描繪上。

　　元、明、清山水詩雖然各有成就，但已經無法超越唐代。元代山水詩發展，分為前後兩個時期。前期作家中很多懷有對前朝的懷戀之情，現實中的苦悶使他們走向大自然，寄情山水，元好問、趙孟頫、劉因是這個時期的代表性詩人；後期以虞集、楊載、範椁、揭傒斯為代表。明清時期的山水詩創作為復古思潮所籠罩，未能獨出機杼，超越唐、宋，但在描述山水、記敘古蹟中，卻能夠以獨特的視角，在描寫山水的過程中融入大量的社會內容和作者自身的感悟，透視出知識分子獨特的心態。明代的公安派、清代的性靈派都寫有清新的山水詩，表現了自然真趣。明清易代之際詩人的山水文學作品多在山水景物中，寄託自己的無限感慨，如顧炎武的《測景臺》　《居庸關》，屈大均的《魯連臺》，吳偉業的《臺城》等詩都明顯地體現了這一特點。

古代山水詩詞有哪些主要風格？其主要代表作家各有哪些？

　　鋪排景物、移步換景式的山水詩，以謝靈運為代表。謝靈運是山水詩開創期的詩人。他徘徊於朝野之間，寄情自然山水以排遣苦悶，發泄不滿，獲得心靈的慰藉。謝靈運的山水詩，大部分為他任永嘉太守以後所寫。這些詩以富麗精工的語言，描繪了永嘉、會稽、彭蠡湖等地的自然景色。謝靈運對山水之美的領悟，是移步換

景式的動態的游賞，摹寫山水的聲色姿態，經營畫境。因為登山臨水，視野開闊，而景有遠近，色有濃淡，詩人依據自己的感官印象將其納入「鏡頭」，使他筆下的景物具有鮮明的空間感和錯落有致之美。謝靈運受玄言詩的影響，形成「敘事—寫景—玄理」的模式。

清新淡雅的詩風，以孟浩然和王維為代表。孟浩然善於擷取孤月、疏雨、古木、寒鐘、孤琴等景物，融入旅思、鄉戀、客愁、友情，表現一種悠遠淒清的意境，具有樸素自然、閒淡疏朗的韻致。王維精通音樂，又擅長繪畫，在描寫自然山水的詩裡，創造出「詩中有畫，畫中有詩」的境界。他將畫家的色彩感覺和構圖能力用在詩歌創作中，使他的詩具有畫面美。王維對大自然的聲響有敏銳的感覺能力，表現於詩歌創作中，則是具有音樂美。王維還善於營造禪境，作品多有遠離塵囂的寂靜境界，表達超脫萬物的喜悅。中唐時期的韋應物，宋代的梅堯臣也都具有高雅閒淡的風格。

奇險的藝術風格，以韓愈為代表。韓愈喜歡將奇險的語言和散文的章法引入山水詩創作中，顯得奇肆怪誕，筆力雄健，才氣橫溢，別開生面地豐富了山水詩的創作領域。

「以議論為詩」、「以才學為詩」、「以文字為詩」、富於理趣的山水詩，以蘇軾、王安石、陸游、楊萬里為代表。蘇軾善於從動態中捕捉山水景物的特徵，刻畫景物有神采靈動之妙，增強了山水景物的感染力。其作品體現出作者對世界的觀察與認識。王安石晚年罷相以後，流連山水，寫了大量的游賞詩。作品體現出的是歷盡官場坎坷榮華之後的王安石對於自然人生的深層次體悟。陸游的山水遊歷之作多借描繪山水姿態表現性情心趣，快意山水之外，更將山水旅遊之樂上升到理性的高度，觀自然造化之妙而悟人生處世之理，追求理趣美。楊萬里則善於發現平凡景物中的不平凡情趣。

奔放開闊、大氣雄渾的山水詞，以辛棄疾為代表。辛棄疾的大

多數遊歷詞本意並不在描繪景物、記敘遊蹤，而多是用虛筆傳神寫意，借登臨游賞抒發自己壯懷激烈的報國之志與懷才不遇的鬱憤之情。

古代山水詩有哪些審美特徵？

中國古代山水詩詞作為古典文學的奇葩，不僅生動描繪了華夏山川的風光，匯成千古江山的歷史藝術畫卷，而且深刻表現了山水詩人崇高的思想情懷。它濯心靈，冶性情，蘊蓄著寶貴的審美價值。

古代山水詩的審美特徵主要體現在三個方面：第一，畫境美。詩人對景物中蘊蓄的美有獨特的敏感。在遊覽中，隨著時轉步移，眼前的景物不斷變化，詩人描摹水光山色，鋪敘景物，每一首詩都彷彿一幅美麗的山水畫，詩境的營造富於色彩感和空間感，生動再現了景物的面貌，形象逼真，景象鮮明，令人賞心悅目。第二，意境美。無論是寫景狀物，還是寫景抒情，詩人遊蹤所至，目為景觸，心為景動，神為景悅，景物與詩人情懷交融，因此在作品中必然融入作者的情緒。詩中生動的山川草木，正是詩人胸襟中蓬勃氣韻的生命力的寄託物。清純高遠而富於審美質感的山水形象，含融著兼得於生活美和人格美的主體意識。第三，理性美。山水詩中除了反映形象、恰到好處地寫出景物的千姿百態外，有的還由景物自然延伸到對人生、社會的認識和議論，蘊含一定的哲理，表達詩人得之於山水的智慧，使人得到理性的啟迪，增生出奇崛和巧慧的創意。

什麼是元曲、散曲、南曲、北曲？

　　元曲，是元雜劇和元散曲的合稱，是元代新興的一種韻文文學，也是元代文學的代表。雜劇是戲曲，散曲是詩歌，兩者屬於不同的文學體裁，但它們也有共同點，即都使用當時的北曲，曲詞要按照曲調撰寫，都能和樂歌唱。

　　散曲，是元代的一種新興詩體，是有固定格律的長短句形式。散曲和詩詞一樣，用於抒情、寫景、敘事，無賓白科介，便於清唱，有別於劇曲。散曲分為小令和套數兩類。

　　南曲，是宋元時南方戲曲、散曲所用各種曲調的統稱，同北曲相對。南曲大都淵源於唐宋大曲、宋詞、諸宮調等傳統音樂藝術，並吸收了宋元時期流行的民間音樂，包括漢族民歌及北方少數民族民歌的曲調，用韻以元周德清《中原音韻》為標準。南曲盛行於元朝，宋元南戲和明清傳奇大都以南曲為主。

　　北曲，是宋元時北方戲曲、散曲所用各種曲調的統稱，同南曲相對。北曲大都淵源於唐宋大曲、宋詞和南方民間曲調，用韻以南方（今江浙一帶）語音為標準。

什麼是曲牌、小令？

　　曲牌，是曲調的名稱，有一定的調子、唱法；字數、句法、平仄、用韻都有基本定式，可據以填寫新曲詞。曲牌大都來自民間，一部分由詞牌轉變而來。

　　小令，是散曲體式之一，體制短小，元人也叫「葉兒」，一般以一支曲子為獨立單位，但也有例外。

什麼是賦、古賦、俳賦、律賦、文賦？

賦，是中國文學史上產生頗早的一種文體，創始於周代，後成為漢代流行的文體。漢賦是在荀卿、宋玉賦的基礎上，廣泛吸收、綜合了「楚辭」、《詩經》、先秦散文的一些文體特點和創作手法而發展起來的一種文體。

明代徐師曾在《文體明辨》中，把賦分為古賦、俳賦、律賦、文賦四類。

古賦，主要是指產生於兩漢的辭賦。古賦，一方面是說它產生的時代早，同時，也是相對於後來講求對仗、聲律的俳賦、律賦來說的，所以凡後世仿照兩漢時期的賦作，不講求對仗、聲律的賦作，概稱古賦。

俳賦，又稱駢賦，是在古賦基礎上發展變化出來的新賦體，追求字句上的工整對仗、音節上的輕重協調。

律賦，主要是為適應唐宋科舉考試需要而產生的一種既講究對偶，又限制音韻的新賦體。

文賦，是受唐宋古文運動的影響而產生的。它一反俳賦、律賦在駢偶、用韻方面的限制，而接近於古文，也就是趨向於散文化。

鑒賞古代山水詩詞曲賦各有哪些技巧？

鑒賞古代山水詩詞曲賦，主要應該從詩詞曲賦的形式和內容兩個大的方面入手。

對山水詩詞曲賦形式的把握要求注重四個方面。

1.瞭解山水詩詞曲賦的發展變化

應對山水詩詞曲賦的發展脈絡有清晰的認識。既要對山水詩詞曲賦的產生、發展、變化脈絡有所瞭解，還要對各個時期（特別是唐宋時期）各個流派的代表作家、主體風格有比較深刻的認識。

2.把握詩歌的主要特徵

即詩歌高度的概括性，生動的形象性，強烈的抒情性，鮮明的音樂性。

3.熟悉山水詩詞曲賦鑒賞常用名詞術語

（1）主旨意境類

深化意境、深化主旨、意境深遠、意境優美、意味深長、耐人尋味、言近旨遠、言簡意豐、意在言外、含蓄蘊藉等。

（2）分析手法類

畫龍點睛、直抒胸臆、托物言志、象徵、以小見大、開門見山、寄寓、寄託、襯托、烘托、渲染、側面描寫、對比、比興、情景交融、情景相生、情因景生、借景抒情、以景襯情、融情入景、意在象外、一切景語皆情語等。

（3）語言特點類

勾勒、濃墨重彩、描寫詳盡、細膩、惟妙惟肖、體物入微、窮形盡相、富有哲理、淋漓盡致、行雲流水、形神兼備、簡潔、淺顯、明快、明白、通暢、平淡、質樸、清新、淡雅、華麗等。

（4）風格類

沉鬱頓挫、豪邁激昂、雄渾闊大、氣象壯闊、恢宏奔肆、婉約清麗、細膩動人、含蓄有致、明麗清新、雄壯悲慨、活潑生動、幽默詼諧、豪放曠達、沉鬱、蒼涼、悲涼、沖淡、低沉、悲慨、蒼

勁、舒緩、俊爽等。

（5）結構類

做鋪墊、埋伏筆、呼應、渾然天成等。

（6）行文技巧類

疏密有致、對比映襯、以虛寫實、虛實結合、以動襯靜、動靜結合、白描勾勒、濃墨重彩、善於修辭、長於描繪、想像奇特、描摹心理、刻畫細節、有聲有色、繪影繪形、句式整齊、音節和諧、一氣呵成等。

4.掌握修辭方法在山水詩詞曲賦中運用的特點

山水詩詞曲賦中常用的修辭手法，是比喻、擬人、對比、誇張、借代、雙關、互文等。

對山水詩詞曲賦內容的把握要求注重以下幾個方面：

（1）評價作品的思想內容

作者的生活經歷、思想傾向、政治主張、志向追求、人生感悟、感情體驗，以及思想感情的類別、載體、抒情方法等。

（2）鑒賞山水詩詞曲賦中的形象

山水詩詞曲賦中的「形象」既包括抒情主人翁，即詩人自己，也包括其中的景物形象，是情中景。借助客觀物象表現出來的主觀感情形象，也就是含有「意」的形象，即「意象」。詩人一般借意象來表現自我，詩人作為主體，往往與意像這個客體合而為一。

（3）鑒賞作品的表達技巧

表達技巧，指詩人在借助語言文字塑造藝術形象時，靈活運用一般創作規則和方法所表現出來的具體而又特殊的藝術手段。

①抒情方法

抒情方法包括，直接抒情（直抒胸臆）和間接抒情。間接抒情的主要手段，有借景或借物抒情，借人或物言志；另外，還有融情於景、懷古傷今和即事感懷等。

②表現手法

表現手法，可以從幾個方面進行把握：比興的方法；描寫、抒情、議論的方法；以動寫靜、樂景寫哀、虛實結合、小中見大、點面結合、想像聯想、象徵寄託等構思技巧；色彩的搭配、空間的勾勒、聲音的模擬、主體的寫照等具體描摹技巧。

③用典

鑒賞山水詩詞曲賦的用典主要明確兩點：典故的來源及其含義；用典的作用。

④修辭

明辨修辭的藝術手法，分析修辭的藝術效果。

⑤風格

風格是由創作個性決定的作品在思想與藝術上總的特色。不同的詩人形成了不同的風格，不同的風格有不同的特徵，如陶淵明的淡遠閒靜；李白的清新飄逸；杜甫的沉鬱頓挫；蘇軾的曠達豪邁等。

您知道以下古代山水詩詞曲賦掌故嗎？

（1）李白每逢勝景，常「恨不能攜謝朓驚人詩句來」（《雲仙雜記》）。他在《金陵城西樓月下吟》中吟哦南齊詩人謝朓：「解道澄江靜如練，令人長憶謝玄暉」，表達對謝朓《晚登三山環

望京邑》中「餘霞散成綺，澄江靜如練」的讚賞。

（2）《集異記》：開元年間，王之渙與高適、王昌齡到酒店飲酒，遇梨園伶人唱曲宴樂，三人私下約定以伶人演唱各人作品情形定詩名的高下。先是一位伶人演唱了王昌齡的「寒雨連江夜入吳」，接著一伶人唱了高適的「開篋淚沾臆」，然後又一位伶人演唱了王昌齡的「奉帚平明金殿開」。這時王之渙指著歌女中梳著雙鬟最美的一個說：「如果她所唱的不是我的詩，則我終身不敢再與你們一爭高下。」一會兒，那個最美的歌女開口，果然是王之渙的「黃河遠上白雲間」，三人大笑。

（3）王維詩歌詩情畫意相結合，被蘇軾評價為「味摩詰之畫，畫中有詩；味摩詰之詩，詩中有畫」（《題藍田煙雨圖》）。

（4）《唐才子傳》《唐詩紀事》：李白登黃鶴樓本欲賦詩，因見崔顥作《黃鶴樓》詩，於是斂手說：「眼前有景道不得，崔顥題詩在上頭。」又欲與之較勝負，於是作《登金陵鳳凰臺》。

（5）《韻語陽秋》：李白作《望廬山瀑布》：「日照香爐生紫煙，遙看瀑布掛前川。飛流直下三千尺，疑是銀河落九天。」中唐詩人徐凝也寫了一首《廬山瀑布》：「虛空落泉千仞直，雷奔入江不暫息。千古長如白練飛，一條界破青山色。」後來蘇軾評價二人之作說：「帝遣銀河一脈垂，古來唯有謫仙詞。飛流濺沫知多少，不與徐凝洗惡詩。」

（6）宋代歐陽修十分喜愛常建《題破山寺後禪院》中「竹徑通幽處，禪房花木深」兩句，想要模仿作一聯，久而不可得，「乃知造意者為難工也」。後來他在青州一處山齋宿息，親身體驗到「竹徑」兩句所寫的意境情趣，更想寫出那樣的詩句，卻仍然「莫獲一言」。（《題青州山齋》）

（7）《六一詩話》：梅堯臣曾經對歐陽修說：最好的詩，應

該「狀難寫之景如在目前，含不盡之意見於言外」。歐陽修請他舉例說明，他便舉出溫庭筠《商山早行》中「雞聲茅店月，人跡板橋霜」和賈島「怪禽啼曠野，落日恐行人」，並反問道：「道路辛苦，羈旅愁思，豈不見於言外乎？」

（8）《吹劍錄》：蘇軾問一位幕士，自己的詞與柳永相比怎麼樣，對方回答說，柳永的詞，只應十七八女子，執紅牙板，唱「楊柳岸曉風殘月」；先生的詞，必須關西大漢，執鐵綽板，唱「大江東去」。

（9）楊萬里描寫了形形色色從沒被描寫過和很難描寫的景象，以至於姜夔稱：「處處山川怕見君。」（《白石道人詩集》卷下《送朝天續集歸誠齋》）連景物都怕落在楊萬里的眼裡，怕被他無微不至地刻畫在詩裡。

（10）《鶴林玉露》：孫何任兩浙轉運使，柳永作《望海潮》（東南形勝）贈之。這首詞流傳很廣。金主完顏亮聽到，被其中「三秋桂子，十里荷花」的描述打動，萌發侵吞南宋之心。這個傳說原不可信，卻可以印證這首詞的藝術感染力之強。

（11）《容齋隨筆》：吳中人士藏有王安石《泊船瓜洲》的原稿，其中「春風又綠江南岸」一句，原為「春風又到江南岸」，圈去「到」字，旁註為「不好」，改為「過」，又圈去而改為「入」，又改為「滿」，改了十多個字，才定為「綠」。

古代山水詩詞曲賦之最知多少？

（1）中國文學史上第一首較為成熟的山水詩，是曹操的《觀滄海》。

（2）中國古代山水詩最早的發軔者是謝靈運。

（3）中國古代田園詩最早的開創者是陶淵明。

北京地區山水詩詞曲賦賞析

背景分析

  中國文人有寄情山水的文化傳統。天人合一、情景相生的意象，在中國古代詩歌中比比皆是。在一些感慨興亡的詩作中，詩人的情感得到真切的表達。慨嘆風雲變幻，痛惜韶光流逝，感受命運坎坷之苦，鬱積壯志未酬之憤，詩人面對動亂的現實，出於責任感，悲慨萬千。

  幽燕名勝詩文即多為懷古詠今之作，蓄積著厚重的歷史韻味，洋溢著政治家、軍事家以及文人墨客對歷史的探詢、對現實的追問。北京地區山水詩詞多集中在燕京八景、西苑三海、三山五園等處。作者或坐擁天下，指點江山，寄託政治主張；或抒發建功立業、望射天狼的英雄氣概；或模山範水，歌詠自然，找尋文化，懷古論今。

閱讀提示

  北京是中國六大古都之一。在春秋戰國時期，這裡曾是戰國七雄之一燕國的統治中心，築黃金臺招賢勵精圖治的燕昭王、慷慨悲歌刺秦王的荊軻都是燕都的居民。北京自秦漢至五代，一直是長城內外的中心，是有悠久歷史的文化名城。從西元10世紀起，遼、金、元、明、清五代，也都以之作為帝都，其中四朝的統治者是少數民族。

  山水詩詞曲賦作品反映社會風貌，折射作者的思想、審美主張。無論是生活在北京，還是遊歷北京山水的詩人，大都會在詩詞中寄託對國家、政治、民族、個人命運的理想，所以要結合時代大

背景，以及作者個人的生活狀況進行分析。在山水詩詞中，作者往往將模山範水與行旅、隱居、弔古詠懷等融為一體，反映著詩人的憂國憂民之心、懷古諷今之情。由於大量的山水景觀與人文景觀自然結合，山水詩詞中自然就包蘊著人文思想，所以，在講解時應挖掘詩詞中的感情色彩，準確解說詩人的心理特徵。古人講究「微言大義」、「春秋筆法」，要細心領會詩人在山水名勝中寄託的個人理想。清代詩人的作品多寄寓興亡，藝術上主張獨抒「性靈」，把遊覽山水當作個人的審美活動，常常率真自然地表達自己的真情實感。

詩詞曲賦賞析

登幽州臺歌① 唐·陳子昂

前不見古人，後不見來者。②

念天地之悠悠，③　獨愴然而涕下。④

賞析

①幽州臺：又稱燕臺，幽州在戰國時代為燕國都。②前不見古人，後不見來者：是指像燕昭王那樣能任用賢才的，古代曾有，但不及見；後世亦當有之，但亦不能見。即《楚辭·離騷》 「哀朕時之不當」。③悠悠：無窮無盡的樣子。④愴然：悲傷的樣子。

陳子昂（661—702），字伯玉，梓州射洪人（今四川射洪附近）。二十四歲中進士，此後屢次上書指論時政，提出許多頗有見識的主張，但因「言多直切」而不見用，一度還因「逆黨」牽連被捕入獄。西元696年，陳子昂以參謀隨武攸宜出討契丹，後因意見不合被降為軍曹。陳子昂報國無門，滿腔悲憤，登上薊丘（即幽州

臺），這附近有許多燕國古蹟，它們喚起詩人對歷史的回憶，於是作《薊丘覽古七首》及《登幽州臺歌》。陳子昂存詩近130首，有《陳伯玉集》。

詩以無窮盡的時空為背景，寥寥數語便將報國無門、感傷孤獨的情緒宣洩出來。這種矛盾心理任何時候都能喚起讀者的共鳴，有極強的感染力。作者儘管抒發憤懣之情，但並無消沉之意，表現出慷慨悲涼、剛健有力的風格。在句式上採取了長短參差的楚辭體句法，前兩句三個停頓：「前──不見──古人，後──不見──來者」，後兩句四個停頓，「念──天地──之──悠悠，獨──愴然──而──涕下」。「之」、「而」兩個虛字改變了詩歌的節奏，音節舒緩流暢，表現作者曼聲長嘆、無可奈何的抑鬱心情。

望薊門① 唐·祖詠

燕臺一去客心驚，② 　　笳鼓喧喧漢將營。③

萬里寒光生積雪， 　　三邊曙色動危旌。④

沙場烽火侵胡月， 　　海畔雲山擁薊城。

少小雖非投筆吏， 　　論功還欲請長纓。⑤

賞析

①薊門：薊丘，現為明土城關遺存，在北京市德勝門外。當時是東北邊防要地。②燕臺：原為戰國時燕昭王所築的黃金臺，這裡代稱燕地，用以泛指平盧、範陽這一帶。唐代的範陽道，以今北京西南的幽州為中心，統率十六州，為東北邊防重鎮。它主要的防禦對像是契丹。③笳鼓：少數民族的軍樂器。漢將營：借指唐軍營。④三邊：古稱幽、並、涼為三邊。這裡泛指當時東北、北方、西北

邊防地帶。危旌：豎得很高的大旗。⑤少小雖非投筆吏，論功還欲請長纓：年少雖未像東漢班超那樣投筆從戎，卻也心懷請纓之壯志。請長纓，指投軍報國。

祖詠（699—746？），洛陽人。開元年間進士，官至駕部員外郎。與王維志趣相投，交誼至深。詩作多摹寫山水自然，風格屬「王孟」一派。明人輯有《祖詠集》。

全詩以「望」字為詩眼。從視覺、聽覺等多側面描繪出戰事危急的形勢，渲染出肅殺氣氛，使「客」始終籠罩在「驚心」的氛圍中。首聯落筆在「驚」上，接著虛寫肅殺氣氛。第三聯實寫形勢之危急。尾聯以壯志激奮收束全文。從軍事上著筆，意象雄偉闊大，寥寥數字繪出恢宏的沙場情勢，表現出時刻建功立業的決心。

盧溝 ①　金·趙秉義

河分橋柱如瓜蔓，②　　路入都門似犬牙。③

落日盧溝溝上柳，　　送人幾度出京華。④

賞析

①盧溝：盧溝河，上游叫桑乾河，下游叫永定河。金時建石橋，名廣利橋，即盧溝橋。清乾隆十六年（1751），鐫碑建亭，乾隆書寫的「盧溝曉月」刻在碑上後，「盧溝曉月」成為著名的燕京八景之一。②瓜蔓：瓜類植物細長的莖。形容河水經過盧溝橋被橋柱分成幾股像瓜蔓一樣曲折的細流。③犬牙：像犬牙一樣參差不齊。比喻通往京城的路交錯縱橫。④京華：京城。

北京盧溝橋「盧溝曉月」碑亭

　　趙秉義（1159—1232），字周臣，號閒閒，磁州滏陽（今河北磁縣）人。金世宗大定二十五年（1185）進士。一生仕世宗、章宗、衛紹王、宣宗、哀宗等五朝，官至禮部尚書。能詩文，有《閒閒老人滏水文集》。

　　盧溝橋是出入京城的門戶。詩人寫橋上和橋下的景象，都意在突現盧溝橋的門戶地位。古代有折柳贈別的習俗，「柳」「留」諧音，「落日盧溝溝上柳」寫出了臨別時的依依不捨，把深情融入盧溝橋畔，楊柳樹下，夕陽余暉中，由盧溝橋見證離別的感傷。橋上、橋下的自然景物都是離情承載物，情在景中。詩人表情達意含蓄，雖沒有渲染離情別緒，但憂傷還是襲上讀者的心頭。詩的一、二句對仗工整，用正對突出了盧溝橋在京城的交通樞紐作用。比喻

貼切自然，「瓜蔓」、「犬牙」形神皆似。

折桂令·盧溝曉月　元·鮮於必仁

出都門鞭影搖紅，山色空濛，①林景玲瓏。橋俯危波，車通遠塞，欄倚長空。起宿靄千尋臥龍，②掣流雲萬丈垂虹。路杳疏鐘，似蟻行人，如步蟾宮。③

賞析

①空濛：迷茫不清。②起宿靄：遲遲不散去的霧靄，形容盧溝橋姿態雄偉美麗。③蟾宮：月宮。

鮮於必仁，字去矜，號苦齋，漁陽郡（治所在今天津薊縣）人。生卒年不詳。其父太常典簿鮮於樞，「吟詩作字，奇態橫生」（《新元史·文苑·鮮於樞傳》），是元代著名的書法家、詩人。雖出身官宦家庭，卻是一生布衣，性情達觀，常常寄情山水，浪跡四方。

這首小令盡描寫形容之妙，摹畫出月下盧溝橋的曼妙。在月光下，景色朦朧，延伸了橋的盡頭，山、橋、人、月，和諧地融為一體，夜晚中的盧溝橋，靜靜地俯臥，似水墨畫，寧靜致遠。

碧雲寺①　明·錢謙益

丹青臺殿起層層，　玉碼雕闌取次登。②

禁近恩波蒙葬地，③　內家香火傍禪燈。④

豐碑巨刻書元宰，⑤　碧海紅塵問老僧。⑥

禮罷空王三嘆息，⑦　自穿蘿徑挂孤藤。⑧

賞析

①碧雲寺位於北京海澱區香山公園北側，是園林式寺廟。建於元至順二年（1331），寺院依山勢而建造。依300多級階梯式地勢而形成特殊佈局。②取次：挨著順序。③禁近：皇宮。④內家：宦官。禪燈：佛燈，此處借指西山寺院。⑤元宰：宰相、朝廷館閣大臣。⑥碧海紅塵：即滄海桑田。⑦空王：佛像。⑧蘿徑：長滿藤蘿的小道。

錢謙益（1582—1664），字受之，號牧齋，晚號矇叟，江蘇常熟人。萬曆進士，官至禮部尚書。明末作為東林黨首領，頗具影響。清軍攻陷南京，降清，不久辭歸。是清初最早的詩人，與吳偉業、龔鼎孳並稱「江左三大家」，主盟文壇數十年。有《牧齋初學集》《牧齋有學集》等。

詩為作者清明前受命至昌平祭陵，歸途中游西山所感。詩中描繪了碧雲寺依山而建的特殊外形，由寺院內「香火」「禪燈」「豐碑」「孤藤」，勾連起歷史，表現了對現實的無奈，流露出沉鬱之氣。詩的結尾落寞，孤寂，空留感嘆。

居庸關①　清·顧炎武

居庸突兀依青天，②　一澗泉流鳥道懸。③

終古戍兵煩下口，④　本朝陵寢托雄邊。⑤

車穿褊峽鳴禽裡，⑥　烽點重岡落雁前。⑦

燕代經過多感慨，⑧　不關遊子思風煙。⑨

賞析

①居庸關：在今北京昌平區西北，是萬里長城的一個重要關

口。兩側高山屹立，翠岩重重。三國時稱西關，唐稱居庸關，取「徙居庸徒」之意，也叫荊門關、軍度關。是兵家必爭之地。為「燕京八景」之一。②突兀：高聳的樣子。③泉流：居庸關附近有彈琴峽，峽中有山泉流淌。鳥道：形容山路狹窄險峻，只有鳥能飛渡。懸：掛在空中。④終古：自古以來。煩：指戰事頻繁。下口：南口，在居庸關南面，是軍事重鎮。⑤本朝：指明朝。陵寢：明代十三座皇帝的陵墓。托：依託。雄邊：雄偉的邊關，即居庸關。⑥褊峽：指狹窄的山間小路。褊：狹隘。⑦烽：烽火臺。重岡：山岡重重。⑧燕代：指古燕州、代州。在今河北北部、山西東北部一帶。⑨不關：關不住。遊子：作者自指。風煙：戰爭。詩中指作者參加的反清鬥爭。

顧炎武（1613—1682），字寧人，號亭林。原名絳，入清後改名。崑山（今江蘇崑山縣）人。曾參加抗清鬥爭，失敗後，十謁明陵，遍游華北，致力邊防和西北地理的研究，不忘復興。晚年治經側重考證，開清代樸學風氣。善詩詞，有《日知錄》《亭林詩文集》等。

詩表達了作者反清的雄心壯志。首聯寫居庸關的雄偉，用「依青天」、「鳥道懸」說明它的險峻。頷聯從「終古」、「本朝」兩方面突出居庸關的重要地理位置。頸聯寫登上居庸關放眼觀景，還是突出其山路險峻。尾聯寫懷古生情，抒發反清壯志，英氣颯爽。詩的韻腳整齊，對仗工穩。

景區景點

遊北京勝蹟　　感受皇家氣象與山水之美

北京地區景點多，留存的山水詩詞較多集中在「燕京八景」：

西山晴雪、金臺夕照、居庸疊翠、盧溝曉月、薊門煙樹、玉泉垂虹等。較著名的詩篇有：（唐）陳子昂《登幽州臺歌》、（唐）祖詠《望薊門》、（明）李東陽《薊門煙樹》、（金）趙秉義《盧溝》、（元）鮮於必仁《雙調·折桂令　盧溝曉月》、（明）徐渭《盧溝橋》、（清）劉廷璣《泉垂虹》等。

西山、香山是北京西郊名山。較著名的詩篇有（元）馬祖常《西山》、（明）劉大夏《西山道中》、（明）李東陽《西山》、（清）劉大櫆《西山》、（金）周昂《香山》、（元）張養浩《游香山》、（明）文徵明《登香山》等。碧雲寺隱於香山東麓，較有名的詩篇有（清）錢謙益《碧雲寺》、（清）王士禎《碧雲寺》等。

八達嶺在延慶縣內，是長城的隘口，建於明弘治年間，曲折綿延像巨龍游動於萬山之上，是長城最壯觀之處。有（明）徐渭《八達嶺》、（清）沈用濟《登八達嶺》等詩篇。古北口位於密雲縣東北，地勢險要，是南北交通的樞紐，氣勢磅礴，雄偉壯觀。有（清）顧炎武《古北口》、（清）曹寅《古北口中秋》等詩篇。居庸關雄踞昌平區內古長城上，是古代北京的重要屏障。較著名的詩篇有（唐）高適《使青夷軍入居庸三首》、（元）陳孚《居庸疊翠》、（清）康有為《過昌平城望居庸關》等。

「三山五園」也是詩人們詠嘆的對象。北京園林最大的特色就是皇家氣派，流連其中能感受到風光之美，找尋到歷史軌跡。留有詩篇（清）王闓運《圓明園詞》、（清）蔡楨《摸魚兒·京西訪圓明園遺址》等。

華北地區山水詩詞曲賦賞析

背景分析

河北自古即是京畿要地。承德避暑山莊是皇家園林，著名的景點還有中國現存規模最大的帝王墓葬群之一清東陵、秦皇島山海關、滄州鐵獅子、定州塔、趙州石橋等。在悠悠歷史古蹟的背後，風景秀麗的北戴河、南戴河的天然海濱風光，遼闊壯美的壩上草原，野趣天成的淶水野三坡，險峻又不失秀美的嶂石岩及名山、秀水、草原等自然風光，名勝古蹟等人文景觀鍾靈毓秀，各種景緻相映相成，都是詩人們反思啟悟、吟詠抒懷的對象。

山西的名勝古蹟很多，晉祠、鸛雀樓、五臺山、太行山等也是歷代文人暢遊留戀、吟詩作畫的集中地。

閱讀提示

燕趙自古多慷慨悲歌之士，在此吟詠、抒懷的詩人們也大多胸懷壯志，將報國之志寄於山水勝蹟之中。

詩詞，美在雋永傳神，美在言簡意豐，美在富有彈性。優秀作品中體現的思想感情往往不是單一的，而是內涵豐富，含蓄雋永。在山水詩詞中，松、竹、梅、蘭、山石、溪流、沙漠、古道、邊關、落日、夜月、清風、細雨和微草等，常常是詩人藉以抒情的對象。北方山水，往往帶有鮮明的北部地域特色，大氣磅礡，冷峻堅毅。要用心體會作者在景物中的感情寄託。像《觀滄海》句句寫景，句句抒情，在描繪大海氣象時，就洋溢著政治家的寬廣胸懷和

英雄氣概。

詩詞曲賦賞析

觀滄海① 魏·曹操

東臨碣石，② 以觀滄海。

水何澹澹，③ 山島竦峙。④

樹木叢生， 百草豐茂。

秋風蕭瑟，⑤ 洪波湧起。

日月之行， 若出其中。

星漢燦爛， 若出其裡。

幸甚至哉，⑥ 歌以詠志。

賞析

①漢獻帝建安十二年（207）秋冬之交，曹操北征殘留烏桓的袁紹舊部，大勝回師途中作組詩《步出夏門行》，又名《隴西行》。是按樂府舊題寫作的新辭。這首詩共有「艷」（前奏曲）一章，正曲四章。正曲四章在收入選本時，被後人分別加上了小標題《觀滄海》《冬十月》《土不同》《龜雖壽》。②碣石：山名，在右北平郡驪成縣（今河北省昌黎縣北）。一說是指大碣石山，在今河北樂亭縣西南，早已沉入海中。③澹澹：水波蕩漾。④竦：同「聳」。峙：聳立。⑤蕭瑟：風聲。漢：銀河。⑥幸：慶幸。最後兩句是合樂演奏時附加的，每章結尾都有，與正文無關。

曹操（155—220），字孟德，沛國譙（今安徽亳縣）人。建安時代傑出的政治家、軍事家、文學家。漢獻帝時受封大將軍及丞

相。曹丕稱帝後，被尊為武帝。長於作詩，現存20餘首樂府歌辭，詩風豪邁剛勁，開建安風骨之先河。

詩歌描繪出了大海的蒼茫博大，歌頌了大海吞吐日月星漢的氣魄。寫景動靜有致，虛實相襯，把光芒四射、氣象萬千的滄海展示出來。詩不僅寫出了眼前景，而且繪出了意中景，以豐富的想像描繪出「日月之行，若出其中。星漢燦爛，若出其裡」的波瀾壯闊，意中景的描繪豐富了現實景的表達內容。詩詞歌句寫景，句句抒情，洋溢著政治家的寬廣胸懷和英雄氣概。

野望① 唐·王績

東皋薄暮望，②　　徙倚欲何依。③

樹樹皆秋色，④　　山山唯落暉。⑤

牧童驅犢返，⑥　　獵馬帶禽歸。⑦

相顧無相識，⑧　　長歌懷採薇。⑨

賞析

①作者借寫薄暮觀山野之秋色，抒發無所依託的苦悶心情。②東皋：王績隱居時的遊玩之地，在今山西河津縣。薄：逼近。③徙倚：徘徊，徬徨。依：依託，歸宿。④秋色：指凋零枯黃。⑤落暉：落日的餘暉。⑥犢：小牛，詩中泛指牛羊。⑦獵馬帶禽歸：獵人的馬帶著獵獲的禽獸歸來。⑧顧：看。⑨懷採薇：商朝滅亡後，伯夷、叔齊隱居首陽山，採薇而食，最後餓死。詩中是指懷念古代伯夷、叔齊那樣的隱士。

王績（585—644），字無功，號東皋子，絳州龍門（今山西稷山）人。隋末任祕書正字、六合縣丞，因嗜酒被劾，還鄉隱居。

有《東皋子集》。

詩歌反映了詩人孤獨憂鬱的心情。詩人在薄暮中野望，滿眼肅秋的衰敗，牧人獵馬都識途回家了，只剩下靜寂的山野和「相顧無相識」的詩人，揮不去的孤寂落寞只能借「懷採薇」聊以自慰。詩歌借景抒情，質樸自然，毫無當時宮體詩浮華和淫艷的習氣。中間四句對偶工整妥帖，自然不呆板。

登鸛雀樓① 唐‧王之渙

白日依山盡， 黃河入海流。

欲窮千里目， 更上一層樓。

賞析

①鸛雀樓在蒲州（今山西永濟縣）城上。樓有三層，面對中條山，下臨黃河，為登臨勝地。鸛：鶴類水鳥。

山西永濟鸛雀樓

　　王之渙（688—742），字季凌，原籍晉陽人（今山西太原）。唐開元初，任冀州衡水縣主簿。有15　年的漫遊生活。曾與高適、王昌齡等人唱和。《全唐詩》僅存其詩作六首。

　　從詩中可以體會到詩人登高望遠的昂揚激情。一二句寫自然景色，由景動情，產生「更上一層樓」的願望。詩中哲理與詩歌的表現藝術結合自然，使詩歌富有生命力和極強的感染力，正是「二十字中有尺幅千里之勢」。

上太行① 明·於謙

西風落日草斑斑，② 雲薄秋容鳥獨還。③

兩鬢霜華千里客，④　馬蹄又上太行山。

賞析

①此詩是作者鎮守山西，巡視太行山時所作。太行山：華北大山之一，南起今山西、河南兩省交界，向東綿延於山西、河北兩省之間，復折入河北省西北部。②斑斑：詩中是形容草色錯雜的樣子。③薄：逼近。秋容：指山。④霜華：霜花，形容鬢髮斑白。

於謙（1398—1457），字廷益，錢塘（今浙江杭州市）人。明永樂十九年（1421）進士，官至兵部尚書等職。1449年，瓦剌內侵，英宗兵敗被俘，他毅然負起衛國重任，集結重兵，固守京師，擊退瓦剌，使國家轉危為安。他的詩風質樸自然，不事雕琢。有《於肅愍公集》。

詩人戎馬倥傯的生活，造就他的詩風帶硬朗豪邁之氣。第一、二句寫夕陽中的太行山，展現出太行山的蒼茫寥廓的景象。草已呈現出衰色，黃昏中倦鳥獨歸，顯示生氣漸停。三、四句則寫出老邁作者的不老豪情。雖鬢毛衰，且又是「千里客」，「又」上太行山，為肅殺的太行山增加了生氣和活力。詩文簡潔凝練，表現出山的氣質——穩重，堅毅。

渡白溝①　元·劉因

薊門霜落水天愁，②　匹馬沖寒渡白溝。③

燕趙山河分上鎮　　遼金風物異中州。④

黃雲古戍孤城晚，　落日西風一雁秋。

四海知名半凋落，⑤　天涯孤劍獨誰投。

賞析

①白溝：河名。拒馬河自河北淶水縣流入河南，到定縣，至縣南為白溝河。因宋遼分界於此，又稱界河。②薊門：古薊城城門，在北京德勝門外。③匹馬：單馬。④中州：古豫州地處九州之中，故稱中州。河南為古豫州之地，相沿亦稱河南為中州。⑤凋落：指人死去。

劉因（1249—1293），字夢吉，河北容城人。年幼時聰慧，作文落筆驚人。歐陽玄贊之曰：「麒麟鳳凰，故宇內不常有。」在他的隱居生活中，每有登臨，便豪情風發，尋常之景也注入奇趣奇情。因愛諸葛亮「靜以修身」，故居所題為「靜修」。是歐（陽修）、蘇（軾）、黃（庭堅）詩的崇拜者。有《靜修先生文集》傳世。

詩中以描繪景物來表達苦愁之感，「霜」「愁」「寒」「孤」「落日」「西風」「四海」「天涯」都折射出作者內心悲涼、孤寂之情。自古燕趙多悲歌，作者面對「遼金風物異中州」的情形，流露出遠遊去國的慷慨之氣。

雲州秋望① 清·屈大均

白草黃羊外， 空聞觱篥哀。②

遙尋蘇武廟，③ 不上李陵臺。④

風助群鷹擊， 雲隨萬馬來。

關前無數柳， 一夜落龍堆。

賞析

①作者借秋懷古。古代文人常悲秋，秋與愁總是相連。②觱篥：古代管樂器。漢代從西域傳入，用竹子做管，用蘆葦做嘴。③

蘇武：（？—前60），字子卿，西漢杜陵縣（今陝西西安市東南）人，出使匈奴被扣留後寧死不降。單于為消磨其意志將其擱置在寒冷的地帶牧羊，蘇武日夜抱持著象徵使節身份的節旄，堅貞不屈，十九年後終於回到漢朝。④李陵：西漢隴西成紀人，字少卿。名將李廣之孫，善騎射。漢武帝時出兵匈奴，力戰後矢盡援絕而投降。居匈奴20餘年病死。

　　屈大均（1630—1696），字翁止，一字介子，廣東番禺人。曾參加抗清武裝，失敗後削髮為僧，不久還俗，北上遊歷，與顧炎武等人交往，在清初遺民中與顧炎武、吳嘉紀分鼎三足。詩文方面與陳恭尹、梁佩蘭並稱「嶺南三大家」。有《翁山詩外、文外》《道援堂集》等。

　　詩句表現了塞外風光，詩中「蘇武廟」、「李陵臺」寄託了作者對中原的難以割捨之情。詩文大氣磅礡，「風助群鷹擊，雲隨萬馬來」很有英雄氣概。

點絳唇①·夜宿臨洺驛②　　清·陳維崧

　　晴髻離離，③太行山勢如蝌蚪。④稗花盈畝，一寸霜皮厚。⑤趙魏燕韓，⑥歷歷堪回首。

　　⑦悲風吼，臨洺驛口，黃葉中原走。

賞析

　　①點絳唇：詞牌名。因南朝梁江淹詩有「明珠點絳唇」句而得名。雙調，41 字，仄韻。②臨洺：地名，在今河北省永年縣西。③髻：婦女的髮式。詞中比喻山峰。離離：分明可見。④如蝌蚪：山勢蜿蜒，遠遠望去猶如蝌蚪。⑤一寸霜皮厚：形容白色的稗花堆積，如同結上厚厚的白霜。⑥趙魏燕韓：戰國時的四個國家。皆地

處太行山東西兩側。⑦歷歷：清晰可見。堪：意為「不堪」。

陳維崧（1625—1682），字其年，號迦陵，宜興（今江蘇宜興）人。康熙十八年（1679），舉博學鴻詞科，授翰林院檢討，後預修《明史》。工駢文與詞，以詞名為顯，是「陽羨派」代表詞人，在清初與朱彝尊齊名。其詞學蘇軾、辛棄疾，風格豪放。有《湖海樓詩文全集》《迦陵詞》等。

詞寓情於景，透過北方蕭瑟清冷景象的描繪，寄寓對身世遭遇的感慨。以稗花、悲風、黃葉以及蝌蚪逶迤般的太行山勢，有遠有近地繪製出中原曠野的蒼茫，流露出蒼涼的心境。作者遊歷了自古多慷慨悲歌之士的「趙魏燕韓」四國，更加傷懷自己懷才不遇，報國無門。詞中的情緒由明快到悲愴的轉變自然，「黃葉中原走」細緻貼切，景中有情，情中有景，耐人尋味。作者用擬人的表現手法，使結尾增加了氣勢。整個作品意境雄闊，氣勢豪邁，設喻奇特，措詞不凡。

景區景點

遊歷華北　　領略詩詞中的磅礡大氣

鄴城在河北臨漳縣西南，相傳築於春秋齊桓公時，歷史上流傳著「西門豹治鄴」的故事。是河北地區有名的富庶都市，原有金鳳、銅雀臺等遺址。較著名的詩篇有（隋）段君彥《過故鄴》、（唐）岑參《登古鄴城》、（明）袁宏道《鄴城道》等。

白溝是燕南名城，清代達到全盛，曾是水陸碼頭，有「小天津衛」之稱。較著名的詩篇有（元）劉因《渡白溝》、（清）莫玉文《百字令·白溝河弔古》。

易水發源於河北易縣，是燕太子丹送荊軻入秦離別悲歌之處。

（戰國）荊軻《荊軻歌》、（唐）駱賓王《於易水送人》傳誦較廣。

山海關位於秦皇島東北十五里，北依燕山，南臨渤海，是兵家必爭之地，素有「兩京鎖鑰無雙地，萬里長城第一關」之說。較著名的詩篇有（明）黃洪憲《山海關》、（明）戚繼光《山海關城樓》、（清）吳啟元《山海關》。

太原晉祠是山西著名古蹟，著名詩篇有（宋）范仲淹《題晉祠》、（明）於謙《憶晉祠風景且以致望雨之意》等。

五臺山位於山西五臺縣東北，是中國四大佛教名山之一。（金）元好問《臺山雜詠六首》等流傳較廣。

鸛雀樓位於蒲州（今山西永濟縣）城上。較著名的詩篇有（唐）王之渙《登鸛雀樓》、（唐）李益《同崔邠登鸛雀樓》、（唐）暢當《登鸛雀樓》等。

太行山綿延於山西、河北、河南三省界，又名五行山。較著名的詩篇有（魏）曹操《苦寒行》、（明）於謙《上太行》等。

東北及內蒙古地區山水詩詞曲賦賞析

背景分析

　　大興安嶺地處高寒地帶，多數時間是一個銀白的世界，雪霧籠罩著林海，詩人多歌頌她的冷峻和生機。吳兆騫在東北生活20餘年，足跡遍佈東部、中部、南部，是東北邊塞詩、詠史詩、山水詩寫作成就較高的詩人。其他山水詩詞，多謳歌長白山、千山、松花江等。

　　內蒙古大漠風光獨特，蒼涼而雄闊，「天蒼蒼，野茫茫」，為世人傳誦。歷史上有名的「昭君出塞」、「蘇武牧羊」等都在詩歌中傳誦已久，「李陵臺」、「成吉思汗墓」等也是詩人歌詠的對象，它們是大漠風光中的重要人文景觀。

閱讀提示

　　東北及內蒙古地區，一直是雄風大氣緣起之地。東北的白山黑水，內蒙古的塞外風光，民風民俗，歷史文化都是詩歌摹寫的好素材。有關這一地區的詩篇，普遍帶有大氣、蒼茫的特色。在詩詞中，能夠感受到詩人酣暢抒情的快意。在講解詩詞中，要將詩詞中涉及的人物、歷史背景準確地介紹出來，剖析作品中體現的特定的自然環境、歷史背景，同時還要體會作者在作品中所體現出的濃厚的人文氣息。

詩詞曲賦賞析

長白山　清·吳兆騫

長白雄東北，　嵯峨俯塞州。①

回臨滄海曙，②　獨峙大荒秋。③

白雪橫千嶂，　青天瀉二流。

登封如可作，④　應待翠華游。⑤

賞析

①嵯峨：山勢高峻的樣子。②曙：破曉，日出。③大荒：荒遠的地方。④登封：登山封禪。⑤翠華：用翠羽裝飾旗杆頂部的旗子，為皇帝的儀仗，這裡指皇帝。

吳兆騫（1631—1684），字漢槎，號季子。清初詩人，吳江（今屬江蘇省）人。順治十四年（1657）舉人，以科場案流放寧古塔（今黑龍江寧安）20　餘年。吳兆騫博涉文籍，才氣橫溢，詩作以雄奇慷慨在當時獨樹一幟。著有《秋笳集》8卷。

首二句從大處著眼，寫長白山雄踞東北，山勢高峻俯視邊塞，起筆闊大。接下來寫回望滄海，曙色蒼茫，長白山在深秋蕭瑟之中更顯荒遠。頸聯寫遠望所見，長白長白雪皚皚，群峰林立，兩道瀑布如從青天瀉落，一靜一動，畫面靈動。尾聯寫如果可以在長白山舉行登山封禪的儀式，應該能夠等到皇帝到此游賞，委婉表達了作者對皇恩的期待。吳兆騫在邊塞20餘年，對邊塞生活及東北地區山川風物，有自己的深切體會。此詩寫長白山的雄奇蒼莽，既有大筆的勾勒，又有細緻的刻畫，氣韻沉雄，尤有特色。

登興安嶺絕頂遠眺① 清·查慎行

興圖遠辟古興安，② 鳳舞龍回氣鬱蟠。③

半嶺出雲鋪大漠，④ 喬松落葉倚高寒。

丹青不數東南秀， 俯仰方知覆載寬。

萬里乾坤千里目， 欣從奇險得奇觀。⑤

賞析

①此詩寫於作者隨康熙北巡時。②輿圖：地圖，疆域。古興安：指興嶺。③鳳舞龍回：形容山勢蜿蜒起伏。④大漠：指塞外沙漠。⑤奇險：險峻的山嶺，指興安嶺。

查慎行（1650—1727），原名嗣璉，字夏重，後改名查慎行，清代著名詩人。字初白，海寧人。少受學黃宗羲。性喜作詩，遊覽所至，輒有吟詠。他的詩很受康熙皇帝的讚賞，得以進京供職於南書房。因「維民所止」文字獄而入獄。後來得以放歸故鄉。留有《敬業堂詩集》50卷。

詩歌描繪了興安嶺山脈的奇觀，展示了北方山川的秀美，讚頌了清帝國疆域遼闊、邊疆安定的大好局面。「丹青不數東南秀，俯仰方知覆載寬」一句，點出祖國山河壯麗，美景遍天下，也是對國家安定繁榮的歌頌。行文有激情，「萬里乾坤千里目，欣從奇險得奇觀」，也狀寫出興安嶺地區的地理特點。

青冢① 唐·杜牧

青冢前頭隴水流，② 燕支山上暮雲秋。③

蛾眉一墜窮泉路，④ 夜夜孤魂月下愁。

賞析

①青冢：在呼和浩特市南大黑河南岸的沖積平原上。墓表為人工修葺，高33米。遠遠望去，黛色冥蒙，故稱青冢。相傳為漢代王昭君墓。「青冢擁黛」，曾是草原名城青色之城呼和浩特的八景之一。②隴水：詩中指大黑河。③燕支山：地名，也作「焉支」。在匈奴境內，因產燕草而得名，今甘肅、內蒙古一帶。④蛾眉：美女，詩中指王昭君。窮泉路：黃泉路。

內蒙古呼和浩特昭君墓（青冢）

杜牧（803—853），字牧之，京兆萬年人（今陝西西安）。大和年間進士，官至中書舍人。後人將他與李商隱並稱「小李杜」。長於七律、七絕。有《樊川文集》。

詩歌詠嘆昭君墓，描繪出遠離家鄉「孤魂月下愁」的悽慘。詩中「冢」、「暮」、「窮」、「愁」都傾訴著作者的哀怨，整首詩呈現出哀苦淒惻之情。

陰山　元‧耶律楚材

八月陰山雪滿沙，　清光凝目眩生花。

插天絕壁噴晴月，　擎海層巒吸翠霞。

松檜叢中疏畎畝，①　藤蘿深處有人家。

橫空千里雄西域，　江左名山不足誇。

賞析

①畎畝：田間，田地。畎，田間小溝。

耶律楚材（1190—1244），字晉卿，號湛然居士、玉泉居士，契丹族，是契丹皇室後裔，遼太祖阿保機九世孫。博覽群書，通曉天文、地理、律歷、術數，及釋老、醫卜之學，且工詩文。原為金朝官吏，元太宗時官至中書令。

　　這首詩刻畫了陰山山脈的奇麗風光和雄峻形勢，描繪了少數民族的生活畫面，展示了一幅西域地區的風俗畫。一、二兩句，描繪了壯觀的高山雪景，營造出高峻挺拔的氣勢，顯得意氣風發；三、四兩句，進一步展現了陰山瑰麗變幻的奇景，直插雲霄的絕壁，五彩繽紛的雲霞，具有神工鬼斧之美，充滿了陽剛之氣；五、六兩句，筆墨一轉，意境轉換，又呈現出一幅和諧靜謐的田園風光；結尾兩句，大氣磅礡，用誇張、對比的手法再次烘託了陰山的雄奇。這首詩不尚雕琢，境界開闊，體現了詩人對大自然和人生的熱忱。

景區景點

遊東北勝景　　感受粗獷雄渾之美

大小興安嶺位於黑龍江北部，西為大興安嶺，北為伊勒呼裡山，東為小興安嶺。（清）查慎行《登興安嶺絕頂遠眺》描繪了大興安嶺的壯麗風光。

長白山位於吉林省長白縣北，是鴨綠江、松花江、圖們江的源頭。留有（清）吳兆騫《長白山》等詩篇。

松花江，發源於長白山，自吉林流入黑龍江，後入烏蘇里江。較著名詩篇有（金）劉迎《渡混同江》、（清）吳兆騫《渡混同江》等。

千山，東北地區三大名山之一，又名千華山、積翠山。有（明）韓承訓《千山列屏》、（明）周斯勝《千山紀興》等作品。

「青冢擁黛」是呼和浩特八景之一。關於昭君出塞，不同時代的作家有不同的看法，著名詩篇有（唐）白居易《青冢》、（唐）杜牧《青冢》、（宋）王安石《明妃曲二首》、（金）王元節《青冢》、（元）張翥《昭君怨》等。另外，成吉思汗墓等人文景觀也都是詩人們抒寫的對象。

陰山綿延於內蒙古中部，是邊塞要地。吟誦陰山較著名的詩詞有（北齊）無名氏《敕勒歌》、（元）耶律楚材《陰山》、（明）戚繼光《登陰山》等。

西北地區山水詩詞曲賦賞析

背景分析

　　西北地區包括陝西、甘肅、寧夏、新疆、青海等省區，既有遼遠壯麗的自然景觀，也有非常豐富的人文景觀。這些地區遺留有多姿多彩的名勝古蹟，蘊藏著豐富的歷史文化寶藏，吸引著文人薈萃，嘯傲題詠浩如煙海。

　　這裡歷代戰事頻繁，對戰爭以及戍邊的描繪，孕育了悲壯蒼涼的詩篇。有的壯志凌雲、剛毅雄健；有的慷慨悲歌、視死如歸；有的胸襟豁達、豪情橫溢。如王昌齡的《出塞》　　（秦時明月漢時關）氣勢浩瀚，雄偉壯麗；王之渙的《出塞》　　（黃河遠上白雲間）想像豐富，境界遼闊；王維的《使至塞上》　　（「大漠孤煙直，長河落日圓」）意境高遠而壯麗。而真正能夠稱為「雄渾」的，是以高適、岑參為代表的邊塞詩人。在他們的筆下，有狼煙，有大漠，有絕域，有孤城，有奇寒，有酷熱，有同仇敵愾的憤慨，有誓死戍邊的決心。

　　這一地區的詩詞特點是：骨力剛健挺拔，氣勢豁達恢宏。它是橫空出世、千嶂連雲的崑崙山，而非一丘一壑、小巧宜人的蘇州園林。

　　此外，山水田園詩人有許多描寫長安附近輞川隱居生活的詩詞傳世，安逸寧靜的山水風光體現了崇尚淳樸自然的審美理想，反映出文人對於人生的體味。

閱讀提示

每個時代都有特定的歷史環境。適當瞭解某個時代的風貌，有助於準確把握文學作品。比如，唐代國力強盛，投筆從戎的知識分子大多精神昂揚，情感豪邁。他們的詩，尤其是邊塞詩，雖有塞外環境的惡劣，也有對故鄉、親人的深切的思念，但更多的是同仇敵愾的憤慨，保家衛國的決心，因而格調高亢，情緒激盪。而宋代則大不相同，積貧積弱、國力衰微的大宋朝，已沒有了大唐的氣象，詩詞中，豪邁之氣少了，悲涼之氣多了，雄偉氣魄少了，家國之愁多了。如辛棄疾曾經在抗金鬥爭的最前線出生入死，南歸之後又遭到投降派的排擠和打擊，所以其詞多為回憶過去如火如荼的戰鬥生活，或者表達報國無門的憤懣情緒，風格豪放而悲慨。因此，在理解山水詩詞時，要根據作者的生活時代背景來解說。

詩詞曲賦賞析

西嶽雲臺歌送丹丘子① 唐·李白

西嶽崢嶸何壯哉！　黃河如絲天際來。②

黃河萬里觸山動，　盤渦轂轉秦地雷。③

榮光休氣紛五彩，　千年一清聖人在。④

巨靈咆哮擘兩山，　洪波噴流射東海。⑤

三峰卻立如欲摧，　翠崖丹谷高掌開。⑥

白帝金精運元氣，　石作蓮花雲作臺。⑦

雲臺閣道連窈冥，　中有不死丹丘生。

明星玉女備灑掃，　麻姑搔背指爪輕。⑧

我皇手把天地戶，　丹丘談天與天語。⑨

九重出入生光輝，　　東求蓬萊復西歸。

玉漿儻惠故人飲，　　騎二茅龍上天飛。⑩

賞析

①丹丘子：元丹丘，李白的朋友。②如絲：《華山記》載，從華山落雁峰「俯瞰三秦，曠莽無際。黃河如一縷水，繚繞岳下」。③轂轉：盤旋湍急的流水，像滾滾轉動的車轂一樣。④榮光休氣：傳說帝堯祭祀黃河、洛河時，忽然看見「榮光出河，休氣四塞」。榮光，五光十色的彩霞。休氣，美好的氣色。千年一清：傳說黃河千年一清，黃河清時，一定會有聖人出現。⑤擘：華岳本一山，當河，水過而曲行。河神巨靈手蕩腳踏，開而為兩，即首陽山和華山。⑥三峰：落雁、蓮花、朝陽峰。⑦白帝：古帝少昊為白帝，管理華山。⑧明星玉女：華山女神。華山中峰有其祠。《太平廣記》：「明星玉女者，居華山，服玉漿，白日昇天。」麻姑：神話人物，東漢時與王方平至蔡經家，年約十八九，能擲米成珠，自言曾見東海三變桑田，她的手像鳥爪，蔡經曾心想以此爪搔背。⑨我皇：指唐明皇。戶：門戶。⑩玉漿：華山中峰玉井中的水。二茅龍：傳說漢代有個叫呼子先的人，住在漢中，是個算卦先生，活了100多歲。一天，呼子先正在酒店飲酒，突然高聲對酒店年老婦人說，趕快換件衣服，當與你共應中陵王。夜晚有仙人持二茅狗來，到了酒店，呼喚子先。子先得到茅狗，與酒店老婦人一塊騎上。哪裡是茅狗，原來是一條龍，飛上華山。

李白（701—762），字太白，號青蓮居士。祖籍隴西成紀，出生於碎葉城（今屬吉爾吉斯斯坦）。幼年隨父遷居綿州昌隆（今四川江油）青蓮鄉。25 歲出川，長期在各地漫遊。天寶初年供奉翰林後，自請放歸。此後，他先後游洛陽、兗州等地，與杜甫相識。安史之亂時他入永王幕，永王兵敗他也受牽連，流放夜郎，遇大赦。晚年流落江夏、潯陽、金陵一帶，762 年病卒於當塗（今屬

安徽）。有《李太白集》。

此詩描寫華山充滿動感，對大自然的磅礴氣勢加以頌讚。開篇概括華山的崢嶸壯偉，以有力的筆墨帶起全篇。詩人更把華山的出現與聖人聯繫在一起，更襯托其不同尋常。「咆哮」、「噴流」展示著巨大的力量，傳達出不可遏止的生命力。接著由仙人之居雲臺引出元丹丘，充滿了豐富的想像。於是很自然地過渡到神仙般的生活，突出丹丘子的不凡之處。最後寫飄然而去，反映了李白的慕道思想。詩中運用大量神話傳說，以馳騁的筆觸，將黃河奔騰咆哮之勢和華山的崢嶸秀偉寫得淋漓盡致，表現了李白不遇於現實而產生的飛昇仙去的願望，濃厚的道教氣氛溢於字裡行間。

白雪歌送武判官歸京① 唐·岑參

北風捲地白草折，②　胡天八月即飛雪。③

忽如一夜春風來，　千樹萬樹梨花開。④

散入珠簾濕羅幕，　狐裘不暖錦衾薄。⑤

將軍角弓不得控，⑥　都護鐵衣冷難著。

瀚海闌干百丈冰，⑦　愁雲慘淡萬里凝。⑧

中軍置酒飲歸客，　胡琴琵琶與羌笛。

紛紛暮雪下轅門，⑨　風掣紅旗凍不翻。

輪臺東門送君去，⑩　去時雪滿天山路。

山回路轉不見君，　雪上空留馬行處。

賞析

①武判官：判官是節度使屬下的官員。②白草：菝菝草，西北

214

特產。③胡天：指西北特有的氣候。④梨花：喻指雪花。⑤錦衾：織錦被。⑥角弓：用獸角裝飾的硬弓。⑦瀚海：沙漠。闌干：縱橫。⑧愁雲：烏雲。慘淡：淒涼暗淡。⑨轅門：軍營門。⑩　　輪臺：舊址在今新疆米泉縣。

岑參（715—710），江陵（今湖北省江陵縣）人，天寶三年（744）進士，授右帥府兵曹參軍。天寶八年（749）為安西節度使高仙芝幕府掌書記，天寶十三年（754）再度出塞，為安西、北庭節度判官。後為嘉州刺史，世稱岑嘉州。岑參的詩，早期追求華艷。後來幾度出塞，多年的戎馬生活、塞外奇險的自然風光，使他的詩發生了重大變化。他善於應用多變的筆觸，新奇的想像，磅礴的氣勢，表現塞外的山川景物和戰爭場面，給人以驚險、奇偉的感覺，形成「語奇體峻、意亦造奇」的獨特藝術風格，成為邊塞詩派的傑出代表作家之一。其詩名與高適並稱。有《岑嘉州集》。

詩歌描寫了塞外風光，八月飛雪的奇麗。在第二句「胡天八月即飛雪」就盡顯塞外特有的氣候。「忽如一夜春風來，千樹萬樹梨花開」，形容突然而來的飛雪，比喻新穎，想像力豐富，有奇特而豐富的張力。「紛紛暮雪下轅門，風掣紅旗凍不翻」表達了戍邊將士堅守邊疆的決心，為艱苦的西域生活鍍上一層浪漫色彩，展示出戍邊將士樂觀豪邁的情懷。最後兩句表現出對友人離去的依依不捨。

過香積寺① 唐·王維

不知香積寺，　數里入雲峰。

古木無人徑，　深山何處鐘。

泉聲咽危石，　日色冷青松。②

215

薄暮空潭曲，　安禪制毒龍。③

賞析

①香積寺故址在今陝西西安附近。香積，原意為佛教所說的眾香世界。②日色冷青松：松林深密，陽光射在上面泛出冷光。③制毒龍：降伏妄念。

王維（701—761），字摩詰，祖籍太原祁州（今山西祁縣）人。隨父遷家於蒲州（今山西永濟縣）。開元九年（721）進士。天寶末年任給事中，晚年官尚書右丞。精通音律，擅長書畫，蘇軾稱他「詩中有畫，畫中有詩」。他的山水詩成就極高。有《王右丞集》。

該詩首聯描繪出香積寺掩在深山雲海中，「無人徑」更是烘托出靜謐，「何處」呼應開篇「不知」，最後以禪語作結。詩歌以王維一貫的風格，從視覺、聽覺等繪出「詩中畫」、「畫中詩」，自然靜謐，遠離喧鬧，使人心嚮往之。

山居秋暝 ① 唐·王維

空山新雨後，　天氣晚來秋。

明月松間照，　清泉石上流。

竹喧歸浣女，②　蓮動下漁舟。

隨意春芳歇，③　王孫自可留。④

賞析

①「山居」，是指作者在終南山下的輞川別墅。「暝」，意為黃昏。這首詩借寫秋天黃昏山景，抒發歸隱田園之愜意。暝：黃昏。②浣：洗。③隨意：任意，任憑。歇：消歇，凋謝。④王孫：

指像作者一樣的隱士。

　　這首詩寫新雨後的秋夜。在素描式的畫面裡透現出清新的生命氣息，「空山」把「幽」渲染到極點，「新雨」又使宜人氣息撲面而來。松間月影，石上清泉，點化出生命的流動。浣女和漁舟唱晚，將人與自然融為一體，人聲入畫，人從畫中來，畫中透出生機和意趣。詩中的視覺形象和聽覺形象，循環錯落，在詩的結構上形成了曲折迴環美。「明月松間照，清泉石上流」，其音節是二二一的格式，「竹喧歸浣女，蓮動下漁舟」的音節是二一二的格式。這樣音節的錯綜又形成了韻律上的迴環美。王維的這首詩既描繪了山水美景，又描寫了遠離塵世、輕鬆自然的村野生活，把詩、畫、樂熔於一爐，使歸隱生活令人嚮往。

早春呈水部張十八員外① 唐·韓愈

天街小雨潤如酥，② 草色遙看近卻無。

最是一年春好處，　絕勝煙柳滿皇都。③

賞析

①寫於唐長慶三年（823），本題共兩首，這是第一首。詩中描繪了長安早春若有若無的草色和滿城煙柳的景色。水部十八員外：即張籍，因排行十八，故稱張十八，曾任水部員外郎。②天街：京城的街道。酥：酥油，用牛羊奶凝成的薄皮製成。③絕勝：遠遠超過。皇都：京城，指長安。

　　韓愈（768—824），字退之，河南河陽（今河南孟縣）人。貞元八年（792）進士。穆宗時召為國子監祭酒，後貶為潮州刺史，官至吏部侍郎。他主張尊儒排佛，維護國家統一，反對藩鎮割據。倡導古文運動，抵制駢儷文風。有《昌黎先生集》。

詩的第一句寫小雨，「潤」點出初春細雨的特點，「酥」表明春雨的可貴。第二句寫草色，用「遙」看「近」看對比手法，準確地描述草剛發芽的情景，清新可愛的小草勾起人的憐愛之情。最後兩句詩人直接讚美長安的早春。用詞講究、貼切，描寫細緻入微，全詩散發著春天的氣息，充滿了春的生機。

長安秋望　唐·杜牧

樓倚霜樹外，　　鏡天無一毫。①

南山與秋色，②　氣勢兩相高。

賞析

①毫：纖毫，纖塵。②南山：終南山。

　　這是一首表現長安秋色的詩。詩人著力表現了秋天時天清氣朗的特點，詩中除了對高樓與鏡天的描寫之外，還以聯想突出了自身對秋高氣爽的感覺。首句點出了總攬長安高秋景物的立足點，次句描繪了秋日天宇的高遠寥廓，也表達了詩人心曠神怡的感受，暗示了澄明的心境。三、四兩句將有形的山與無形的秋色聯繫到一起，以實托虛，超出了視覺形象的侷限，將秋色寫活了，而這一人格化的秋色也就表現出了詩人高遠澄明的人格理想，這是詩人感悟出的秋之神，是詩人胸懷的象徵和外化。它與傳統的悲秋之情是全然不同的，沒有這一類詩常見的衰颯暗淡，而透出高朗爽健、意氣風發、俊逸明麗的風格。

曲江①　唐·李商隱

望斷平時翠輦過，　空聞子夜鬼悲歌。

金輿不返傾城色，　玉殿猶分下苑波。②

死憶華亭聞唳鶴，③　老憂王室泣銅駝。④

天荒地變心雖折，　若比傷春意未多。

賞析

①曲江：唐代長安最大的風景名勝區，安史之亂後荒廢。唐文宗頗想恢復昔日的昇平景象，於大和九年（835）二月派神策軍修治曲江，十月，賜百官宴於曲江。甘露之變發生後不久，下令罷修。李商隱這首詩，就寫於甘露之變後第二年春天。②下苑，即曲江。與御溝相通。③華亭：陸機故宅旁谷名。《晉書·陸機傳》載：西晉陸機因被宦官孟玖所讒而被誅，臨死前悲嘆：「華亭鶴唳，豈可復聞乎？」④　銅駝：《晉書》載：西晉滅亡前，索靖預見到天下將亂，指著洛陽宮門前的銅駝嘆息道：「會見汝在荊棘中耳！」

李商隱（813—858），字義山，號玉谿生，又號樊南生。原籍懷州河內（今河南沁陽縣），其先祖為李唐王室旁支，自其祖輩起移居鄭州滎陽（在今河南省）。是晚唐最傑出的詩人。曾任縣尉、祕書郎和東川節度使判官等職。因受牛李黨爭的影響，被人排擠，潦倒終身。有《李義山詩集》。

曲江的興廢，和唐王朝的盛衰密切相關。李商隱面對甘露之變後滿目荒涼的曲江，借往昔暗寓時事，又透過對時事的感受寫出了對國家殘破的傷痛。首聯寫事變後的曲江：往昔君王駕臨曲江的盛況已經不再，唯聞夜半冤魂悲歌之音。頷聯進而抒寫今昔之感，先前乘玉輦陪同皇帝游賞的美麗宮妃已不再來，只有曲江水依然流向玉殿旁的御溝。頸聯暗示甘露之變中大批朝臣慘遭宦官殺戮之事，抒寫對唐王朝國勢將傾的擔憂。尾聯痛定思痛，表達了對時事的憂慮。這首詩以綺麗的語言寫荒涼，寄託深沉的感慨，用典精切，加

強了全詩的悲劇氣氛。

華山　宋·寇準

只有天在上，　更無山與齊。

舉頭紅日近，　回首白雲低。

賞析

　　寇準（961—1023），字平仲，宋華州下邽縣（今臨渭區官底）人。北宋著名政治家。19歲時赴汴梁（開封）會試就被錄取。開始任大理評事，由於政績顯著，升任大名府成安軍，遷殿中丞，後又被提為尚書虞部郎中。宋真宗景德元年（1004），遼軍有大舉進攻之勢，寇準被詔回朝任宰相。他反對王欽若等南遷的主張，力主抵抗，促使真宗往澶州（今河南濮陽）督戰，與遼訂立澶淵之盟。不久被王欽若排擠罷相。晚年再起為相。後被貶逐到雷州（今廣東海康）。天聖元年（1023），死於雷州。

　　寇準7歲能詩，被譽為神童。一天，其父大宴賓客。酒酣耳熱之際，有人大呼神童，要他獻詩，以助雅興。寇準毫不怯場，當即應允，索討題目。一位客人便說：「此處離華山不遠，就以《詠華山》為題吧。」小寇準邁出第三步時就吟道：「只有天在上，更無山與齊。舉頭紅日近，回首白雲低。」舉座聞之，無不嘆服。這首詩運用對照呼應的手法，透過華山與天空、華山與其他山峰的對比，以及華山與紅日、華山與白雲的相對關係，以平白樸實的語言，在視角的遠近高低轉換中，寫出了華山巍峨的形象。

火焰山① 明·陳誠

一片青煙一片紅，　炎炎氣焰欲燒空。

春光未半渾如夏，　誰道西方有祝融？②

賞析

①火焰山：位於吐魯番盆地中部，當地人稱「克孜勒塔格」，意即「紅山」。這是一條東西長約100千米，南北寬7～10千米，平均高度500米左右的年輕褶皺低山，最高峰位於勝金口附近，海拔851米。它主要由中生代的侏儸、白堊和第三紀的赤紅色砂、礫岩和泥岩組成。山體雄渾曲折，主要受古代水流的沖刷，山坡上佈滿道道沖溝。山上寸草不生，基岩裸露，且常受風化沙層覆蓋。盛夏，在灼熱陽光照射下，紅色山岩熱浪滾滾，絳紅色煙雲蒸騰繚繞，恰似團團烈焰在燃燒。②祝融：傳說中楚國君主的祖先，為帝嚳的掌火之官，後世祀為火神。

陳誠，明人。永樂十二年（1414），以吏部員外郎出使哈烈（都城哈烈在今阿富汗西北赫拉特），次年東還。永樂十四年（1416）再次出使，與之建立友好關係。撰有《西域行程記》和《西域番國志》，記述西使行程及經歷各國情形。

詩歌開篇先聲奪人，凸現一片儼然烈焰騰升、大火升空的場面，以誇張的手法描繪火焰山，給予人視覺上非同尋常的感受。後兩句進一步寫仲春時節經行山下的直接體驗，生動展示了火焰山炎熱難耐的氣候特點。這首詩從不同的感官角度描繪火焰山，充分展示了富於神奇色彩的勝景。

杪秋登太華山絕頂　①　明·李攀龍

縹緲真探白帝宮，②　三峰此日為誰雄。③

蒼龍半掛秦川雨，④　石馬長嘶漢苑風。⑤

地敞中原秋色盡，⑥　天開萬里夕陽紅。⑦

平生突兀看人意，⑧　容爾深知造化功。⑨

賞析

①杪：末端。太華山：即西嶽華山，是五嶽之一。在今陝西華陰縣南。「遠望之若花狀」，因古「華」通「花」，所以名華山。又因其西南有少華山，故稱太華。絕頂：最高峰。②縹緲：高遠隱約的樣子。探：尋訪。白帝宮：白帝是古代傳說中主管西方的天帝。在華山為祭祀白帝而修建了白帝宮。③三峰：指華山西峰蓮花峰，東峰朝陽峰，中峰玉女峰，合稱三峰。④蒼龍：東方七個星宿的總稱。詩中是指低垂的烏雲。秦川：今陝西中部渭河平原一帶。⑤石馬：立於墓前的石刻馬。嘶：馬鳴。漢苑：漢代的林苑。⑥地敞：地域廣闊。中原：指渭河平原一帶。⑦天開：天空放晴。⑧突兀：高聳。這裡指眼界高。⑨容：須，有待於。爾：你，指作者自己。造化：天，大自然。

李攀龍（1514—1570），字於鱗，號滄溟，明代歷城（今山東濟南市）人，嘉靖二十三年（1544）進士，累官至河南按察使。他提倡文學復古運動，與王世貞同為「後七子」首領。其詩文多模擬古人，有《滄溟集》。明世宗嘉靖三十五年（1556）秋，自順德知府調任陝西按察提學副使。

此詩作於陝西任上。詩人借登山為題，描繪秦川、漢苑的秋天風雨和夕陽秋景，抒寫了對大自然造化偉力的感嘆。詩人登太華山，寫山景少，寫登山見到的景多，用開闊雄放的意境作為詩的主體，使華山之高得到突出，也將山中景色納入畫中。對自然造化的認知是緣於華山的雄姿，登上華山之巔，才覺知直接蒼穹，秦川漢苑，中原秋色盡收眼底。以龍生雨、馬嘶風，暗示歷史的風雨陰晴，開闔變幻。此詩筆力雄勁，意境開闊，頗有氣勢。

山坡羊‧潼關懷古　元‧張養浩

峰巒如聚，波濤如怒，山河表裡潼關路。①望西都，②意踟
躕。傷心秦漢經行處，宮闕萬間都做了土。③興，百姓苦；亡，百
姓苦。

賞析

①山河表裡，指潼關一帶地勢險要，外有黃河，內有華山，是
為表裡。潼關，關名，歷代為軍事要地。②西都，指長安。③闕，
皇宮前的望樓。

張養浩（1270—1329），字希孟，別號雲莊，山東歷城人。
少好讀書，為官也敢於直諫，曾任元監察御史、禮部尚書等職，晚
年棄官歸隱。有《雲莊休居自適小樂府》一卷，存小令161首，套
數2首。

作者回顧歷史，著眼於百姓的命運，體現了關注現實，同情人
民的態度。散曲開始寫潼關東臨崤山，西接華山，山山緊連，故用
一「聚」字寫其形勢；上有高山，下有大河，黃河波濤滾滾，故用
一「怒」字寫其動態。兩句都寫得氣勢非凡。繼以「山河表裡」一
筆概括，突出了潼關背山臨水、扼東西要沖的險要地勢，足見其為
歷來兵家必爭之地，實非偶然。以下用「秦漢經行處」指代秦漢隋
唐歷朝遺蹟，用「宮闕萬間都做了土」點出征戰興廢的結局，而用
「傷心」二字表明深沉的感慨。

阿房宮賦　唐‧杜牧

六王畢，四海一。蜀山兀，阿房出。覆壓三百餘裡，隔離天
日。驪山北構而西折，直走咸陽。二川溶溶，流入宮牆。①五步一

樓，十步一閣。廊腰縵回，檐牙高啄；各抱地勢，勾心鬥角。盤盤焉，囷囷焉，蜂房水渦，矗不知乎幾千萬落。②長橋臥波，未雲何龍？復道行空，不霽何虹？高低冥迷，不知西東。歌臺暖響，春光融融；舞殿冷袖，風雨淒淒。一日之內，一宮之間，而氣候不齊。③

妃嬪媵嬙，王子皇孫，辭樓下殿，輦來於秦，朝歌夜弦，為秦宮人。明星熒熒，開妝鏡也；綠雲擾擾，梳曉鬟也；渭流漲膩，棄脂水也；煙斜霧橫，焚椒蘭也；雷霆乍驚，宮車過也；轆轆遠聽，杳不知其所之也。④一肌一容，盡態極妍，縵立遠視，而望幸焉，有不得見者，三十六年。⑤

燕、趙之收藏，韓、魏之經營，齊、楚之精英，幾世幾年，摽掠其人，倚疊如山。一旦不能有，輸來其間。鼎鐺玉石，金塊珠礫，棄擲邐迤。秦人視之，亦不甚惜。⑥

嗟乎！一人之心，千萬人之心也。秦愛紛奢，人亦念其家。奈何取之盡錙銖，用之如泥沙？⑦使負棟之柱，多於南畝之農夫；架樑之椽，多於機上之工女；釘頭磷磷，多於在庾之粟粒；瓦縫參差，多於周身之帛縷；直欄橫檻，多於九土之城郭；管弦嘔啞，多於市人之言語。⑧使天下之人，不敢言而敢怒。獨夫之心，日益驕固。戍卒叫，函谷舉，楚人一炬，可憐焦土。⑨

嗚呼！滅六國者，六國也，非秦也。族秦者，秦也，非天下也。嗟乎！使六國各愛其人，則足以拒秦；使秦復愛六國之人，則遞三世可至萬世而為君，誰得而族滅也？秦人不暇自哀，而使後人哀之；後人哀之而不鑒之，亦使後人而復哀後人也。⑩

賞析

①六王：指戰國時齊、楚、燕、韓、趙、魏六國之君。兀：高而上平。指山上樹林砍盡，只剩下光禿的山頂。覆壓：覆蓋。三百

餘裡：指宮殿占地面積大。《三輔皇圖》載：阿房宮「規恢三百餘裡」。驪山：在今陝西省臨潼縣東南。構：建築。走：趨向。咸陽：秦朝的國都。二川：指渭水和樊川。渭水源出甘肅，流經陝西省；樊川即樊水，灞水的支流，在今陝西省。溶溶：水盛大的樣子。②廊腰：走廊中間的轉折處。縵，無花紋的絲綢。盤盤：盤旋。囷囷：曲折迴旋。蜂房：形容天井很多。矗：高聳。落：座、所，建築物的單位量詞。一說指檐前的滴水裝置，代指房屋。③復道：宮中樓閣相通，上下都有通道，稱復道。因築在山上，故稱行空。霽：雨止雲開。④嬪：宮中女官。媵：后妃的陪嫁女子。嬙：宮中女官。輦：古代用人拉的車，後來多指皇帝、皇后乘的車。此用作動詞，乘車。椒、蘭：兩種芳香植物。轆轆：車輪聲。⑤望幸：盼望皇帝到來。幸，封建時代稱皇帝親臨為幸。秦始皇在位共三十六年多（前246—前210），在兼併六國前自不能羅致諸侯子女，這裡是誇張。⑥人：民。唐人避太宗李世民諱，以「人」代「民」。鼎：古代一種三足兩耳的貴重器物。鐺：平底鐵鍋。邐迤：接連不斷。這裡是說到處都是。⑦錙銖：古時的重量單位。一兩的二十四分之一為銖，六銖為錙。此極言微小。⑧負棟：支撐棟樑的柱子。南畝：泛指農田。庾：糧倉。帛縷：絲綢衣服上的紗線。九土：九州，指全國。郭：外城。管弦：指簫笙、琴瑟等樂器。嘔啞：樂器發出的聲音。⑨獨夫：喪盡人心的暴君，指秦始皇。戍卒叫：指陳勝、吳廣在謫戍漁陽途中，於大澤鄉振臂一呼，率眾起義。函谷舉：指劉邦攻破函谷關。舉，攻破、拔取。楚人一炬：西元前206年，項羽入咸陽，殺秦將王子嬰，「燒秦宮室，火三月不滅」（《史記·項羽本紀》）。楚人，指項羽。項羽是楚將項燕的後代，故稱楚人。⑩遞三世：傳至第三代。族滅：即滅族。古有滅三族、九族、十族的酷刑。此指秦朝徹底覆滅。

　　阿房宮是秦始皇在渭南營造的宮殿，始建於秦始皇三十五年（前212），動工不到兩年，秦始皇死，秦二世胡亥繼續修建，還

未完成，即於西元前206年被項羽燒燬。從此，人們就把阿房宮同秦王朝的興亡聯繫在一起。這篇賦借古諷今，透過描寫阿房宮的興建及其毀滅，生動形象地總結了秦朝統治者驕奢亡國的歷史經驗，表現出憂國憂民的情懷。開篇寫阿房宮的雄偉壯觀，既寫出了秦始皇一統天下的豪邁氣概，也寫出了阿房宮興建營造的非同凡響，筆力千鈞。接下來勾勒出阿房宮占地廣闊、凌雲蔽日的宏偉氣勢，無論是對樓閣廊檐的工筆細刻，還是對長橋復道的潑墨揮灑，都充滿了想像、比喻與誇張，最後的議論也就水到渠成了。賦中大量採用了鋪排的手法，敘事言情，極盡其致，氣勢奪人，令人耳目一新。句子整散結合，長短不拘，節奏鮮明，更富於表現力。

景區景點

縱橫西北　　探尋悠遠的歷史情懷

西安是中國著名古都，從西周起，有12個王朝在此建都。以西安為中心，東起潼關，西到大散關是俗稱的「八百里秦川」，沿途韓城、渭南、咸陽、銅川、寶雞等地區人文、自然景觀豐富，是名勝古蹟的金腰帶。較著名的詩篇有（唐）盧照鄰《長安古意》、（唐）杜牧《長安秋望》、（唐）韓愈《早春呈水部張十八員外》等。

華清池，位於西安臨潼，驪山西北麓，是玄宗晚年驕奢淫逸之象徵。唐代詩人描繪華清池的很多，如杜甫《自京赴奉先縣詠懷五百字》、白居易《長恨歌》、杜牧《過華清宮絕句》等。

輞川，位於陝西藍田境內。唐時環境幽靜，風光宜人，大詩人王維、裴迪閒居於此。留有（唐）王維《輞川閒居贈裴秀才迪》《山居秋暝》《鹿柴》、（唐）李端《雨後游輞川》等詩篇。

咸陽，古咸陽位於今西安市西郊。秦孝公遷都至咸陽，漢時更名為渭城，唐代復名咸陽，明朝遷至渭水驛，即現在的咸陽城。較有名的詩篇：（唐）王維《渭城曲》、（唐）許渾《咸陽城西樓晚眺》、（唐）李商隱《咸陽》、（唐）韋莊《咸陽懷古》、（清）王士禎《咸陽早發》。

潼關，位於陝西潼關縣內，地處晉、陝、豫三省要沖，為軍事重地，有著名的「潼關十二連城」。有（唐）崔顥《題潼關樓》、（元）張養浩《山坡羊‧潼關懷古》、（清）譚嗣同《潼關》等。

阿房宮，是秦始皇和兒子胡亥的離宮，是中國歷史上著名的宏偉建築。（唐）杜牧《阿房宮賦》有極大的影響。

華山，位於陝西華陰縣，北瞰黃河，南連秦嶺，古稱西嶽，是中國著名的五嶽之一，因「奇拔峻秀」享譽天下。著名詩篇有（唐）王維《華岳》、（唐）杜甫《望岳》、（唐）李白《西嶽雲臺歌送丹丘子》、（宋）寇準《華山》、（明）李攀龍《杪秋登太華山絕頂》、（清）袁枚《登華山》。

天山，橫貫新疆維吾爾自治區中部，有著名的博格達峰。（唐）駱賓王《晚度天山有懷京邑》較有影響。

火焰山，位於吐魯番盆地中部。較著名的詩篇有（唐）岑參《火山雲歌送別》、（明）陳誠《火焰山》等。

玉門關，在甘肅敦煌縣西北的戈壁灘上，是通往西域的交通門戶，古絲綢之路的北路必經之地。留下了王之渙《涼州詞》　「春風不度玉門關」、王昌齡《從軍行》　「黃沙百戰穿金甲，不破樓蘭終不還」等名篇佳句。

鳴沙山，在天氣晴朗時，有絲竹管樂之聲，「沙嶺晴鳴」為敦煌一絕。（清）朱鳳翔《鳴沙山》描繪了這一景觀。

西南地區山水詩詞曲賦賞析

背景分析

　　西南地區的山水顯現出奇秀多姿的特色。四川在一個四面環山的盆地中，氣候溫和，物產豐富，詩人們常歌詠其門戶險要，山水秀美。浪漫主義、寫實主義作品比比皆是。懷想三國時期的政治風雲，詩人們托山水，言志向，抒情懷；遊歷關隘，詩人們借奇山峻嶺抒發對人生的感慨，多悲壯；探訪深山古寺，詩人們喟嘆「何事神仙九天上，人間來就楚襄王」。長江三峽山勢峻拔，灘多水急，沿三峽而東，名勝古蹟眾多，激發了歷代文人的遐思和想像。

閱讀提示

　　在古代，西南地區遠離中原，是少數民族聚居區，也是政人失意被流放的地區。到這裡的詩人多「身在曹營心在漢」，居蜀思故鄉，詩詞中多流露對故鄉的熱望。

　　要認真體會四川獨特的地理環境、風物特點給詩人的創作靈感；瞭解景色秀麗、名勝眾多的成都作為四川要邑在詩歌史上的意義。

　　要清楚詩詞中提及的典故、歷史人物所處的時代，以及詩詞所寫的地理位置，正確講解巴、蜀、吳的歷史關聯。

　　貴州四圍山川秀麗，風景優美，有著名的梵淨山、赤水、烏江等名山大川，要把握黔詩「山隨畫火，水為詩流」的特點。

詩詞曲賦賞析

峨眉山月歌　唐·李白

峨眉山月半輪秋，　影入平羌江水流。①

夜發清溪向三峽，②　思君不見下渝州。③

賞析

①平羌江：即青衣江，源出四川蘆山縣，流至樂山縣而入岷江。②清溪：即清溪驛，在四川省犍為縣。③渝州：治所在今重慶市。

這首詩為李白早期初離蜀地出遊時的作品，是一幅動人的峨眉秋月圖。詩中以皎潔的「月」統領全篇，用峨眉山、平羌江、清溪、三峽、渝州五個地名貫穿起來，覺不出絲毫堆砌的痕跡，寫的是眼前景，用的是口頭語，卻富於弦外之音，神遠之韻，語言清麗自然，意境空靈。全詩的景色處處染上了濃厚的感情色彩，詩境中滲透著詩人江行的體驗和思友之情，貫穿著「月」這一極富傳統文化心理內涵和象徵意味的形象，使感情更顯得深沉。

劍門①　唐·杜甫

惟天有設險，　劍門天下壯。

連山抱西南，　石角皆北向。

兩崖崇墉倚，②　刻畫城郭狀。

一夫怒臨關，　百萬未可傍。

珠玉走中原，　岷峨氣淒愴。

三皇五帝前，　雞犬各相放。

後王尚柔遠，③　職貢道已喪。④

至今英雄人，　高視見霸王。

併吞與割據，　極力不相讓。

吾將罪真宰，⑤　意欲鏟疊嶂。⑥

恐此復偶然，　臨風默惆悵。

賞析

①劍門：指劍門關。劍門關在劍閣以北2萬5千公尺的劍門山，山脈東西橫亘百餘千公尺，七十二峰綿延起伏，峰峰似劍，直刺蒼穹。在峭壁中斷處，兩山相峙如門，是古蜀道的要隘，素有「劍門天下雄」之說。具有「一夫當關，萬夫莫開」之險。②崇：高。墉：城牆，高牆。③柔遠：懷柔萬方，封建君主使萬方之民臣服於己。④職：賦稅。⑤真宰：指上天。⑥嶂：直立像屏障的山峰。

杜甫（712—770），字子美。原籍襄陽（今屬湖北），遷居鞏縣（今屬河南）。祖父是則天朝的著名詩人杜審言。開元後期舉進士不第，漫遊各地。後寓居長安十年。安史之亂爆發，官左拾遺。長安收復後為華州司功參軍。不久棄官。759年入川，先在成都，後又從成都到川東，出川漂流到江陵、岳州、潭州，死於湘江舟中。有《杜工部集》。

這首詩寫於詩人自隴右赴成都的途中，主旨在於勸誡朝廷要以安撫邊邑為重，使天險不足慮。詩中先以雄渾之筆寫出了劍門堅不可摧、高不可越的壯險，接著論先王之道的喪失，借古以鑒今，最後表達了對天下分裂的憂慮，以及剷除唐王朝與百姓之間屏障的願望。全詩歸結為收拾民心的治國之道，天險不可怕，得民心則「疊

嶂」可鑱。詩篇以議論入詩，音韻鏗鏘有力，懇摯深厚，表達了詩人的憂國憂民之心。

蜀相 ① 唐·杜甫

丞相祠堂何處尋，② 　錦官城外柏森森。③

映階碧草自春色，④ 　隔葉黃鸝空好音。⑤

三顧頻煩天下計，⑥ 　兩朝開濟老臣心。⑦

出師未捷身先死，⑧ 　長使英雄淚滿襟。⑨

賞析

①蜀相：指三國時蜀國丞相諸葛亮。這首詩是杜甫寓居成都時所作。當時安史之亂還未平定，杜甫為國家擔憂，希望能有諸葛亮這樣的政治家來主持朝政，建功立業。②丞相祠堂：即諸葛武侯祠，在今四川成都南郊。③錦官城：錦城，成都的別稱。森森，樹木多而茂盛。④自春色：自呈一片春天景色。與下句的「空好音」同來烘托祠堂內的寂靜。⑤黃鸝：即夜鶯。空好音，徒然發出婉轉聲音。⑥三顧：三次拜訪。頻煩：多次請教。天下計：奪取、統一天下的謀略。⑦兩朝：指劉備、劉禪父子兩代。開：幫助劉備開創基業。濟：輔佐劉禪度過危難。⑧出師未捷身先死：指諸葛亮率師攻魏，未獲勝利便病死五丈原。⑨長：經常，永遠。英雄：後來的志士。

　　詩的前四句寫武侯祠的自然景觀，以森森柏，碧綠草，好音黃鸝構出充滿生機的畫面，襯托出荒涼寂靜、肅穆的武侯祠，讓人睹物思賢。以問句起，點明位置和環境。頷聯承接起句，章法井然，又不露斧鑿之痕。後四句概括介紹了諸葛亮的政治活動和業績，勾畫出諸葛亮「鞠躬盡瘁，死而後已」的精神品質，把對諸葛亮的懷

念表現得十分深沉，尾聯轉入抒情，抒發綿綿懷念之情，有強烈的感染力。

江村　①　唐·杜甫

清江一曲抱村流，②　　長夏江村事事幽。③

自去自來堂上燕，④　　相親相近水中鷗。⑤

老妻畫紙為棋局，⑥　　稚子敲針作釣鉤。⑦

多病所需惟藥物，⑧　　微軀此外更何求。⑨

賞析

　①杜甫在離亂中，從中原逃到四川，在成都的西南郊結草廬而居，度過了三年平靜的生活。這首詩就生動地描繪了這一時段的情形。詩展現了江村的夏日景物和清幽生活，是一首田園詩。江村：江邊的村子。這裡的「江」指浣花溪，杜甫的草堂在成都西郊浣花溪邊。②抱：環繞。③長夏：指夏天白天很長。幽：幽靜，清幽。④自去自來堂上燕：燕子在堂上飛來飛去，無人過問它們。⑤相親相近水中鷗：水中的鷗鳥親昵地依偎在一起。⑥棋局：棋盤。⑦稚子：小孩子。⑧惟：唯一，只有。⑨微軀：微賤的身體。這是自謙的說法。

　詩中描寫了幽靜的生活，有著清閒自在的情調，也流露出對這種生活的珍惜。詩的開頭點明時間，地點，狀況——「事事幽」。以下四句緊扣「事事幽」展開，先寫燕子，再寫鷗鳥，它們自由自在無人攪擾的生活表明人們的慵倦，突出了靜。再寫人，「老妻」下棋、「稚子」釣魚，表明他們也都清閒無事，最後兩句是抒情，也是自我安慰，可以感覺到詩人暗淡情懷和無可奈何的心情。作品善於抓住事物的鮮明特點構成生動形象，造成特定的濃厚

氣氛。杜詩多為沉鬱頓挫之作，但也有恬淡幽雅之篇，此詩就為一
例。

白帝城最高樓① 唐·杜甫

城尖徑昃旌旆愁，② 獨立縹緲之飛樓。

峽坼雲霾龍虎臥，③ 江清日抱黿鼉游。④

扶桑西枝對斷石，⑤ 弱水東影隨長流。⑥

杖藜嘆世者誰子？ 泣血迸空回白頭。

賞析

①白帝城：東漢公孫述所築，故址在今四川奉節白帝山。②城
尖：城角。徑昃：路徑傾斜。旌旆愁：樓高而險，旌旆在上，令人
生愁。③峽坼雲霾：指雲屯江峽。峽，瞿塘峽。霾，晦暗。④黿：
大鱉。鼉，鱷魚的一種。⑤扶桑：神話中的樹名，在東方日出處。
斷石：指峽。⑥弱水：西方的水名。

長江三峽遺觀——白帝城

　　大曆元年（766），杜甫到達夔州，有都督柏茂琳照顧，他就
此安頓下來。夔州依山臨江，地勢雄壯險峻。受地貌影響，詩人喜
用奇險的文字描畫它們，詩風也顯出險仄拗折的一面。這首《白帝
城最高樓》詩句奇崛，並運用散文句法，全詩在先極力描寫白帝城
地高、風急後，接著描寫氣象萬千的江峽景象，由近及遠，由實轉
虛，又極力狀寫長江之遠，天地之高，表現山峽之奇、江水之異，
突出了白帝山上的白帝城樓挺拔無畏的雄姿。

登高　唐·杜甫

風急天高猿嘯哀，① 　渚清沙白鳥飛回。②

無邊落木蕭蕭下， 　不盡長江滾滾來。

萬里悲秋常作客， 　百年多病獨登臺。

艱難苦恨繁霜鬢，③ 　潦倒新停濁酒杯。④

賞析

①猿嘯哀：巴東漁歌：「巴東三峽巫峽長，猿鳴三聲淚沾裳」。②渚：水中沙洲。③苦恨：極恨。繁霜鬢：白了許多頭髮。④新停：當時杜甫因病戒酒，故云。

　　這首詩是大曆二年（767），杜甫流寓夔州重九登高時所作。詩中，首聯寫登高見聞，從形、色、聲、態幾個方面工筆細描具有夔州地方特點的秋季特定環境和景色；頷聯又以大筆概括，深沉抒發時光易逝的感慨，沉鬱悲涼；頸聯由寫景過渡到抒情，詩人被羈旅思鄉、悲秋苦嘆的孤獨感所包圍；尾聯對悲愁作進一步渲染，抒發了暮年漂泊萬里、窮愁失意的悲憤情懷，表現了詩人對身世的感悟。全詩情景交融，語言精煉含蓄，意境雄渾悲壯，憂國傷時的情懷躍然紙上。

塗山寺獨遊　唐·白居易

野徑行無伴， 　僧房宿有期。

塗山來去熟， 　唯是馬蹄知。

賞析

白居易（772—846），字樂天。祖籍太原，後遷居下邽（今

陝西渭南），生於新鄭（今河南新鄭縣）。貞元十六年（800）進士及第，元和元年（806）做周至尉，元和三年任左拾遺，元和十年（815）被貶江州司馬，後量移忠州刺史。穆宗即位，任中書舍人。出為杭州、蘇州刺史。晚年居洛陽。有《白氏長慶集》。

塗山寺，坐落在重慶市南岸區塗山之上，是現存最古老的寺院，因寺內供有尊武祖師，因此又稱為尊武寺。塗山寺廟齡悠久，年代已不可考。據查，西漢年間為禹王祠、塗後祠，廟宇供奉大禹與塗後的塑像。塗山寺中現有殿宇8 重，房屋100間，占地1萬多平方米。主殿之內既供釋迦牟尼像，又供真武祖師像，第三層殿中則供有禹王、塗後像，立有「禹王治水碑」，可稱是佛道和睦共處的廟院。這首《塗山寺獨遊》寫於白居易任忠州刺史時期，運用實寫與烘托相結合的手法，巧妙寫出了一個悠閒寧靜、不為外界所擾的境界。詩中不著任何明麗新鮮的色彩，與清幽蕭疏的環境一致，同時若隱若現地表達了詩人的寂寞之情。

巫山神女廟　①　唐·劉禹錫

巫山十二郁蒼蒼，② 　片石亭亭號女郎。③

曉霧乍開疑卷幔，④ 　山花欲謝似殘妝。⑤

星河好夜聞清佩，⑥ 　雲雨歸時帶異香。⑦

何事神仙九天上，⑧ 　人間來就楚襄王。⑨

賞析

①巫山峰巒奇秀，自古流傳許多動人的故事。作者就巫山景色和神女傳說，創作了富有浪漫主義色彩的詩作。巫山：相傳山形象「巫」而得名。長江川流其中，稱為巫峽。山上有神女峰，峰下有神女廟。②巫山十二：指巫山的十二座山峰。③亭亭：聳立的樣

子。女郎：指神女峰。④曉霧乍開：晨霧剛剛散開。幔：帳簾。⑤
謝：凋落。⑥星河：銀河。好夜：良夜。佩：古人衣帶上的玉珮，
行走時碰撞聲音清脆故稱「清佩」。⑦雲雨：宋玉《高唐賦》說楚
襄王夢與女神相會，臨別　　　時，女神說她「旦為行雲，暮為行
雨」。詩中「雲雨」指女神的行蹤。⑧何事：為什麼。九天：古代
傳說天有九層，九天是最高層。⑨就：靠近。楚襄王：戰國時楚國
國君。

237

劉禹錫（772—842），字夢得，洛陽（今屬河南）人。貞元進士，授監察御史。參加王叔文政治改革活動，失敗後貶朗州司馬。做過地方刺史。有《劉夢得文集》。

詩篇從巫山鬱鬱蔥蔥的十二峰入筆引出神女，接著兩句寫清晨，以比喻繪出可見的情景；兩句寫夜晚，用想像寫不可見的聲音和氣息。展現了神女峰在不同時間的不同姿態。詩人將神女峰和神女緊密結合來寫，「亭亭」、「殘妝」、「清佩」、「異香」都符合女性的身份。用「卷幔」喻晨霧初散，用「殘妝」喻快謝的山花，十分貼切、形象。而「清佩」、「異香」是根據神話傳說而產生的想像，富有浪漫主義的瑰麗色彩。意境優美，語言輕靈，生動形象。

巫山高　唐·李賀

碧叢叢，高插天，　大江翻瀾神曳煙。①

楚魂尋夢風颯然，　曉風飛雨生苔錢。②

瑤姬一去一千年，　丁香筇竹啼老猿。③

古祠近月蟾桂寒，　椒花墜紅濕雲間。④

賞析

①碧叢叢：指巫山十二峰一片碧綠，簇擁在一起。大江：重慶東部長江。翻瀾：波濤翻滾。神曳煙：神女化為行雲往來其間。②「楚魂」二句：謂楚襄王的靈魂在悠悠涼風中試圖尋找夢中的神女，但只在晨風細雨中看見滿山的苔蘚。颸：涼風。苔錢：苔點形狀圓如銅錢，故稱。③「瑤姬」二句：謂神女已離去很久了，山中只有老猿在花叢中，竹林裡悲鳴。瑤姬：巫山神女。《水經注》：

「宋玉所謂天帝之季女，名曰瑤姬，未行而亡，封於巫山之陽，精魂為草，實為靈芝。」丁香：灌木名，即紫丁香。箹竹：竹名，可作杖。④「古祠」二句：謂此時只有神女廟高入雲端，祠旁空無一人，唯有紅色的椒花帶著露水從高處墜落。蟾桂：傳說中月亮中有蟾蜍、桂樹。段成式《酉陽雜俎》：「舊言月中有桂有蟾蜍……或言月中蟾桂，地影也。空處，水影也。」椒花墜紅：椒為巴蜀常見植物，春天開黃綠色小花，果實紅色，比綠豆稍大，即俗稱之「花椒」。此處以其果實為花，故稱「墜紅」。

李賀（790—816），字長吉，福昌（今河南宜陽）人。為唐皇室遠支。李賀少年能詩，被　韓愈、皇甫湜所讚賞。死時年僅二十七歲。善於熔鑄辭采，馳騁想像，創造瑰奇的詩境。有《昌谷集》。

在眾多以《巫山高》為題的詩中，李賀此詩想像離奇怪誕，意境幽冷悲惻，風格怨郁淒艷。前三句描繪了巫峽的山川形貌：險峻峭拔，巍峨聳立，煙霞繚繞。接著寫楚王神女的神話境界，離奇荒誕，營造的詩境顯得惝恍窈冥，就中有機地貫穿著作者自身的幽眇思緒。結尾關於神女祠的描寫幽冷寂寞中又透出肅穆靜謐。這首詩雖然是以楚王神女事為依託，但頗有《九歌》深邃幽隱曲折的風調。結句尤淒涼，為李賀詩歌中的名句。

醉中下瞿唐峽中流觀石壁飛泉　宋·陸游

吾舟十丈如青蛟，　　乘風翔舞從天下。

江流觸地白鹽動，　　灩澦浮波真一馬。①

主人滿酌白玉杯，　　旗下畫鼓如春雷。

回頭已失瀼西市，②　奇哉一削千仞之蒼崖。

蒼崖中裂銀河飛，　　空裡萬斛傾珠璣。

醉面正須迎亂點，　　京塵未許化征衣。

賞析

①灩澦：灩澦灘，為長江江心突起的巨石，在瞿塘峽口，舊時為長江三峽著名險灘。②瀼西：四川奉節瀼水西岸地。

陸游（1125—1210）字務觀，號放翁，越州山陰（今浙江紹興）人。紹興二十三年（1153）進士試第一，因位列秦檜孫子之前，加上喜論恢復，次年禮部試時被黜落，直到秦檜死後才得以出仕。孝宗即位，賜進士出身。任鎮江、隆興通判。後入蜀任夔州通判。淳熙五年（1178），陸游奉詔離開四川，後歷任嚴州知府、禮部郎中等職。後罷職長期閒居故鄉山陰。嘉定三年（1210），卒於山陰。有《劍南詩稿》《渭南文集》《老學庵筆記》等。

宋孝宗乾道六年（1170），陸游因赴夔州通判任入蜀，經瞿塘峽到達目的地夔州。這首詩寫入瞿塘峽觀賞到的石壁飛泉的景象。詩中以「青蛟」喻「吾舟」，以「翔舞」寫船行，以「銀河」寫飛泉，又以「珠璣」寫「銀河」飛迸的壯美，比喻、擬人、誇張等修辭手法紛至沓來，令人目不暇接，刻畫了峽中水流湍急、懸崖峭壁的雄偉險峻的氣勢。全詩豪氣干雲，詩人筆下的景物正是作者本人的精神世界的反映，表達了詩人雖然仕途坎坷，卻並不沉溺於悲觀頹唐，有強烈的感染力。

巫山賦　宋·蘇轍

過瞿唐之長江兮，蔚巫山之嵯峨。①孤雲興其勃勃兮，北風慨其揚波。山嶔崟而直上兮，越至神女之所家。②峰連屬以十二兮，其九可見而三不知。蹊遂蕪滅而不可陟兮，玄猿黃鵠四顧而鳴悲。

覽松柏之青青兮，紛其若江上之菰蒲。維其大之不可知兮，有撓雲之修柯。蔓草蒙茸以下翳兮，飛泉潔清而無沙。③亭亭孤峰其下叢木交錯而不明兮，若有美人慘然而長嗟。斂手危立以右顧兮，舒目遠望怳然而有所懷。嚴峨峨其有禮兮，盛服寂寞而無嘩。④臨萬仞之絕險兮，獨立千載而不下顛。

追懷楚襄之放意肆志兮，溯江千里而遠來。離國去俗兮，徘徊而不能歸。悲神女之不可以朝求而夕見兮，想游步之逶遲。築陽臺於江干兮，相氛氣之參差。⑤惟神女之不可以求得兮，此其所以為神。湛洋洋其無心兮，豈其猶有懷乎世之人。⑥

朝雲蔚其晨興兮，暮雨紛以下注。⑦變化倏忽不可測兮，俄為鳥而騰去。忽然而為人兮，佩玉鏘鏘以琅琅。愛江流之清波兮，安燕處乎高唐。⑧彼蛟龍之多智兮，尚不可執以置罩。⑨高丘深其蒼蒼兮，怳誰識其有無？⑩

賞析

①蔚：薈萃，聚集。嵯峨：山勢高峻。②嶔崟：形容山高。越：於是。③翳：遮蔽。④峨峨：高。形容神女的容顏莊重。⑤逶遲：迂緩曲折。氛：氣。參差：彷彿。⑥湛：深沉。洋洋：廣大。⑦朝雲、暮雨：宋玉《高唐賦》：「妾在巫山之陽，高丘之阻，旦為朝雲，暮為行雨，朝朝暮暮，陽臺之下。」⑧燕處：居息。高唐：高唐觀。也可能是《高唐賦》中假設之地。⑨置罩：捕捉獸類的羅網。⑩高丘：《高唐賦》以為是神女的居處。

蘇轍（1039—1112），字子由，號潁濱遺老，眉州眉山（今屬四川）人，官至尚書右丞、門下侍郎。為唐宋八大家之一。與父蘇洵、兄蘇軾合稱「三蘇」。

自從宋玉寫了《高唐賦》、《神女賦》後，巫山和神女就成為詩人墨客筆下的密不可分的形象。這篇賦將巫山神女寫得亦真亦

幻、朦朧恍惚，似有若無。賦中先寫巫山峰巒聚集，雲煙繚繞，北風揚波，山勢高峻，接著寫埋沒了道路的野草，遮天蔽日的青松翠柏，悲鳴的黑猿黃鶴，營造出一種神祕的氛圍。在這一背景之中，孤獨的神女呼之欲出：衣冠莊重，面容肅然。但緊接著筆鋒一轉：神女畢竟不可能真的與俗世來往，所以最終還是歸於變幻莫測，無法求得。結尾總結賦意：蛟龍尚且不能用羅網捕捉，誰又能知道神女的有無，含蓄地駁斥了關於神女的種種捕風捉影的無稽之談。

景區景點

探幽西南　　領會奇異秀麗的山水之美

峨眉山，位於四川峨眉山市，因「如蠶首峨眉，細而長，美而艷」得名，是中國四大佛教名山之一。較著名詩篇有（唐）李白《峨眉山月歌》、（宋）蘇軾《峨眉山》、（明）周洪漠《眉山天下秀》等。

成都市內有著名的杜甫草堂和武侯祠，歷代吟詠之作頗多，著名的有（唐）杜甫《堂成》、（宋）陸游《草堂拜少陵遺像》、（唐）杜甫《蜀相》、（唐）李商隱《武侯廟古柏》等。

白帝城，位於重慶奉節縣東，瞿塘峽西口。（唐）杜甫《白帝城最高樓》　《登高》為他在奉節時所作，是其沉鬱蒼涼詩風的代表作。（明）楊慎《竹枝詞》　「家家閣樓層層梯」也寫出了白帝城民居依山而建的特色。

巫山，位於重慶萬縣，有十二峰，其中最高、最有名的是神女峰。較著名的篇章有（唐）李賀《巫山高》、（唐）劉禹錫《巫山神女廟》、（唐）薛濤《謁神女廟》、（宋）蘇轍《巫山賦》等。

劍門關，也稱「劍門」、「劍閣」，是蜀國的北門戶，因劍門

山勢如利劍而得名。（唐）李白《蜀道難》就繪聲繪色地描述了其險峻，「劍閣崢嶸而崔嵬，一夫當關，萬夫莫開」。（唐）杜甫《劍門》、（宋）陸游《劍門關》也很有影響。

華東地區山水詩詞曲賦賞析

背景分析

　　華東地區，湖光山色，風景如畫；古老名城，歷史悠久。無論是鬼斧神工的天做山川，還是巧奪天工的人造美景，都是歷代詩人放情的對象，是作者性靈的流動，是歷史文化的沉積。江南自古多商賈、多才子，強大的文化背景和物質保障，使一些詩人創作出精緻、輕靈、飄逸的山水詩。江南水鄉美景無數，碧波蕩漾也讓詩人們釋懷，拂去心中的憂傷。在文化發展中，與政治同時壯大影響的是宗教，在政治動盪、外族侵擾下，多年戰亂使更多人把理想生活寄託於山水之間，也在佛教、道教中找到平衡、隱忍之處，這也正是「南朝四百八十寺，多少樓臺煙雨中」出現的必然。

　　不同時代，不同風格的作家在華東這塊沃土上享受著自然山水、人文景觀的美好，人與山水相遇，主客體交融、互動，形成為詩。因此，山水詩並不是摹寫客觀物象的詩歌，而是人與山水聯繫的形成品，是對人與山水相遇的聯繫的一種表現。山水詩中的主觀和客觀是相對的，主觀是意識的主觀，客觀是意識的客觀。這些山水詩，也為後人留下文化瑰寶。

閱讀提示

　　華東山水，有其特有的清幽、空靈之神韻。與之相應，刻畫華東山水景點的作品也往往體現出清新明媚的特徵，富於逸情雅趣；同時，不失懷古與感慨國事的深厚內涵。對於一些寺廟樓宇，其中的禪味要結合詩人的心路歷程來領會，它們是時代風雨的見證。

詩人常於細小之處抒寫性靈，所以要領會他們把玩山水、自然娛情的快意。抒寫對大自然的熱愛，詩人大氣磅礴；繪製旖旎秀水，城市美景，詩人優雅自然。浪漫主義詩人有「口吟奇句招蓬萊」的浪漫，現實主義詩人則有「會當凌絕頂，一覽眾山小」的現實。而專情把玩山水的詩人，則感嘆「山水含清暉，清暉能娛人」。要領會山水自然對人性情的陶冶。

解說詩中涉及的人物、歷史、傳說、地點等，要準確。如宋時中國歷史上疆域版圖最小，從北宋到南宋連年戰亂，外侮不斷，這就要求對岳飛、辛棄疾的詩詞作品有準確的把握，挖掘愛國主義主旋律。

古詩很講究用典，這既可使詩歌語言精煉，又可增加內容的豐富性，增加表達的生動性和含蓄性，可收到言簡意豐、耐人尋味的效果，增強作品的表現力和感染力。如辛棄疾《水龍吟·登建康賞心亭》中成功地運用了三個人的典故：張季鷹、許汜、桓溫等，詩人借助這些歷史事實，含蓄自然而又充分地表達了自己的思想感情。

詩詞曲賦賞析

龍華夜泊　唐·皮日休

今市猶存古剎名，　草橋霜滑有人行。
尚嫌殘日清光少，　不見波心塔影橫。
賞析

龍華寺，位於上海徐匯區龍華鎮北。它以千年古塔、龍華廟會、龍華晚鐘成為名聞遐邇的宗教名勝和旅遊勝地。據《同治上海

縣誌》載：「相傳寺塔建於吳赤烏十年，賜額龍華寺。」唐垂拱年間正式建立殿堂，形成一定的寺院規模。龍華寺歷經興廢，今寺系清光緒年間陸續重建，1949 年後龍華寺重加整修。1959年，龍華寺被列為上海市文物保護單位。

上海龍華寺

　　皮日休（約834—883），字襲美，一字逸少。居鹿門山，自號間氣布衣。咸通進士。曾任太常博士。後參加黃巢起義，任翰林學士。有《皮子文藪》。

　　皮日休稱龍華為古剎，可見其歷史悠久。詩中描寫了龍華寺的景緻，但並不面面俱到，而是從今昔兩個角度，以「草橋霜滑」依舊「有人行」暗寫佛事的繁榮，以「波心塔影」寫典型的景觀，點到即止，筆墨簡練，與古剎給予人的素樸感覺非常和諧。

望岳　唐·杜甫

岱宗夫如何，① 　齊魯青未了。②

造化鐘神秀，③ 　陰陽割昏曉。④

蕩胸生層雲，⑤ 　決眥入歸鳥。⑥

會當凌絕頂，⑦ 　一覽眾山小。

賞析

①岱宗：指泰山。因其為五嶽之長，故云。宗：有為人尊敬仰慕之意。②齊魯：泰山北古為齊國地，山南古為魯國地。③造化：大自然。鐘：聚集。④陰：山北。陽：山南。⑤蕩：洗滌。⑥決：裂開，這裡指儘可能睜大。眥：眼眶。⑦會當：終當。

前兩句寫遠望泰山。「岱宗夫如何」，寫乍一望見泰山時，作者驚嘆仰慕之情溢於言表，十分傳神。「齊魯青未了」，是說在古代齊魯兩大國的國境外還能遠遠望見泰山，以距離之遠來烘托泰山之高。「造化鐘神秀，陰陽割昏曉」，則是寫近看泰山的神奇秀麗和巍峨高大。「蕩胸生層雲，決眥入歸鳥」，則是細望泰山的專注和熾烈，飽含對泰山的熱愛。「會當凌絕頂，一覽眾山小」，寫由望泰山到登泰山，登泰山到凌絕頂，凌絕頂之後一定要有「一覽眾山小」的氣概，寫出了詩人不畏艱險、勇於攀登、俯視一切的雄心和氣概。全詩字裡行間洋溢著青年杜甫的蓬勃朝氣。

趵突泉①　元·趙孟頫

濼水發源天下無，② 　平地湧出白玉壺。③

谷虛久恐元氣泄，④ 　歲旱不愁東海枯。⑤

雲霧潤蒸華不注，⑥　　波濤聲震大明湖。⑦

時來泉上濯塵土，⑧　　冰雪滿懷清興孤。⑨

賞析

①趵突泉，在今山東濟南市，其泉水噴湧，突出於水面，為濟南市一大名勝景點。②濼水：古水名，發源於趵突泉，向北流至濼口入古濟水（即今黃河）。南宋初，劉豫堰濼水東流為小清河上源，後人因此通稱濼水為小清河。這句詩的意思是：趵突泉為濼水發源地，泉水之大天下所無。③白玉壺：形容趵突泉湧起時的濤峰好像白玉壺一樣。④谷虛久恐元氣泄：泉水噴湧時間長了，唯恐山谷空虛，元氣泄盡。元氣：古代哲學概念，指世界的物質本源，或指陰陽二氣混沌未分的實體。⑤歲旱：乾旱之年。枯：乾涸。⑥潤蒸：濕潤蒸騰。華不註：古山名，又名華山，在今山東濟南市東北。⑦大明湖：在今山東濟南市，由城內泉水彙集而成，沿岸垂柳拂堤，湖中荷花盛開，有歷下亭、北極廟、滄浪亭等名勝古蹟，是旅遊勝地。⑧時來泉上濯塵土：時常到泉邊來洗滌塵世的俗心念想。濯：洗。塵土，指世俗雜念。⑨冰雪滿懷清興孤：胸懷如冰雪潔淨，志意清高孤遠。

山東濟南趵突泉

趙孟頫（1254—1322），字子昂，號松雪道人，一號水精宮道人，湖州（今浙江吳興）人。他是宋代宗室之後，入元後經程鉅夫薦舉出仕，歷任兵部郎中、翰林學士承旨等職，死後追封魏國公。工詩文，尤擅書畫。有《松雪齋集》。

詩的開頭寫趵突泉的特點，用「天下無」盛讚這天下奇觀，用「白玉壺」比喻泉水的濤峰亦十分奇特。中間四句寫趵突泉水勢的浩大，前兩句從詩人的心理活動入手，後兩句從具體形象下筆，透過「雲霧潤蒸」，「波濤聲震」，進一步從視覺、感觸、聽覺渲染趵突泉的氣勢磅礡。「潤蒸」，極為傳神、生動；「聲震大明湖」，則透過豐富的想像和高度的誇張，讓人感到驚心動魄。這兩

句詩是從孟浩然的「氣蒸雲夢澤，波撼岳陽城」脫胎而來，化用十分妥帖自然。詩中流露出作者唯恐趵突泉吸吮完大地元氣的擔憂，從側面折射出趵突泉的泉水之大。最後，詩人以洗滌世俗雜念結尾，突出趵突泉的明淨清幽，雖然沒有具體的形象描繪，依然有很強的藝術感染力。

登泰山　元·張養浩

風雲一舉到天關，　　快意生平有此觀。

萬古齊州九點煙，①　五更滄海日三竿。②

向來井處方知隘，③　今後巢居亦覺寬。④

笑拍洪涯詠新句，⑤　滿空笙鶴下高寒。⑥

賞析

①齊州：山東濟南一域的古稱。九點煙：古代有九州之說，這裡極言居處之高。②五更：寫泰山高聳雲天，極頂望日與平地觀日出的不同感覺。③井處：處境侷促，見識狹窄。④巢居：原指原始人類棲息樹上，這裡是與「井處」之低相對而言的。⑤洪涯：傳說中黃帝的臣子伶倫，至唐堯時已經活了3000歲，號「洪涯先生」，是中國古代傳說中的仙人。⑥笙鶴：暗用仙人王子喬事。《列仙傳》：王子喬「好吹笙，作鳳凰鳴，游伊洛間，道士浮丘公接以上嵩高山。三十餘年後，求之於山上，見桓良曰：『告我家，七月七日待我於緱氏山頭。』　至時，果乘白鶴駐山頭，望之不得到。舉手謝時人，數日而去。」

這首《登泰山》並沒有用太多的筆墨直接描摹泰山景象，而是張開想像的翅膀，神遊太虛境界，在看似輕鬆的筆墨中反映出內心的喜悅之情。詩人前所未有的覽勝之情使他絲毫感受不到攀登的艱

難，而彷彿「風雲一舉」般輕快。詩人的激情，側面烘托了泰山的無窮魅力，給後人留下無盡的想像空間。

初春濟南作　清·王士禎

山郡逢春復乍晴，　陂塘分出幾泉清？①

郭邊萬戶皆臨水，②　雪後千峰半入城。

賞析

①陂（bēi）塘：池塘。②郭：古代城外圍加築的城牆。

王士禎（1634—1711），字子真，號阮亭，又號漁洋山人，山東新城（今山東桓臺縣）人。清順治進士，官至刑部尚書，諡文簡。論詩創「神韻」說，是清詩壇領袖之一。其詩描繪山水，吟詠風月，抒發個人情懷，中年後詩風轉為蒼勁。有《帶經堂集》。

這首詩描寫泉城濟南的春色。濟南素有「家家泉水，戶戶垂楊」之稱。春天天氣多變，乍陰乍晴，此時突然放晴，陽光下的池塘裡流出一股股清涼的泉水。春雪過後城南千佛山的山影映入城中，無處不賞心悅目。詩中流露出春天的生機盎然以及帶給詩人的欣喜，特別是濟南的春天，因其臨水的環境，更是充滿了澄澈的靈氣。

泰山道中曉霧①　清·朱彝尊

苦霧滴成雨，②　平林翳作峰。③

不知岩際寺，④　恰送馬頭鐘。⑤

汶水已爭渡，⑥　泰山猶未逢。⑦

忽驚初日躍，⑧　遠近碧芙蓉。⑨

賞析

①泰山，在山東泰安縣，山峰突兀雄偉，為五嶽之首。標題意為登泰山途中遇到了早晨的大霧。②苦霧：濃霧。③翳：遮蓋，遮掩。④岩際：山間。⑤馬頭鐘：從馬頭前方傳來寺廟的鐘聲。⑥汶水：源出山東萊蕪縣北，流經泰安市東。爭渡：抓緊時間渡過。⑦泰山猶未逢：還沒有看見泰山。⑧初日：初升的太陽。⑨芙蓉：蓮花。

朱彝尊（1629—1709），字錫鬯，號竹垞，又號金風亭長，晚號小長蘆釣師。秀水（今浙江嘉興市）人。康熙十八年（1679）舉博學鴻詞科，授翰林院檢討。曾參加修纂《明史》。通經史，能詩詞古文，是浙西詞派的創始人，詩與王士禛齊名，時稱「南朱北王」。其詩風典雅工麗。有《曝書亭集》。

詩詞開篇呼應標題，也是詩人匠心獨運，用「苦霧」營造朦朧氣氛，隱隱約約，由視覺轉入聽覺。「不知岩際寺，恰送馬頭鐘」，給人留下想像的空間。不辨景物，霧氣渲染，已是鋪張揚厲，來到汶水邊，還未識泰山真面目，藝術的蓄勢形成藝術境界的鋪張。最後兩句突然一轉，雲開霧散，旭日躍然而出，遠近碧綠秀麗的山峰盡收眼底，前後景緻形成鮮明的對比。這一突轉造成跌宕，與前六句對照鮮明，有很好的藝術效果。

日觀峰①　清‧顧嗣立

群山向背東南缺，②　一聲雞鳴海波裂。③

黃雲下墜黑雲浮，④　金輪三丈鮮如血。⑤

當時李白平明來，⑥　風掃六合無纖埃。⑦

精神飛揚出天地，⑧　口吟奇句招蓬萊。⑨

我今黯黮失昏曉，⑩　雙石凌虛自悄悄。⑪

安得快劍開煙雲，⑫　直指扶桑窮杳渺。⑬

賞析

①日觀峰：在泰山頂峰之東，是觀日出的最佳地點。②向背：相向和相背，形容群山對峙。東南缺：意思是東南有空缺，可以觀日出。③一聲雞鳴海波裂：一聲雞叫海水如同裂開，朝陽從波濤中躍出。④浮：向上扶升。⑤金輪：指旭日。三丈：《初學記》說，太陽初升時，長三丈多。詩中形容旭日的巨大。⑥平明：天剛亮。李白當年到過日觀峰看日出，寫過六首《游泰山》詩。⑦六合：上下四方之內，即天地間。纖埃：細微的塵埃。⑧精神飛揚：形容旭日朝氣蓬勃、光芒四射的樣子。⑨招：詩中指向蓬萊招手。蓬萊：海中仙山。⑩黯黮：昏暗不明。失昏曉：分辨不清黃昏還是清晨。⑪凌虛：凌空。悄悄：寂靜。⑫安得：怎能得到。⑬窮：尋求到盡頭。杳渺：遙遠渺茫的地方。

顧嗣立（1669—1722），字俠居，又字閭丘，長洲（今江蘇吳縣）人。康熙五十一年（1712）進士，官至翰林院庶吉士，改中書。因病辭歸。其詩宗法韓愈、蘇軾，風格豪放，有《秀野集》、《閭丘集》。

前四句描寫日出東海的壯麗，雖是想像，但還是寫出了噴薄的氣勢。接著寫李白當年觀日出的情景，說李白以特有的氣質「口吟奇句招蓬萊」，極盡誇張之能事，盡顯浪漫。而詩人自己卻沒有趕上好天氣，雲山霧罩，只能靠想像彌補遺憾。最後四句記寫眼前所見和盼望見日出的心情，「得快劍」、「窮杳渺」奇特而有氣魄，詩人的急切心情可見一斑。整首詩古今、虛實結合，大量運用想像

和誇張的藝術手法，把泰山的壯麗和詩人期盼觀日出的心情淋漓盡致地表現出來，有很強的感染力。

【中呂】　普天樂·大明湖泛舟①　元·張養浩

畫船開，紅塵外。人從天上，載得春來。煙水閒，乾坤大。四面雲山無遮礙，影搖動城郭樓臺。杯斟的金波灩灩，②詩吟的青霄慘慘，人驚的白鳥喈喈。③

賞析

①大明湖：在山東濟南。②灩灩：水波蕩漾的樣子。③喈喈：鳥叫聲。

這首小令彷彿一卷寄情自然、隱居樂道的水墨畫。畫船色彩鮮明，塵外無牽無掛，水闊天空，雲山無礙，倒影玲瓏，的確是泛舟湖上的美景。透過抒發由景物所引起的感情，特別是透過喝酒和吟詩的誇張描寫，一個瀟灑出塵的詩人形象，躍然紙上，是作者對閒居生活抱有滿足感的自然流露。但另一方面，在營造的神仙境界中，還是若隱若現地流露出難以言表的無奈。

盪舟大明湖

遊東田① 南朝齊·謝朓

戚戚苦無悰，② 攜手共行樂。③

尋雲陟累榭，④ 隨山望菌閣。⑤

遠樹曖阡阡，⑥ 生煙紛漠漠。⑦

魚戲新荷動， 鳥散餘花落。

不對芳春酒，⑧ 還望青山郭。⑨

賞析

①東田故地在今南京市鍾山下，齊梁時期有文人學士在此建有樓堂別墅。謝朓在與友人遊玩時，寫下這首詩。②戚戚：憂愁的樣子。悰：歡樂。③行樂：指同遊東田。④尋雲：尋找雲的影蹤，指「登高」。陟：升，登。累：重疊。榭：建築在臺上的房屋。⑤菌閣：高聳的樓閣。⑥曖：日光昏暗，看不清的樣子。阡阡：芊芊，林木茂盛的樣子。⑦漠漠：雲煙密布的樣子。⑧不對：不面對著，詩中指沒飲酒。⑨青山郭：靠近青山的外城。郭，外城。

謝朓（464—499），字玄暉，陳郡陽夏（今河南太康附近）人。東晉謝氏家族後裔，與謝靈運並以山水詩見長，世稱「大小謝」；又曾任宣城太守，世稱「謝宣城」。明帝時任中書郎，官至尚書吏部郎。明帝死，東昏侯立。始安王蕭遙光密謀自立，謝朓密告東昏侯近臣，被始安王誣陷，下獄而死。與沈約共同開創講究聲律對偶的新詩體「永明體」，開唐宋律詩絕句之先河，寫了大量語句工麗、風格清俊的山水詩。有《謝宣城集》。

本詩以詩人的行蹤為線索，寫出了高低遠近的不同景緻，既有朦朧迷茫的遠景、靜景，又有精細生動的近景、動景，展現了多姿多彩、意趣豐富的景物。「陟」、「望」等動作，更使人有親臨其境之感。結尾以觀景勝過飲酒的對比，表達了詩人對自然風光的熱愛。詩的語言清麗流暢，雙音詞「戚戚」、「阡阡」、「漠漠」等，增強了形象性和韻律美。除一、二句外，都是工整的對句，體現了「永明體」的特點。

晚登三山還望京邑① 南朝齊·謝朓

灑涘望長安，　河陽視京縣。②

白日麗飛甍，　參差皆可見。③

餘霞散成綺，　澄江靜如練。④

喧鳥覆春洲，　雜英滿芳甸。⑤

去矣方滯淫，　懷哉罷歡宴。⑥

佳期悵何許，　淚下如流霰。⑦

有情知望鄉，　誰能鬒不變。⑧

賞析

①三山：今南京市西南長江南岸，上有三峰。②涘：河岸。京縣：指洛陽。灞涘距離長安很近，河陽距離洛陽也不遠，這裡比喻三山與建康的距離。漢末王粲因為逃避戰亂離開長安時曾有「南登灞陵岸，回首望長安」的詩句。晉代潘岳在河陽做官時曾有「引領望京室，南路在伐柯」的詩句。③麗：附著。飛甍：飛聳的屋簷。④綺：錦緞。練：白綢。⑤甸：郊野。⑥滯淫：長久地停留。⑦霰：小雪糝。⑧鬒：黑髮。

此詩開篇引用王粲和潘岳典故，用來比擬還望京城的情景，委婉深致，敘事中暗含抒情。而後登山臨江，眺望京城，看到的是「白日麗飛甍，參差皆可見。餘霞散成綺，澄江靜如練。喧鳥覆春洲，雜英滿芳甸」，好一幅優美畫卷。燦爛的陽光下，那如飛的屋脊；美麗的晚霞，猶如一匹錦緞；清澈的江水靜靜流淌，宛如一條銀光閃爍的白練；小鳥在洲上歡叫，花朵開滿了草地。如此美景，詩人卻「去矣方滯淫，懷哉罷歡宴」，需要離開京城；「佳期悵何許，淚下如流霰」，長久不歸，回鄉無期。「有情知望鄉，誰能鬒不變」，歸鄉無望，漂泊異地，怎能不白了頭髮呢？全詩虛實結合，情景交融，抒發了詩人在登山臨江時的去國懷鄉之情。

登金陵鳳凰臺①　唐·李白

鳳凰臺上鳳凰游，　鳳去臺空江自流。

吳宮花草埋幽徑，　晉代衣冠成古丘。②

三山半落青天外，③　二水中分白鷺洲。④

總為浮雲能蔽日，　長安不見使人愁。

賞析

①鳳凰臺：在金陵鳳凰山上，相傳南朝劉宋永嘉年間有鳳凰集於此山，乃築臺，山和臺由此得名。②吳宮、晉代：三國時的吳和後來的東晉都建都於金陵。③三山：今南京市西南長江南岸，上有三峰。④白鷺洲：在金陵西長江中，把長江分割成兩道。

鳳凰臺上有鳳凰來游，王朝興盛；鳳凰臺上無鳳凰來游，王朝衰落，而江水還是像往日一樣日夜奔流不息。「吳宮花草埋幽徑，晉代衣冠成古丘」，吳國、晉國都已不在，六朝繁華早已遠逝。「三山半落青天外，二水中分白鷺洲」，遠處的三山，在雲海中忽隱忽現，而白鷺洲則把江水一分為二，山水相映成趣。詩人寫壯麗的景觀，目的是為了和失去的吳宮花草和晉代衣冠作對比，然而眼前的美景，怎能掩飾詩人心中的鬱悶，「總為浮雲能蔽日，長安不見使人愁」暗點詩題，詩人還是時刻憂國傷時。

金陵城西樓月下吟① 唐·李白

金陵夜寂涼風發，　獨上西樓望吳越。②

白雲映水搖空城，③　白露垂珠滴秋月。④

月下沉吟久不歸，⑤　古來相接眼中稀。⑥

解道「澄江靜如練」，⑦　令人長憶謝玄暉。⑧

賞析

①這首詩描寫了金陵秋夜江上景色，作者從眼前景色，追思古人，思情飄逸。金陵：今江蘇南京。長江在金陵城西，故登西樓可眺江景。吟，指吟出的詩篇。②吳越：吳、越是古國名，今江浙一帶。詩中泛指眺望所及的地域。③水：指長江。空城：指夜深人靜，城池空寂。④滴秋月：彷彿滴落到秋夜的月光中。⑤沉吟：低聲吟詠。⑥相接：指精神上能溝通。稀，少。⑦解道：能說出，會形容。「澄江靜如練」是謝朓《晚登三山還望京邑》中的句子。⑧謝玄暉：謝朓的字。

詩人月下獨處，周圍的靜謐使其撫今追古，渴望縱情山水，愛國之情、報國之意流動在字裡行間。「夜寂」、「獨上」繪出靜謐，「搖」、「滴」細膩地刻畫出生命的流動，在描寫細微之時，筆鋒一轉，悲切地感嘆「古來相接眼中稀」，在空曠的時間隧道裡尋找志同道合的朋友，最後無奈地以「長憶謝玄暉」收筆。

次北固山下① 唐·王灣

客路青山外，② 行舟綠水前。③

潮平兩岸闊，④ 風正一帆懸。⑤

海日生殘夜，⑥ 江春入舊年。⑦

鄉書何處達？⑧ 歸雁洛陽邊。⑨

賞析

①北固山在今江蘇鎮江市北長江濱，三面臨江，與「金」、「焦」兩山並稱「京口三山」，有中、南、北三峰。北峰三面臨水，形勢險要，故得名「北固」。詩中「海日生殘夜，江春入舊

年」被譽為「詩人以來少有此句」。次：住宿，詩中指泊船。②客路：行客走的路，旅途。③綠水：指長江。④闊：開闊。這句指潮水上漲，與兩岸連成一片，江面開闊。⑤風正：風順。懸：高掛。⑥海：詩中指長江。殘夜：夜將盡未盡時。⑦江春：江上的春天，春意。⑧鄉書：寄回家鄉的書信。達：寄到。⑨歸雁：指北歸的大雁。這句是指請北歸的大雁捎信到家鄉洛陽。

王灣（生卒年不詳），洛陽人。唐玄宗開元年間進士。以詩著稱於世。《全唐詩》錄存其詩十首。

詩開篇就點出了所寫的地點、時間：「青山外」、「綠水前」，也為下聯的「岸」、「帆」作了鋪墊。接著四句詳寫江上景觀，勾勒出日出破曉，江上早春，風和日麗的景象。詩人把「日」、「春」作為新生事物的象徵，賦予它們人的意志和情思，包蘊新陳代謝之哲理。在把玩春江，享受大自然的美好時，鄉愁湧上心頭。天上的「歸雁」既照應了開篇的「客路」，又將筆觸擴展到更大的空間，詩由平面巡視放眼到立體空間，形成了有山有水，有地面有空間，有色有聲的立體景觀圖，讓人回味無窮。

楓橋夜泊① 唐‧張繼

月落烏啼霜滿天， 江楓漁火對愁眠。②

姑蘇城外寒山寺， ③夜半鐘聲到客船。

賞析

①楓橋：在蘇州城西，原名「封橋」，因張繼此詩而改名「楓橋」。②江楓：水邊的楓樹。江南人泛稱河流為「江」。漁火：漁船上的燈火。③姑蘇：蘇州的別稱，因城西南有姑蘇山而得名。寒山寺：在楓橋附近，始建於南朝梁，相傳唐代高僧寒山、拾得曾在此住持，故名寒山寺。

張繼，字懿孫，襄州人（今湖北襄樊市），天寶十二年（753）進士。曾佐戎幕，為鹽鐵判官。有《張祠部詩集》。

「愁眠」是詩眼，一、二句寫所見，體現暮色中的惆悵，三、四句寫所聞，描繪夜色中的人聲，情感由愁轉入喜，從中見出詩人把玩夜晚詩意生活的雅興。

蘇州楓橋

題破山寺後禪院 ① 唐·常建

清晨入古寺， 初日照高林。

竹徑通幽處， 禪房花木深。②

山光悅鳥性，③ 潭影空人心。④

萬籟此俱寂，⑤　但餘鐘磬音。⑥

賞析

①破山寺，即江蘇常熟虞山北麓的興福寺，因位於破龍澗下，傳說龍斗破山而去，又名破山寺。這首詩是常建在後禪院寫的題壁詩。宋代書法家米芾手書此詩，乾隆三十七年（1772）將其勒石，立於寺內碑亭。禪院：寺院。②禪房：也叫寮房，是僧侶的住所。③山光：指青山在陽光照射下展現出的生氣。悅：使……悅。④潭影：山、花在潭水中的倒影。空：使……空。人心：詩中指世俗雜念。⑤萬籟：一切聲音。籟：從孔穴裡發出的聲音。俱：全，都。⑥鐘磬：一種樂器，寺院中使用其聲響作信號。拜佛時用鐘，結束時用磬。

常建（708—765？），長安（今陝西西安）人。唐玄宗開元十五年（727）進士。長於五律，多以山林、寺觀入詩。所寫山水詩受王維影響，筆觸簡潔，意境清幽。有《常建集》。

開篇寫清晨古寺，繪出「深山藏古寺」的圖畫，並用「山光悅鳥性」寫出生氣，在幽邃的基調中透出活力，並點題。「徑」「幽」，「房」「深」，傳遞出禪意，顯現靜的美妙。借用鐘磬之音，點染空泛人心，動靜制宜，相反相成。幽靜既來自客觀，也來自主觀的心境。詩意含蓄，耐人尋味。在格律上以「清晨」對「初日」，「古寺」對「高林」，「入」對「照」，對仗工整、精巧。「竹徑通幽處，禪房花木深」，意境尤其靜淨。起句對偶，頷聯反而對得不工整，雖屬五律，卻有古體詩的風韻。

題揚州禪智寺①　唐·杜牧

雨過一蟬噪，　飄蕭松桂秋。

青苔滿階砌， 白鳥故遲留。

暮靄生深樹， 斜陽下小樓。

誰知竹西路，② 歌吹是揚州。

賞析

①禪智寺：一名上方寺，亦名竹西寺，在揚州東北五里，地居蜀崗上，寺本隋煬帝故宮，後施捨為寺。寺中有著名的三絕碑：吳道子畫、李白贊、顏真卿書。②竹西，亭名，在揚州東蜀崗上禪智寺前，著名風景區，風光優美。

秋雨剛過，蟬音徐來，樹葉飄零，青松香桂林立，好一個秋色。「青苔滿階砌，白鳥故遲留」，寺院石階上滿是青苔，白鳥也久久逗留於此，享受此份安寧。暮靄生起，斜陽落下，古寺籠罩在淡淡雲氣和斜陽下。「誰知竹西路，歌吹是揚州」，禪智寺這樣寧靜，誰知道那竹西路邊，就是歌吹繁華的揚州呢？以揚州之鬧襯託古寺之靜。全詩筆調恬淡，意境悠遠，用字精當，觸景生情，將禪智寺的幽靜與詩人的心情融為一體，使人頓悟淡泊禪意。

遊虎丘山寺① 宋·王禹偁

蘇牆圍著碧屏顏，② 曾是當年海湧山。③

盡把好峰藏寺裡， 不教幽景落人間。④

劍池草色經冬在，⑤ 石座苔花自古斑。⑥

珍重晉朝吾祖宅，⑦ 一回來此便忘還。

賞析

①虎丘在蘇州閶門外，傳說吳王夫差將其父闔閭葬於此，三日

之後有白虎踞其上，故得名虎丘。山上有虎丘寺和虎丘塔。東晉王珣王珉兄弟舍宅為虎丘寺，五代末建塔。虎丘歷來被稱　為「吳中第一名勝」，「江左丘壑之表」。現存的建築除五代古塔和元代斷梁殿外，其餘均為清代以後所修建。②蘚：隱花植物，蘚牆：長滿苔蘚的牆。碧屏顏：長滿苔蘚的圍牆，圍著險峻的虎丘山。屏顏：通「巉岩」，山勢險峻的樣子。③當年：指吳王闔閭葬此之前。海湧山：虎丘的別名。傳說蘇州一帶原是大海，海中有一小丘，經過滄海桑田的變化，變成了陸地，小丘湧成高峰，就是虎丘。④盡把好峰藏寺裡，不教幽景落人間：指虎丘特有的景色，遙看遠望不覺得有奇妙之處，走進才覺得處處奇妙。宋朱文長《虎丘唱和詩題詞》說：「虎丘之景有三絕。望山之形不越岡嶺，而登之者見層峰峭壁，勢足千仞，一絕也。」⑤劍池：虎丘的勝景之一，在石座之北，有石壁數丈高。據傳闔閭下葬時，以「扁諸」、「魚腸」等名劍殉葬，故得名「劍池」。草色經冬在：指歷經冬季的草依然是綠色的。⑥石座：即千人座，也叫千人石。傳說為晉末高僧生公（竺道生）講經處，在虎丘山下劍池前，因有千人列坐而聽得名。一說是闔閭把千餘修墓的工匠殺害於此，故名。苔：與蘚同類的隱花植物。自古斑：傳說石匠們的血染石成斑，經久不退。⑦晉朝吾祖：唐陸廣微《吳地記》：虎丘「本晉司馬王珣與弟王珉之別墅，咸和二年（327）舍山為東西二寺」。作者以晉王氏為祖，故稱祖宅。

蘇州虎丘塔

王禹偁（954—1001），字元之，鉅野（今山東巨野縣）

人。出身農民家庭。太平興國八年進士。做過左司諫、翰林學士。因忠直敢言，三次遭貶謫。他師法白居易、杜甫，詩風質樸淡雅，對革除五代浮艷文風造成積極的作用。有《小畜集》《小畜外集》。

　　虎丘有悠久的歷史和眾多的傳說，這首詩將歷史、傳說結合起來描繪虎丘的風景，使兩者相得益彰。詩從悠久的歷史著筆，不僅寫出它古老的風貌和清幽的景緻，而且展現出其古貌新風，讓人「一回來此便忘還」。以景觀思古起，以抒懷古情結，情景交融，情景相生。

百步洪① 宋·蘇軾

長洪斗落生跳波，	輕舟南下如投梭。②
水師絕叫鳧雁起，	亂石一線爭磋磨。③
有如兔走鷹隼落，	駿馬下注千丈坡。④
斷弦離柱箭脫手，	飛電過隙珠翻荷。
四山眩轉風掠耳，	但見流沫生千渦。
嶮中得樂雖一快，	何異水伯誇秋河。⑤
我生乘化日夜逝，	坐覺一念逾新羅。⑥
紛紛爭奪醉夢裡，	豈信荊棘埋銅駝。⑦
覺來俯仰失千劫，	回視此水殊委蛇！⑧
君看岸邊蒼石上，	古來篙眼如蜂窠。
但應此心無所住，	造物雖駛如吾何！

回船上馬各歸去，　多言曉曉師所呵！⑨

賞析

①百步洪：徐州城東南二里，水中多亂石，激濤洶湧。《百步洪》詩共二首，此選其一。②斗落：同「陡落」。③水師：水手。絕叫：大聲呼叫。鳧雁：野雁。④隼：一種猛禽。⑤嶮：同「險」。水伯：指河伯。⑥一念逾新羅：化用佛家語。《傳燈錄》：「新羅在海外，一念已逾。」指人的意念可以任意馳騁。⑦銅駝：《晉書》：西晉滅亡前，索靖預見到天下將亂，指著洛陽宮門前的銅駝嘆息道：「會見汝在荊棘中耳！」⑧劫：佛教名詞，佛家認為世界經過若干萬年毀滅一次，然後重新開始，此一滅一生稱作一劫。委蛇：長而曲折的樣子。⑨曉曉：爭辯聲。呵：呵責。師：指蘇軾的朋友禪師參寥。

蘇軾（1037—1101），字子瞻，號東坡居士，眉州眉山（今屬四川）人。蘇洵子。嘉祐進士。因反對王安石新法，外放於杭州、密州、徐州、湖州等地。哲宗親政後被貶到海南。直到徽宗即位，才得以北歸，最後病逝於常州。為唐宋八大家之一。兼擅詩詞文書畫。有《東坡七集》《東坡樂府》等。

詩人先寫「長洪斗落生跳波」的種種景象，描寫洪水湍急奔騰，氣勢驚心動魄，筆墨酣暢淋漓，讓人嘆為觀止。在「輕舟南下如投梭」這個比喻之後，「有如兔走」四句中，作者竟滔滔不絕地連用七個比喻——野兔逃竄，鷹隼疾落，駿馬從千丈高坡奔下，琴弦迸斷，羽箭脫手，電光從縫隙閃過，水珠從荷葉滾落——來形容同一個對象，而且無一喻不生動、貼切。然後筆鋒一轉寫道：「我生乘化日夜逝，坐覺一念逾新羅。紛紛爭奪醉夢裡，豈信荊棘埋銅駝。覺來俯仰失千劫，回視此水殊委蛇！君看岸邊岩石上，古來篙眼如蜂窠。但應此心無所住，造化雖駛如吾何」，借用佛老時空觀，慨嘆人生短暫，而湍流急舟卻顯得從容安閒，禪意高妙。

遊金山寺① 宋·蘇軾

我家江水初發源，　宦遊直送江入海。②

聞道潮頭一丈高，　天寒尚有沙痕在。

中泠南畔石盤陀，　古來出沒隨濤波。③

試登絕頂望鄉國，　江南江北青山多。

羈愁畏晚尋歸楫，　山僧苦留看落日。

微風萬頃靴紋細，　斷霞半空魚尾赤。④

是時江月初生魄，　二更月落天深黑。⑤

江心似有炬火明，　飛焰照山棲鳥驚。

悵然歸臥心莫識，　非鬼非人竟何物？

江山如此不歸山，　江神見怪驚我頑。⑥

我謝江神豈得已，　有田不歸如江水。⑦

賞析

鎮江金山寺

①金山寺：金山在今江蘇省鎮江市。寺在山上，又名澤心寺、龍游寺，殿宇巍峨，佛像莊嚴。②我家：古人認為長江發源於岷山。岷江發源於岷山羊膊嶺，流經眉山，至樂山入長江。蘇軾為眉山人，故云。③中泠：泉名，在金山西北。盤陀：石大的樣子。④魚尾赤：形容紅色的晚霞。⑤初生魄：剛有點光亮。⑥歸山：辭官歸隱。⑦謝：告訴。

該詩透過描寫白天的江湖、傍晚的晚霞、黑色的月夜、黑夜的江火等景物，運用一系列聯想，圍繞思鄉主題，以欲歸隱為終局，而以江水為紐帶貫穿全篇。「聞到潮頭一丈高，天寒尚有沙痕在」，詩人見到沙痕，聯想潮高逾丈。「中泠南畔石盤陀，古來出沒隨濤波」，見到巨石，聯想宦海浮沉，最終聯想到「江山如此不歸山，江神見怪驚我頑。我謝江神豈得已，有田不歸如江水」，即歸田隱居這一主題，顯得十分和諧自然。

遊鍾山 （其一） 宋·王安石

終日看山不厭山，買山終待老山間。

山花落盡山常在，山水空流山自閒。

賞析

鍾山，位於南京東北郊。全區包括50多個可供觀光遊覽的景點，其中有紫金山、玄武湖、明代城垣等，山、水、城、樓、林渾然一體，景色優美，氣勢磅礴。

王安石（1021—1086），字介甫，晚號半山，臨川（今屬江西）人。仁宗慶歷進士。宋神宗熙寧二年（1069）任參知政事，在神宗的支持下實行變法。由於保守派的激烈反對，王安石被迫於熙寧七年辭職。雖於次年復職，但於熙寧九年再度辭相，退居江

寧。元豐八年（1085），支持變法的宋神宗去世，新法被廢除。王安石憂憤成疾，病卒。封舒國公，後改封荊公，世稱王荊公。為唐宋古文八大家之一。王安石早年曾經隨父王益宦遊金陵。王益死後，全家在金陵長期定居。王安石晚年罷相，又在金陵城外的鍾山之麓隱居。

這首詩一、二兩句寫詩人在自然中體會到的清幽平靜的境界，既突出了對鍾山的喜愛，也暗示了詩人在山間滯留之久的孤獨與寂寞。三、四兩句寫詩人融入自然後的哲理體驗：生命有限而又永恆，世俗的很多東西勢必會像山花、山水一樣落盡或流逝，唯有山「常在」而又「自閒」。

橫塘　宋·范成大

南浦春來綠一川，石橋朱塔兩依然。

年年送客橫塘路，細雨垂楊繫畫船。

賞析

范成大（1126—1193）字致能，號石湖居士。吳郡（郡治在今江蘇吳縣）人。南宋詩人。任參知政事等。晚年退居故鄉石湖。卒諡文穆。他與尤袤、楊萬里、陸游齊名，號稱「中興四大詩人」。

橫塘是作者故鄉吳縣（今屬江蘇）的名勝和重要渡口。此詩借題詠橫塘古渡來詠寫人生別易見難的離情別緒。前兩句，作者扣緊送別之情，以飽蘸感情色彩的筆墨來寫景，點明送別的地點、節候，使景物別具情韻風神。後兩句，選擇細雨、垂楊等象徵著惜別留戀傷感之意加以描摹，更強化了感情色彩。風格平易淺顯、清新嫵媚，感情親切淳樸，有濃郁的情韻。

除夜自石湖歸苕溪 （其一）① 宋·姜夔

細草穿沙雪半銷，吳宮煙冷水迢迢。②

梅花竹裡無人見，一夜吹香過石橋。

賞析

①石湖：范成大晚年退居故鄉石湖。苕溪，在浙江吳興。②吳宮：春秋時期吳國王宮的遺址，在蘇州。

姜夔曾以清客身份居范成大石湖別墅。《除夜自石湖歸苕溪》詩十首，即為其訪石湖別墅後除夕歸家途中所寫。此為組詩第一首。詩人構思巧妙，精心選取了細草、沙地、雪殘、吳宮、冷煙、流水、梅花、竹枝、石橋這些頗具清空意境的景物，營造出一種蕭索惆悵的氛圍，流露出身世飄零之感。字句精巧工緻而不落痕跡，富於悠遠的意蘊。

登金陵雨花臺望大江 ① 明·高啟

大江來從萬山中，山勢盡與江流東。②

鍾山如龍獨西上，③　欲破巨浪乘長風。

江山相雄不相讓，④　形勝爭誇天下壯。⑤

秦皇空此瘞黃金，⑥　佳氣蔥蔥至今王。⑦

我懷鬱塞何由開，⑧　酒酣走上城南臺。⑨

坐覺蒼茫萬古意，⑩　遠自荒煙落日之中來。⑪

石頭城下濤聲怒，⑫　武騎千群誰敢渡！⑬

黃旗入洛竟何祥？⑭　鐵鎖橫江未為固。⑮

前三國，後六朝，⑯　草生宮闕何蕭蕭！⑰

英雄時來務割據，⑱　幾度戰血流寒潮。⑲

我今幸逢聖人起南國，⑳　禍亂初平事休息。

從今四海永為家，不用長江限南北。

賞析

①這首七言歌行描寫金陵古城的山川形勝，感嘆歷代興亡和戰亂帶來的苦難，表達了天下統一後的喜悅之情。雨花臺：在南京市中華門外，最高處可遠眺鍾山，俯瞰長江和南京市區。東吳時，崗上盛產五彩瑪瑙石，又叫石子崗、琉璃崗、聚寶山。傳說南朝梁武帝時，有雲光法師在此講經，感動了天神，遂落花如雨，故名雨花臺。大江：長江。②盡：都。③鍾山：紫金山，在南京市東北。山勢由東向西。④江山：長江和鍾山。相雄：相互爭雄。⑤爭誇：爭勝，爭美。⑥秦皇：秦始皇。空：徒然，白白的。瘞：掩埋。⑦佳氣：山川靈秀之氣。蔥蔥：形容佳氣旺盛的樣子。王：同「旺」。⑧鬱塞：鬱悶。何由：用什麼辦法。⑨酒酣：痛快地飲酒。城南臺：指雨花臺。因在城南而得名。⑩蒼茫：杳無邊際。萬古意：思念遠古之情。⑪遠自荒煙落日之中來：意思是因看到荒煙落日而產生了懷古之情。⑫石頭城：故址在今南京草場門西邊，三國時孫權所築。⑬武騎：騎兵。⑭黃旗入洛竟何祥：三國時，孫皓要去洛陽稱帝，結果被晉滅，究竟有什麼吉祥？黃旗：這裡指孫皓。孫皓聽信妄言，自以為應天命，要去洛陽稱帝，途中大雪，士卒寒凍不堪，只得返回，幾年後，為晉所滅，孫皓降晉，全家遷入洛陽。⑮鐵鎖橫江：西晉伐吳，吳人橫鐵鎖於長江險要處，以阻擋

西晉戰船東下，但被晉兵燒斷鐵鎖，滅了吳國。所以「鐵鎖橫江」不是良策。⑯三國：指魏、蜀、吳。六朝：指在建康（今南京）建都的東吳、東晉及南朝的宋、齊、梁、陳六個朝代。⑰宮闕：帝王的宮殿。蕭蕭：風吹落葉聲。形容景色荒涼。⑱英雄：指爭霸稱雄的人。時來：時機到來。務：專力，致力。⑲幾度：多少次。寒潮：指長江寒冷的潮水。⑳聖人：指明太祖朱元璋。起南國：在南方起兵。事：從事。休息：休養生息，指明初實行安定民心，減輕賦稅，恢復生產的政策。四海：指全中國。限：隔，分界。

南京雨花臺

高啟（1336—1374），字季迪，號槎軒，又號青丘子，長洲

（今江蘇蘇州市）人。明初詔修《元史》，為翰林院國史編修，授戶部右侍郎，不授，被藉故腰斬於南京。詩文出色，是「吳中四傑」之一。長於歌行體，多寫自然景觀，不事雕琢，詩風豪放秀逸。有《高太史大全集》。

這首詩以「我懷鬱塞何由開，酒酣走上城南臺」為全詩的行文串線，把寫景、懷古、抒情融為一體。前八句寫金陵古城的山川形勝。中間八句寄情於景抒發懷古之情。最後八句懷古嘆今，表現對天下統一、四海為家的喜悅心情。詩人用想像、比喻、擬人等手法把客觀景物寫活，繪出了它們的神態，長江「來」，鍾山「上」，「江山相雄不相讓」，注意了動態的描寫，使詩歌頗有活力。詩風雄渾豪壯，也反襯出荒煙落日、衰草寒潮的悲壯。全詩基本用七言，偶爾九言入句，增加了變化與氣勢。

桂枝香·金陵懷古　宋·王安石

登臨送目，正故國晚秋，天氣初肅。千里澄江似練，翠峰如簇。①歸帆去棹斜陽裡，背西風酒旗斜矗。②彩舟雲淡，星河鷺起，畫圖難足。念往昔、繁華競逐，嘆門外樓頭，悲恨相續。③千古憑高，對此漫嗟榮辱。六朝舊事隨流水，但寒煙衰草凝綠。至今商女，時時猶唱，《後庭》遺曲。④

賞析

①簇：聚集。②棹：槳。③「門外」，指陳滅亡時，隋大將韓擒虎從朱雀門外入宮擒陳後及寵妃張麗華的故事。「樓頭」，指張麗華住的「結綺樓」。「悲恨相續」，是說六朝亡國的悲恨相續不斷。④《後庭》遺曲：杜牧《泊秦淮》：「商女不知亡國恨，隔江猶唱後庭花。」

此詞開篇以景入勝，「登臨送目」，視角高遠，而此時正是故

國晚秋，一片肅殺景象。而「千里澄江似練，翠峰如簇」，一幅曠遠、清麗但又雄壯的金陵風景讓人美不勝收，詞人卻發出「征帆去棹殘陽裡，背西風酒旗斜矗」的感慨。「念往昔、繁華競逐，嘆門外樓頭，悲恨相續」，念的是遠瞻之下六朝統治者粉飾金陵秀麗山川，藝六朝古都，只豪華競逐致荒淫誤國；嘆的是一幕幕「門外樓頭」式的悲劇，可悲可恨！　「千古憑高，對此漫嗟榮辱」，千古以來文人騷客莫不如此感嘆，卻有誰真知六朝興亡之由？如今六朝舊事皆隨流水逝去，山煙水霧已蕩然無存，只有冢邊亂生的衰草發著點點綠色。到現在，那些煙花女子還在唱《後庭》遺曲。全詞以散文句法入詞，講究起承轉合，最後化用杜牧詩句，點出全詞要義。

青玉案① 宋·賀鑄

　　凌波不過橫塘路，②但目送、芳塵去。③錦瑟華年誰與度？④月臺花榭，⑤瑣窗朱戶，⑥只有春知處。　碧雲冉冉蘅皋暮，⑦彩筆新題斷腸句。⑧試問閒愁都幾許？⑨一川煙草，⑩滿城風絮，⑪梅子黃時雨。⑫

賞析

　　①這首詞作於賀鑄寓居蘇州時期。末句的工巧，使他有了「賀梅子」之稱。②凌波：曹植《洛神賦》：「凌波微步，羅襪生塵。」後人遂以凌波形容女性步履輕盈。橫塘：地名，在蘇州城外十餘里，賀鑄在那裡築有小屋。③芳塵：原指美人經過時的塵土，詞中喻美人。④錦瑟華年：美好的年華。⑤月臺：露天的平臺。花榭：花木環繞的廳堂。⑥瑣窗：雕花的窗。瑣是連環形的花紋。⑦冉冉：緩緩移動的樣子。蘅皋：長著香草的水邊高地。蘅：杜蘅，香草名。⑧彩筆：比喻富有才華的文筆。⑨都幾許：共有多少。⑩

一川：遍地。川：平地。⑪風絮：隨風飄揚的柳絮。⑫梅子黃時雨：舊曆四五月間多魚，正值梅子成熟時，俗稱梅雨。

賀鑄（1052—1125），字方回，自號慶湖遺老。原籍山陰（今浙江紹興縣），生長衛州（今河南汲縣）。是宋太祖賀皇后五世族孫。早年任武職，後轉為文官，晚年退居蘇州。他性格剛毅，渴望建功立業，不肯曲事權貴，退隱非其所願。他的詞語言綺麗，富於抒情色彩，也有悲壯豪放之作。有《東山詞》。

詞以美人不來，引起思慕為發端，上闋感嘆「只有春知處」，把幽恨、清愁、寂寞一表無遺。下闋抒寫藍天、香草依舊而才盡的無奈，寄託自己苦悶失意的心情。詞寫相思，但是並非以愛情為主題。最為精彩的是最後三句，連用「煙草」、「風絮」、「雨」三種實物比喻抽象的「閒愁」，令人稱奇。採用這種博喻，把不可捉摸的「閒愁」轉化成可見可感的生動形象，而喻體都是眼前之景，不襲前人，清新自然。同時也是興中有比，以完整的畫面，營造出愁苦氛圍，用作比喻的喻體都是復合景色，景色的淒迷、愁苦巧妙地組合，給人難以忘懷的印象，於是便成了傳世佳句。

揚州慢　宋·姜夔

淳熙丙申至日，予過維揚。①夜雪初霽，薺麥彌望。入其城則四顧蕭條，寒水自碧，暮色漸起，戍角悲吟。②予懷愴然，感慨今昔，因自度此曲。千岩老人以為有「黍離」之悲也。③淮左名都，竹西佳處，解鞍少駐初程。④過春風十里，盡薺麥青青。⑤自胡馬窺江去後，廢池喬木，猶厭言兵。⑥漸黃昏，清角吹寒，都在空城。杜郎俊賞，算而今重到須驚。縱荳蔻詞工，青樓夢好，難賦深情。⑦二十四橋仍在，波心蕩、冷月無聲。念橋邊紅藥，年年知為誰生？⑧

賞析

①淳熙丙申至日：宋孝宗三年（1176）的冬至日。維揚：揚州。②戌角：軍營裡吹的號角。③千岩老人：蕭德藻，字東夫，晚年居湖州，自號千岩老人。姜夔曾經跟他學詩，又是他的侄女婿。④淮左：宋朝設置淮南路，後分為東西兩路。淮南東路稱淮左，揚州為其首府。竹西：亭名，在揚州東蜀崗上禪智寺前，環境清幽。⑤春風十里：指揚州道上。杜牧《贈別》：「春風十里揚州路，捲上珠簾總不如。」⑥胡馬窺江：指金兵南下。⑦杜郎：唐代詩人杜牧。荳蔻詞工、青樓夢好：杜牧《贈別》：「娉娉裊裊十三余，荳蔻梢頭二月初。」《遣懷》：「十年一覺揚州夢，贏得青樓薄倖名。」⑧二十四橋：有兩種說法：《夢溪筆談》：「揚州在唐時最為富盛......可紀者有二十四橋。」《揚州畫舫錄》謂二十四橋「即吳家磚橋，一名紅藥橋」，因古之二十四美人吹簫於此，故名。紅藥：芍藥。

姜夔（1155？—1209），字堯章，號白石道人，鄱陽（今屬江西）人。幼年隨父宦居，多次應舉不中，一生布衣，過著江湖清客式的生活，曾寓居合肥，漫遊於吳越一帶，後長期住在杭州，以詩文遊於名人鉅公之門，結交甚廣，文名極盛。有《白石道人歌曲》《白石道人詩集》傳世。

此為作者追懷喪亂、感慨今昔之作。全篇運用對比手法，透過揚州昔日的「春風十里」與今日「廢池喬木」的反差，抒發了深切的物是人非、故國黍離之感，表達了對國事飄搖的擔憂與關切。風格清空峭拔，醇正典雅，超塵脫俗，氣韻高古。

水龍吟·登建康賞心亭① 宋·辛棄疾

楚天千里清秋，②水隨天去秋無際。遙岑遠目，③獻愁供恨，

④玉簪螺髻。落日樓頭，斷鴻聲裡，⑤江南遊子。把吳鉤看了，⑥闌干拍遍，無人會，⑦登臨意。休說鱸魚堪膾，盡西風，季鷹歸未？⑧求田問舍，⑨怕應羞見，劉郎才氣。可惜流年，⑩憂愁風雨，樹猶如此。⑪倩何人、⑫喚取紅巾翠袖，⑬搵英雄淚！⑭

賞析

①建康：六朝時期的京城，今江蘇南京市。賞心亭：在建康下水門城上，下臨秦淮河。②楚天：戰國時南方大片土地屬楚，故常以楚天泛指南方的天空。③遙岑：遠山。遠目：極目遠望。④獻愁供恨：指遠山引起人的愁恨。⑤斷鴻：指失群的孤雁。⑥吳鉤：古代吳地所製作的寶刀。詩中泛指刀、劍。把吳鉤看了：形容殺敵之志。⑦會：理解，瞭解。⑧「休說」三句反用「張季鷹見秋風，想起吳中的蒪菜湯、鱸魚膾，辭官回故鄉」的典故，意在說明自己不會在國難當頭之際睹物思故鄉。膾：把肉切成細片。⑨「求田」三句用「許汜只知求田問舍，為劉備不恥」的典故，說明自己胸懷國家大事，恥於像許汜那樣只顧自己的私利。⑩流年：流逝的歲月。⑪樹猶如此：借晉朝桓溫北征時感嘆歲月流逝來表明自己時光漸逝壯志未成的心境。⑫倩：請。⑬紅巾翠袖：借指女子。⑭搵：擦拭。

辛棄疾（1140—1207），字幼安，號稼軒，歷城（今山東濟南市）人。21歲參加抗金鬥爭，提出過抗金北伐方略，均未被採納，長期落職閒居在上饒。其詞豪放雄渾，富有愛國激情。有《稼軒長短句》。

上闋一、二句寫南國的「清秋」，為全詞定下悲秋的筆調。接著三句詞人移情入景，用比喻和比擬把遠山比作美人，傾訴自己的愁苦。「落日」三句，從寫景落筆到寫人，把人置於孤獨的環境，

281

烘托出詞人失意的心境。最後四句書寫報國無門的憤懣。「把吳鉤看了，闌干拍遍」把人物無奈心情抒寫到極致，「了」、「遍」都十分傳神。下闋開篇三句，用「張季鷹」典表明作者欲歸不能的心態，接著用「許汜」典證明自己雄心不已。再用「東晉桓溫」典，表明作者報國壯志未酬，不堪虛度光陰的鬱悶憂傷。最後三句套用英雄淚美人拭的慣用寫法，呼應上闋「無人會，登臨意」。詞作繪製出作者的感情軌跡，借用典故抒發雄心壯志，情、景、人自然融為一體。

【仙呂】 太常引·姑蘇臺賞雪① 元·張可久

斷塘流水洗凝脂，早起索吟詩。何處覓西施？垂楊柳蕭蕭鬢絲。銀匙藻井②，粉香梅圃，萬瓦玉參差。一曲樂天詞，富貴似吳王在時。

賞析

①姑蘇臺：在江蘇蘇州。②藻井：傳統建築中頂棚上的一種裝飾處理。一般做成方形、多邊形或圓形的凹面，上有各種花紋、雕刻和彩畫。

張可久（1270？—1348 後），字小山，慶元人。曾以路吏轉首領官，老年仍不得志。他善寫散曲，曲多歌詠山水和與此相關的生活、情感，風格清新秀麗。有《小山樂府》。

姑蘇臺是吳越爭霸幾度春秋的歷史見證，歷代文人墨客登臨，都不免要抒發濃重的懷古之思。但這首小令，雖有一睹遺蹟之想，有無處覓西施的今昔感慨，卻沒有出現一般憑弔古蹟時的悲傷沉重之感，即使是寫「凝脂」、「鬢絲」等富於深沉意味的形象，依然顯得文筆簡練乾淨，有清雅的味道，同時不失歷史感。

浣溪沙①·紅橋懷古②（其一）　清·王士禎

　　北郭清溪一帶流，③紅橋風物眼中秋，④綠楊城郭是揚州。西望雷塘何處是？⑤香魂零落使人愁，⑥淡煙芳草舊迷樓。⑦

　　賞析

　　①浣溪沙：詞牌名。唐教坊曲名，後用作詞牌。一作《浣溪紗》，又名《小庭花》。王士禎在揚州為官時，與友人泛舟紅橋，興致所至，提筆成詞。同題詞兩首，此為其一。②紅橋：在江蘇揚州城西北。因橋上欄杆為紅色而得名。又因其橫跨瘦西湖，勢如長虹，又被稱為大虹橋（今名虹橋）。建於明思宗崇禎年間，清乾隆時由木橋改為拱形石橋。清代文人多在此吟詩作賦。③郭：外城牆。一帶：形容水似帶狀。④風物：風光景物。⑤雷塘：地名，在揚州城北七里處。隋煬帝常攜宮人來遊，後為隋煬帝陵地。⑥香魂：一般用於指美人之魂。零落：離散。⑦迷樓：隋煬帝行宮。故址在揚州城北觀音山上，因曲徑幽深，門戶眾多而得名。這句是指隋煬帝的迷樓已然沉寂，只剩下淡煙芳草。

　　作者借景抒情，景中有情，懷古傷今，儘管揚州城是「綠楊城郭」，但因為帶上作者的情懷──「眼中秋」，所以詞中有淡淡的愁緒。詞中用典自然，不露痕跡，應了作者推崇的「不著一字，盡得風流」。

賣花聲·雨花臺　清·朱彝尊

　　衰柳白門灣，潮打城還。①小長干接大長干。②歌板酒旗零落盡，剩有漁竿。秋草六朝寒，花雨空壇。更無人處一憑闌。燕子斜陽來又去，如此江山！

賞析

①白門：本建康（南京）臺城的外門，後來用為建康的別稱。
城：這裡指古石頭城，在今南京清涼山一帶。②小長干、大長干：
古代裡巷名，故址在今南京城南。

南京是六朝古都，又是明代開國都城，素以繁華聞名，而如今
「衰柳白門灣，潮打城還」，衰敗的樹木點綴著江岸，江潮往復拍
打著城牆，一片殘破荒涼景象。白門為南京代稱，大、小長干都是
地名。從小長幹到大長幹一帶往日繁華歌樓酒肆都零落淨盡，只留
下江邊幾個孤零的釣翁。六朝遺蹟已蕩然無存，眼前滿地秋草；殘
花落在空空的法師講經壇臺之上。在無人時來這裡憑欄四望，只見
斜陽中有幾隻燕子飛來飛去。江山如此衰敗！詞人先後化用劉禹錫
「潮打空城寂寞回」、「舊時王謝堂前燕，飛入尋常百姓家」的意
境，用得自然妥帖。

石壁精舍還湖中作 ① 　晉·謝靈運

昏旦變氣候，② 　山水含清暉。

清暉能娛人，③ 　遊子憺忘歸。④

山谷日尚早，入舟陽已微。⑤

林壑斂暝色，⑥ 　雲霞收夕霏。

芰荷迭映蔚，⑦ 　蒲稗相因依。

披拂趨南徑，愉悅偃東扉。⑧

慮澹物自輕，⑨ 　意愜理無違。⑩

寄言攝生客，⑪ 　試用此道推。

賞析

①這首詩是謝靈運從石壁精舍回巫湖所作。當時謝靈運託病辭去官職，回到故鄉。石壁精舍在巫湖南，是他在北山營立的一處書齋。詩描繪了作者從石壁精舍歸湖途中所見美妙的晚景和愉快的心情。精舍：本是儒者教授生徒之地，後稱佛舍為精舍。湖：指巫湖，在南北二山之間，是往返兩山的唯一水道。②昏：晚。旦：早晨。清暉：清麗的光輝。③「清暉」二句：取自《楚辭·九歌·少司命》：「羌聲色兮娛人，觀者憺兮忘歸。」娛：樂。④憺：安。⑤陽已微：陽光已經暗淡。⑥壑：深溝。斂：聚集。暝色：暮色。⑦芰：古指菱。稗：像稻子一樣的雜草。披拂：撥開。⑧偃：休息。⑨慮澹：思慮淡泊。物自輕：看輕萬物。⑩意愜：心滿意足。⑪攝生：養生。

謝靈運（385—433），祖籍陳郡陽夏（今河南太康縣）人，出身東晉氏族，是名將謝玄的孫子，襲封康樂公，因稱謝康樂。酷愛山水，因仕途不順，遂尋幽探奇，恣意漫遊。善寫山水名勝，詞藻華麗，刻畫細膩，是中國最早專寫山水詩的作家，開創了山水詩派。有《謝康樂集》。

這首詩典型地體現了謝靈運詩歌的特點，講究駢偶，煉句刻意，寫景盡態極妍，追求新奇的文字。詩以「還」為行文線索，將情、景、理自然融合。一、二句對偶精工，措詞凝練。接著用頂真手法帶出三、四句，兩個「清暉」承接自然。「出谷」二句承上啟下，說明遊歷是一整天，並回應開篇的「昏旦」。這六句是記述游石壁的觀感，是虛寫、略寫。「林壑」以下六句是詳寫山光湖色、荷葉稗草在晚霞中的怡然美景，取景遠近參差，頗具動感。句法上兩兩對偶，極見匠心。「披拂」二句寫回家，一「趨」、一「偃」，又回覆到現實社會，詩歌空間的轉換，使作品的內涵深廣，意境開闊。最後四句，寫遊歷後悟出的玄理。這四句的議論未

脫離前面的抒情，這種感受與「清暉能娛人」的山水緊密相關。魏晉以來的士大夫常借山水來談玄理，而謝靈運的這首詩卻毫無玄言詩的「淡乎寡味」之風，真摯的情感、精美的景緻、精深的哲理和諧地融為一體。

新安江至清淺深見底貽京邑同好① 　南朝宋·沈約

眷信訪舟客，茲川信可珍。

洞澈隨清淺， 皎鏡無冬春。

千仞寫喬樹，② 　萬丈見游鱗。

滄浪有時濁，③ 　清濟涸無津。④

豈若乘斯去，俯映石磷磷。

紛吾隔囂滓，⑤ 　寧假濯衣巾？⑥

願以潺湲水，⑦ 　沾君纓上塵。⑧

賞析

①南朝宋隆昌元年（494），沈約除吏部郎，出為東陽太守，途中乘舟逆流，觸景生情，作此詩。他以平和的心情欣賞新安江的風光，寫出自然的美麗，只是在慨嘆之餘才流露出傷感之情、退隱之意。新安江：源出安徽婺縣，流經浙江，是詩人由建康至東陽的必由之路。②仞：古時八尺或七尺叫一仞。詩中形容山高。③見：露出。④滄浪有時濁：源出《孟子·離婁》：「滄浪之水清兮，可以濯吾纓；滄浪之水濁兮，可以濯吾足。」孔子從中演繹出人生哲理：水清，濯纓；水濁，濯足。意為時世太平，則進而兼善天下；時運不濟，則退而獨善其身。⑤清濟涸無津：出自《戰國策·燕策》：「齊有清濟濁河。」涸：河水乾枯，露出河床。⑥寧：難

道。假：借用，利用。濯：洗。⑦潺湲：形容河水慢慢流的樣子。潺：水流動的聲音。⑧沾：浸濕。

沈約（441—513），字休文，吳興武康（今浙江武康縣）人。歷仕南朝宋、齊、梁三代，是齊梁時代的文壇領袖。死後諡隱侯。他和謝朓等人開創了「永明體」，促進了自由的古體詩向格律嚴整的近體詩發展。他創立的「四聲八病」說，對詩歌的聲律、對仗有很大的影響。有《沈隱侯集》。

詩的一、二句破題，乘舟發現江上的優美景緻，心情頓時爽快，感嘆「信可珍」。接著四句鋪陳水光山色，水的清澈贏得詩人大書特書，用綠樹和游魚說明水的活力、清澈，沒有冬春差別，呼應標題「至清淺深見底」。七、八句由自然的洗禮轉入精神撫慰，用典抒發情懷，「滄浪」句順用，「清濟」句反用。接著在下句立刻又轉入寫景，使詩意蕩漾，張弛有度，水中之石自有清俊堅韌的品格，折射出詩人的心意。最後以寄語京中友人收束全詩，既照應了標題，又昇華了詩人的內心世界，解放了被精神枷鎖禁錮的詩人。詩文從容不迫地寫景抒情，遣詞用典，開合有度，轉換貼切自然。詩的前四句一韻，後六句一韻，韻腳整齊，對仗工整。

入若耶溪 ① 南朝梁·王籍

艅艎何泛泛，② 空水共悠悠。③

陰霞生遠岫，④ 陽景逐回流。⑤

蟬噪林逾靜，⑥ 鳥鳴山更幽。

此地動歸念，長年悲倦遊。

賞析

①若耶溪在今浙江紹興南，若耶溪山下，相傳為西施浣紗處，故又稱浣紗溪。這首詩是作者泛舟若耶溪時觸景生情的寫照，表現了倦遊思歸的情懷。②艅艎：舟名，泛指舟船。泛泛：無阻擋地漂流。③空水：天空和溪水。悠悠：邈遠平靜的樣子。④岫：峰巒。⑤陽景：太陽的影子。逐：跟隨。回流：回轉曲折的流水。⑥逾：更加。

王籍，生卒年不詳，字文海，南朝琅邪（今山東臨沂附近）人。曾任梁湘東王諮議參軍、中散大夫。他很仰慕謝靈運，詩風也相似。

這首詩的特點是以動寫靜。疊詞「泛泛」以小舟在溪水中暢行來襯托幽靜；「悠悠」狀「空水」遼遠之態。這一聯寫景一近一遠，很有情致。天空，溪水，陰霞，陽景，透出一種自然的靜謐。「蟬噪林逾靜，鳥鳴山更幽」，詩人不直言山林幽靜，而是反意著筆，滿耳鼓噪不休的蟬聲，枝頭嘰喳爭唱的鳥鳴，更襯托出林靜山幽，這在藝術上叫相反相成。王籍在動靜轉化藝術上的辯證法被時人讚為「文外獨絕」。

錢塘湖春行① 唐·白居易

孤山寺北賈亭西，② 水面初平雲腳低。③

幾處早鶯爭暖樹，誰家新燕啄春泥。

亂花漸欲迷人眼，淺草才能沒馬蹄。

最愛湖東行不足，綠楊陰裡白沙堤。

賞析

①錢塘湖：即西湖，在浙江杭州西，三面環山，中有白堤（即詩中的「白沙堤」）和蘇堤（蘇軾任杭州太守時所修）。②孤山

寺：孤山在西湖中後湖與外湖之間，山上有孤山寺。賈亭：一名賈公亭。唐貞元年間，賈全為杭州刺史時所建。③雲腳：出現在雨前或雨後接近地面的雲氣。

首兩句，寫孤山在後湖與外湖之間，峰巒聳立，有寺有亭，湖面初平，遠處的湖面與白雲連成一片，寥寥兩句勾勒出西湖早春的輪廓。接下兩句，從早鶯爭樹的動態中，可以感受到春天的活力，連候鳥燕子也啄起了新鮮的泥土。前四句寫湖上風光，後四句寫踏春之妙。亂花迷眼，淺草及蹄，湖東邊的風光讓人永遠也走不夠，而白沙堤上楊樹的綠陰則讓人流連忘返。全詩以孤山、寺北、賈亭、水面、雲腳為背景，透過早鶯爭搶暖樹，新燕啄弄春泥為襯托，踏春感到的行不足等烘托出一個迷人的早春西湖圖。

登飛來峰① 宋·王安石

飛來山上千尋塔，聞說雞鳴見日昇。

不畏浮雲遮望眼，只緣身在最高層。

賞析

①飛來峰，一稱靈鷲峰，在浙江杭州西靈隱寺前，山石清奇，林木繁茂。相傳，印度僧人慧理曾稱此山很像天竺國的靈鷲山，「不知何時飛來」，故名。

詩的前兩句運用極其樸素的語言，寫詩人觀景時的立足點。飛來峰本就高峻，高山之巔的塔還有千尋之高；聞雞、見日，進一步烘托出了山的高聳，畫面顯得高遠開闊。後兩句即景生意，把詩篇推入更高的境界，展示了詩人高瞻遠矚、向上進取的胸襟，也道出了站得高自能看得遠、不被矇蔽的哲理。這首詩富於理趣卻並不枯燥，把道理與景物融合得天衣無縫。

飲湖上初晴後雨　宋·蘇軾

水光瀲灩晴方好，①　山色空濛雨亦奇。

欲把西湖比西子，②　淡妝濃抹總相宜。

賞析

①瀲灩：水波蕩漾的樣子。②西子：西施。

詩中前兩句正面描繪，一句寫水，一句寫山；一句寫晴，一句寫雨。晴日下水的瀲波蕩漾，色彩明麗，雨中山的迷離朦朧，富於詩情畫意，風物變換展示著大自然的美好，詩人捕捉這一切，又被其感染。後兩句採用比擬的手法，賦予西湖以美好的人格，再次將西湖不同姿態之美呈現出來，將對西湖的讚美推向了頂點。

十七日觀潮①　宋·陳師道

漫漫平沙走白虹，②　瑤臺失手玉杯空。③

晴天搖動清江底，晚日浮沉急浪中。

賞析

①十七日：農曆八月十七、十八日，是錢塘江潮最為壯觀的日子。②漫漫平沙：廣闊無邊的江邊平坦的沙灘。走：奔跑和滾動。白虹：指錢塘江潮。③瑤臺：傳說是天上神仙居住的地方。

陳師道（1053—1102），字無己，一字履常，號後山居士，北宋詩人，以苦吟著名。

錢江秋潮，是聞名世界的景觀。詩歌第一句寫的是潮頭，像一道奔騰的白虹，霎時蓋滿了江兩岸的沙灘；第二句寫的是掀起的水波浪花，讓人想像是天上的仙杯傾倒而下，濺起的碎銀玉屑；三、

四兩句是寫滿江湧動的潮水的力量，撼動了倒映其中的天地日月。這首絕句，透過白色長虹的比喻，瑤臺潑酒的聯想，借助晴天和晚日的烘托，描繪出錢塘江大潮的壯麗景色，展示了錢塘江潮的勢和力。

三衢道中① 宋·曾幾

梅子黃時日日晴，② 小溪泛盡卻山行。③

綠陰不減來時路，添得黃鸝四五聲。

賞析

①三衢：今浙江衢州市，因境內有三衢山，故稱。②梅子黃時：指五月，梅子成熟的季節。③泛盡：船到盡頭。

曾幾（1084—1166），字吉甫，江西贛縣人。徽宗時，做過校書郎。高宗時，歷任江西、浙江提刑。紹興八年（1138），因與兄曾開力排和議，忤秦檜，罷官，寓居上饒茶山寺，自號茶山居士。秦檜死後，復為祕書少監。有《茶山集》。

這首詩，第一句強調「晴」，第二句主要講「行」，第三句主要講綠陰，第四句突出黃鶯。黃梅時節本是雨季，卻天天放晴，這時春水初添，新綠潤漲，詩人泛舟小溪之後遊興未盡，又改為在山間步行。山裡綠陰如畫，絲毫不遜於來時溪行的景色，又聽到黃鸝的叫聲，就更加饒有趣味。作者在詩裡描述了初夏時寧靜的景色和山行時輕鬆愉快的心情，寫出了進山越深、環境越幽的特點。全詩呈輕快流動之態，而且情韻宛然。

曉出淨慈寺送林子方① 宋·楊萬里

畢竟西湖六月中，風光不與四時同。

接天蓮葉無窮碧，映日荷花別樣紅。

賞析

①淨慈寺：位於西湖西南。林子方：作者友人，官居直閣祕書。

楊萬里（1127—1206），字廷秀，吉州吉水（今屬江西）人。南宋紹興二十四年（1154）進士，歷任國子博士，知漳州、常州、祕書少監等職，出知筠州。光宗即位後，又召為祕書監，並以煥章閣學士的身份做過伴金使。以寶文閣待制致仕。家居十五年，屢召不赴。

楊萬里善於七絕，工於寫景，以白描見長。本詩是他的代表作之一。「畢竟西湖六月中，風光不與四時同」，詩人開首用「畢竟」二字，觸目興嘆，即興吟唱，強調了六月的西湖風光與其他季節的確不同，似乎是自己抑制不住地喝彩驚嘆，字裡行間透著熱情，只是虛寫。「接天蓮葉無窮碧，映日荷花別樣紅」，滿湖蓮葉，彷彿與遠處的水天連在一起；朝日輝映下的荷花，特別艷紅，此為實寫。表現手法虛實結合，相得益彰。該詩朗朗上口，音律優美，被廣為傳誦。

泛湖至東涇① 宋·陸游

春水六七里，　夕陽三四家。②

兒童牧鵝鴨，　婦女治桑麻。③

地僻衣巾古，④　年豐笑語嘩。

老夫維小艇，⑤　半醉摘藤花。

賞析

①這首詩寫江南農村的和平寧靜的勞動生活。這種年豐人歡的生活彷彿是世外桃源，也是詩人的理想。泛：泛舟，乘船。湖：陸游家鄉山陰附近的鏡湖。它是古代江南大型農田水利工程，東漢時修築，因逐漸淤淺，到南宋時已大部分成為耕地。涇：溝渠。②夕陽三四家：在夕陽下有三四家人家。③治：料理。④地僻衣巾古：地方偏遠，所穿的衣服，佩戴的綸巾古樸，不時尚。⑤維：繫，拴。

陸游（1125—1210），字務觀，號放翁。越州山陰（今浙江紹興）人。南宋傑出的愛國詩人。他的詩題材極為廣泛，直抒胸臆，不求文字上的雕飾，是一種清新自然而又雄渾奔放的風格。有《劍南詩稿》《渭南文集》。

詩中描繪了田園牧歌似的美好生活，春水蕩漾，兒童自由，婦女勤勞，年豐人歡。雖地偏衣古，但這樣的生活是詩人的理想，禁不住停船，飲酒賞景，乘興採花。詩人對水光農舍和勞作生活隨意點染，生活的意義自然流露，使人心嚮往之。語言平淡，自然流暢，樸實而不失詩意，對仗工整，且無刻意雕琢，展示了詩人的藝術才華。

岳鄂王墓① 元·趙孟頫

鄂王墓上草離離，② 秋日荒涼石獸危。

南渡君臣輕社稷， 中原父老望旌旗。

英雄已死嗟何及， 天下中分遂不支。

莫向西湖歌此曲， 水光山色不勝悲。

浙江杭州岳王廟岳飛墓

賞析

①岳鄂王：指岳飛。鄂王墓在杭州。②離離：草木茂盛。

　　這首七律是作者瞻仰岳飛墓時所作，寫於現在的杭州。詩中運用對比手法，將南宋君臣輕視江山與中原人民渴望北伐的不同態度對比，表明了詩人對宋室偏安一方的不滿和譴責。對岳飛屈死表示了極為沉痛的哀悼之情，對南宋君臣苟且偷安的政策表示了強烈的憤恨。語言平易，感慨深沉。

望海潮　宋·柳永

東南形勝，三吳都會，錢塘自古繁華。①煙柳畫橋，風簾翠幕，參差十萬人家。②

雲樹繞堤沙，怒濤卷霜雪，天塹無涯。③市列珠璣，戶盈羅綺，競豪奢。重湖疊巘清嘉，有三秋桂子，十里荷花。④羌管弄晴，菱歌泛夜，嬉嬉釣叟蓮娃。千騎擁高牙，乘醉聽簫鼓，吟賞煙霞。⑤異日圖將好景，歸去鳳池誇。⑥

賞析

①三吳：吳興郡、吳郡、會稽郡世號「三吳」。錢塘：杭州，舊屬吳郡。②參差：樓閣高低不齊的樣子。③天塹：天然的壕溝。④重湖：西湖以白堤為界，分外湖、裡湖，故云。疊巘：重疊的山峰。清嘉：秀麗。⑤千騎：宋朝州郡長官兼知州軍事，故曰「千騎」。牙：牙旗，將軍用的戰旗。⑥圖：描繪。鳳池：鳳凰池，本為皇帝禁苑中池沼。此處則是泛指朝廷。

柳永（？—1053？），字耆卿，初號三變。因排行七，又稱柳七。祖籍河東（今屬山西），後移居崇安（今屬福建）。宋仁宗朝進士，官至屯田員外郎，故世稱柳屯田。由於仕途坎坷、生活潦倒，他由追求功名轉而厭倦官場，耽溺於旖旎繁華的都市生活，在「倚紅偎翠」、「淺斟低唱」中尋找寄託。作為北宋第一個專力作詞的詞人，他不僅開拓了詞的題材內容，而且創作了大量的慢詞，發展了鋪敘手法，促進了詞的通俗化、口語化，在詞史上產生了較大的影響。有《樂章集》。

在這首詞裡，詞人以生動的筆墨，把杭州描繪得富麗非凡。西湖的美景，錢江潮的壯觀，杭州市區的繁華富庶，當地上層人物的享樂，下層人民的勞動生活，都一一注於詞人的筆下，摹寫出一幅幅優美壯麗、生動活潑的畫面。這畫面的價值，不僅在於它描畫出杭州的錦山秀水，更重要的是它畫出了當時當地的風土人情。上片

寫形勝之地和錢江潮的壯觀，詞中用「怒濤」、「霜雪」、「天塹」這類色彩濃烈有氣勢的語言，詞句短小，音調急促，彷彿大潮劈面奔湧而來，有雷霆萬鈞，不可阻擋之勢。而寫西湖清幽的美景時，文字優美，詞句變長，節奏平和舒緩，出現了「三秋桂子」這樣千秋傳誦的佳句，繼之又用「羌管弄晴」等句不斷地加以點染，美麗的西湖就更加使人心曠神怡了。

【南呂】 一枝花·杭州景　元·關漢卿

普天下錦繡鄉，寰海內風流地。①大元朝新附國，亡宋家舊華夷。水秀山奇，一到處堪遊戲。這答兒忒富貴，滿城中繡幕風簾，一哄地人煙輳集。②

【梁州】　百十里街衢整齊，萬餘家樓閣參差，並無半答兒閒田地。松軒竹徑，藥圃花蹊，茶園稻陌，竹塢梅溪。一陀兒一句詩題，行一步扇面屏幃。西鹽場便似一帶瓊瑤，吳山色千疊翡翠。兀良，望錢塘江萬頃玻璃。更有清溪綠水，畫船兒來往閒遊戲。浙江亭緊相對，相對著險嶺高峰長怪石，堪羨堪題。

【尾】　家家掩映渠流水，樓閣崢嶸出翠微。遙望西湖暮山勢，看了這壁，覷了那壁，縱有丹青下不得筆。

賞析

①寰：廣大的地域。②輳集：聚集。輳：車輪的輻聚集到轂上。

關漢卿，號已齋，亦作一齋，漢卿是他的字，元代雜劇作家。大約生於金代末年（約1229—1241），卒於元成宗大德初年（約1300年前後）。有關關漢卿生平的資料缺乏，只能從零星的記載中窺見其大略。《錄鬼簿》著錄關漢卿雜劇名目共62種（今人傅

惜華《元代雜劇全目》著錄關劇存目共67種），今存18種。

元統一全國後，關漢卿曾到過杭州，在《一枝花·杭州景》中描繪了這座南方城市的秀麗風光和繁華生活。首曲〔一枝花〕概括介紹了杭州的繁華和美麗，指出這座南京舊都是寰宇內的「錦繡鄉」和「風流地」，「水秀山奇」，到處足供遊覽。〔梁州〕對杭州的景物進行了具體的描寫，是整套曲的核心段落，先從城內寫起：這裡有「百十里街衢整齊，萬餘家樓閣參差」，繁華富麗的杭州城，到處掩映著「松軒竹徑，藥圃花蹊，茶園稻陌，竹塢梅溪」，將杭州城點綴得十分美麗。然後，作者把筆觸伸展到城裡城外的山山水水，描繪了西鹽場、關山、錢塘江，以及南北高峰的秀麗風光。作者指出，杭州的山水真是處處充滿了詩意，「堪羨堪題」。〔尾〕曲是收煞之筆，再次用簡練的語言來概括杭州的美麗。結論是縱有丹青也畫不出，對它進行了高度的讚美。這首曲在景物描寫方面堪稱麗密，作者充分利用對仗，把景物嵌入其中。「西鹽場」三句鼎足對，分別以「一帶瓊瑤」、「千疊翡翠」、「萬頃玻璃」形容西鹽場、關山、錢塘江，使不同的色彩相互映襯，不同的數量詞層遞增加，十分工巧。寫得通俗生動，率真本色。

【中呂】　紅繡鞋·天臺瀑布寺① 　元·張可久

絕頂峰攢雪劍，②　懸崖水掛冰簾，倚樹哀猿弄雲尖。

血華啼杜宇，③　陰洞吼飛廉，④　比人心山未險。

賞析

①天臺：天臺山：主峰在浙江省天臺縣。多懸崖、峭壁和飛瀑。山中有方廣寺，寺旁有瀑布，奔騰直下數十丈，為天臺八景之一。②絕頂峰攢雪劍：屹立的山峰好像閃著寒光的寶劍，攢聚在一

起。絕頂：天臺絕頂名華頂峰。③血華啼杜宇：意指杜鵑鳥的啼聲異常悲苦，它嘴中啼出的血變成了鮮紅的杜鵑花。華，同「花」。④飛廉：本風神，這裡指風。

張可久一生不得志，寫景也要抒發對人世的感嘆。所以，這支曲子中的主旨，並非表現隱居生活的閒逸、對隱居生活的讚賞。絕頂，雪劍，冰簾，哀猿，血華，陰洞，更多展示的是大自然冷峻陰森的一面，含有作者的精神感悟。最後點出主題，由表現山川的奇險轉而反映世事的陰暗，流露作者人生失意的不平，意味深長。

【中呂】 山坡羊·侍牧庵先生西湖夜飲　　元·劉時中

微風不定，幽香成徑，紅雲十里波千頃。綺羅馨，管弦清，蘭舟直入空明鏡，碧天夜涼秋月冷。天，湖外影；湖，天上景。

賞析

劉時中，生卒年不詳。名致，號逋齋，石州寧鄉（今山西離石）人。因石州歸太原管轄，故有「太原寓士」之稱。

西湖是游賞勝地，作者用簡潔的語言勾畫出一幅秋日湖上的美麗圖景，寄寓自己在大自然中悠然自得的感受。開頭三句從觸覺、嗅覺、視覺幾個角度寫感覺之美，靜中有動。接著透過寫綺羅、管弦、蘭舟，在美景中融入了人的因素。最後把視角擴展到整個天地之間，水天一色，令人感到整個天地都充溢著自然的美。

【正宮】 醉太平·金華山中① 元·張可久

金華洞冷，鐵笛風生。②尋真何處寄閒情？小桃源暮景。數枝

黃菊勾詩興，一川紅葉迷仙徑，四山白月共秋聲，詩翁醉醒。

賞析

①金華：元代稱婺州，為婺州路治所，是浙江西南的交通樞紐。②洞：指山中岩洞。

秋天，是一個令人感到蕭索的季節，但在詩人的筆下，秋天有秋天的美好。山中遠離塵囂，是尋真寄情的好處所。黃菊、紅葉、四山、白月，色彩鮮明而不濃艷，玲瓏剔透而又意境開闊，令詩翁沉醉於其中。小令清麗流轉，優美的景物描寫中滲透著陶醉之情，情款味厚。

滁州西澗① 唐·韋應物

獨憐幽草澗邊生，上有黃鸝深樹鳴。

春潮帶雨晚來急，野渡無人舟自橫。

賞析

①滁州：唐屬淮南道，治清流縣（今安徽滁縣）。兩山夾水為澗。韋應物於唐德宗建中二年（781）任滁州刺史。

韋應物（737—790？），長安人。天寶末年以三衛郎侍玄宗。永泰時任洛陽丞，建中年間出任滁州、江州刺史，後轉左司郎中，貞元初任蘇州刺史。其詩以寫田園風物著名。有《韋蘇州集》。

這是一首山水詩名篇，寫於詩人出任滁州刺史期間。「獨憐幽草澗邊生，上有黃鸝深樹鳴」，自甘寂寞的澗邊幽草讓人情有獨鍾，而樹上悅耳的黃鸝鳴叫怎麼能讓人無動於衷。幽草安然寂寞，黃鸝獨自鳴叫，這麼幽靜安詳的晚景，真讓人心曠神怡。「春潮帶

雨晚來急，野渡無人舟自橫」，春潮帶雨，到晚上更急，而荒野渡口，無人問津，連小舟也樂得獨自橫漂在水上。詩人借景抒情，自然恬淡，頗富閒趣。

秋登宣城謝朓北樓① 唐‧李白

江城如畫裡，山晚望晴空。

兩水夾明鏡，② 雙橋落彩虹。③

人煙寒橘柚，秋色老梧桐。

誰念北樓上，臨風懷謝公。④

賞析

①宣城：今安徽宣城縣。謝朓北樓是南朝齊詩人謝朓任宣城太守時所建，風景宜人、歷史悠久，有著豐富的歷史文化意蘊。②兩水：句溪和宛溪。③雙橋：鳳凰橋和濟川橋，隋朝開皇年間所造。④謝公：指謝朓。

李白「一生好入名山游」（《廬山謠》），是一個山水迷。當他一想到謝朓清麗的山水詩，和謝朓對山水的一片深情，便覺得他與謝朓有一種心靈上的共鳴。宣城山水，則引起他跨越時空、思接千載的聯想，與這位數百年前的詩人相交遊。這首詩就是李白三游宣城時所作。首聯寫詩人登臨之後感受到的江城曠遠、綺麗之美。頷聯細膩地把審美的焦點對準了「兩水」、「雙橋」，呼應上一聯的「如畫」。頸聯對景物的表現更加深沉凝重，其中融入了詩人失意的人生體驗，流露出悲哀之意，卻並不頹唐。最後發思古之幽情，懷念前賢中寄託的是寂寞的情緒。這首詩寫景富於詩情畫意，又能移情入景，啟人遐思。

題宣州開元寺水閣，閣下宛溪，夾溪居人① 唐·杜牧

六朝文物草連空， 天淡雲閒今古同。

鳥去鳥來山色裡， 人歌人哭水聲中。

深秋簾幕千家雨， 落日樓臺一笛風。

惆悵無因見范蠡， 參差煙樹五湖東。②

賞析

①開元寺：宣城中的名勝之一。始建於東晉，最初名永安寺，唐開元年間改為今名。宛溪：源出縣東南的峰山，由南向北，縱貫城東。②五湖：《吳越春秋》：勾踐滅吳後，范蠡「乃乘扁舟，出三江，入五湖，人莫知其所適」。

全詩一開始便籠罩著一層濃烈的懷古情緒。「六朝文物草連空」，六朝繁華早已不在，但「天淡雲閒今古同」，淡藍的天空和悠閒的雲彩卻像見慣了興亡盛衰，自古至今從沒有變過。小鳥在山景裡飛來飛去，人們的歡歌悲泣融在潺潺的水流中。秋雨迷霧，輕籠千家萬戶，日落樓臺，此時卻傳來一縷悠揚的笛聲。是留戀美景，盡享山水歸田之樂，還是沉溺功名利祿，為虛名小利傷神？詩人在惆悵中想到了范蠡，最後得出結論，還是歸隱於煙樹五湖東比較讓人神往。

豐樂亭游春 （其三）① 宋·歐陽修

紅樹青山日欲斜，長郊草色綠無涯。

遊人不管春將老，來往亭前踏落花。

賞析

①豐樂亭：在滁州西南豐山北麓，為歐陽修任知州時所建。

歐陽修（1007—1072），字永叔，號六一居士，廬陵（今屬江西）人。仁宗天聖年間進士。曾任樞密副使、參知政事。因議新法與王安石不和，退居潁州。以太子少師致仕。為唐宋八大家之一。有《歐陽文忠公集》。

《豐樂亭游春》為組詩，選擇春景加以描繪，表達詩人的惜春、戀春之情。這是其中的第三首。此詩採用先寫景、後抒情的手法，一、二兩句寫青山綠草，紅樹斜日，像一幅色彩鮮明的圖畫，令人留戀。由此自然生發出三、四兩句之情：雖然天色將晚，春日將逝，但遊人興致不減，依然在落花中欣賞著暮春之美。結句韻味深厚，體現了詩人的多情。

八公山賦① 南朝梁·吳均

峻極之山，蓄聖表仙。南參差而望越，北邐迤而懷燕。②爾其盤桓基固，含陽藏霧，絕壁嶮巇，層岩回互。③桂皎月而常團，雲望空而自布。袖以華閭，帶以潛淮；文星亂石，藻日流階。④若夫神基巨鎮，卓犖荊河。箕風畢雨，育嶺生峨。⑤高岑直兮蔽景，修坂出兮架天，以迎風而就日，若從漢而回山⑥。露泫葉而原靜，花照磯而岫鮮。⑦促嶂萬尋，平崖億絕。上披紫而煙生，傍帶花而來雪。⑧維英王兮好仙，會八公兮小山。⑨駕飛龍兮翩翩，高馳翔兮翀天。⑩

賞析

①八公山位於安徽淮南，是一座歷史文化名山，又名紫金山，由40餘座山峰疊嶂而成，方圓128 平方公里，峰巒疊翠，清泉密

布，景色優美。發生在這裡的以少勝多的著名戰役「淝水之戰」，留下了「風聲鶴唳，草木皆兵」的典故。②蓄聖表仙：聖指劉安；仙指八公，傳說是蘇非、李尚、左吳、田由、雷被、毛被、伍被、晉昌八人。蓄聖表仙，意思是內蓄聖人之道，外觀有仙人之表。燕：燕國，春秋時一個侯國。③嶮巇：指崖壁險峻。西晉嵇康《琴賦》：「丹崖嶮巇，青壁萬尋。」回互：迴環交錯的意思。④華闉：指壽陽城郭華麗。潛淮：指深而廣的淮水。藻日：燦爛絢麗的陽光。⑤卓犖：卓絕，高聳突出的意思。荊河：荊，楚國的別稱。荊河，楚國的河，這裡指淮河。箕風畢雨：箕、畢，星名。傳說箕星好風，畢星好雨。箕、畢均為星名。古時認為月亮經過箕星時風多，經過畢星時雨多。原比喻人民的好惡不一樣。後用於稱讚為政體恤民情。《尚書·洪範》：「庶民惟星，星有好風，星有好雨。」⑥高岑：小而高的山。修坂：很長的山坡。漢：霄漢，指天河。⑦泫：水點下垂。磯：水邊突出的岩石或石灘。⑧嶂：直立像屏障的山峰。尋：古代八尺為一尋。⑨英王：指淮南王劉安。⑩翀：向天空直飛。

吳均（469—520），南朝梁文學家。字叔庠，吳興故鄣（今浙江安吉）人。其小品信札以寫景見長。

吳均的這篇賦意奇語奇，給人以雄渾壯美之感。首句統領全文，極寫八公山之峻，人之奇，為全詩奠定了基調。次句用質樸蒼老的筆法，點明了八公山在中國版圖的位置，寫得空靈而廣闊。第三句開始換韻，寫其崢嶸、高峻、崎嶇的面貌。以「袖以華闉，帶以潛淮」寫其地勢之險要；然後寫風、寫雨、寫露、寫花、寫煙、寫雪，極陳八公山景色的另一方面：秀美獨絕。最後以歌謠體歌頌了淮南王劉安和門客八公們。此賦用韻靈活，色彩明麗，頗具浪漫主義色彩。

遊斜川　東晉·陶淵明

辛丑正月五日，天氣澄和，風物閒美，與二三鄰曲，同遊斜川。臨長流，望曾城；魴鯉躍鱗於將夕，水鷗乘和以翻飛。彼南阜者，名實舊矣，不復乃為嗟嘆；若夫曾城，傍無依接，獨秀中皋；遙想靈山，有愛嘉名。欣對不足，率共賦詩。悲日月之遂往，悼吾年之不留；各疏年紀鄉里，以記其時日。①

開歲候五日，吾生行歸休。念之動中懷，及辰為茲游。②氣和天惟澄，班坐依遠流。③弱湍馳文魴，閒谷矯鳴鷗。④迴澤散遊目，緬然睇曾丘。⑤雖微九重秀，顧瞻無匹儔。⑥提壺接賓侶，引滿更獻酬。⑦未知從今去，當復如此不？中觴縱遙情，忘彼千載憂。⑧且極今朝樂，明日非所求。

賞析

①辛丑：晉安帝隆安五年（401）。鄰曲：鄰里。曾城：山名，即詩中所謂曾丘。魴：赤尾魚。乘和：乘和風。南阜：南山，指廬山。皋：水邊地。靈山：崑崙山。崑崙為神仙所居之山，故云靈山，中有增城山，曾城與之同名。疏：分條記錄。②及辰：及時。③班坐：依次而坐。班：次。④弱湍：悠揚的水流。湍：急流。閒：靜。矯：飛。⑤迴澤：遠澤。散遊目：極目四顧。緬然：沉思的樣子。睇：望。⑥微：無。九重秀：崑崙增城有九重之秀。⑦接：近。獻酬：主人為賓客敬酒為獻，客人飲罷，主人自飲為酬。⑧中觴：飲酒至半。

陶淵明（365—427），名潛，字淵明，號五柳先生，潯陽柴桑（今江西九江市西南）人。先後做過江州祭酒、鎮軍參軍、建威參軍等職，於41歲時辭去在任僅八十餘日的彭澤縣令，歸隱柴桑。此後20餘年，陶淵明以耕讀自娛，未再入仕。友人私諡為「靖節」，世稱「靖節先生」。

陶淵明多作田園詩，山水詩僅此一首。開頭和結尾悲悼歲月之既往，感嘆人生之無常。中間部分描寫山水景物，既有近處的細緻描繪，又有放眼遠望。微流中的魚兒，空谷的鷗鳥，無處不洋溢著生機，使詩人對自然之美、人情之美、人生之美更產生留戀之情。

滕王閣詩① 唐·王勃

滕王高閣臨江渚， 佩玉鳴鸞罷歌舞。②

畫棟朝飛南浦雲，③ 珠簾暮卷西山雨。

閒雲潭影日悠悠， 物換星移幾度秋。

閣中帝子今何在？④ 檻外長江空自流。⑤

賞析

①滕王閣：是唐高祖李淵之子滕王李元嬰任洪州都督時所建，故址在今江西新建縣西章江門上，下臨贛江。②佩玉鳴鸞：昔日歌舞之聲。佩玉：古時系在衣帶上的玉飾。鳴鸞：古代卿士大夫所乘車前有狀如鸞鳥的鈴鐺，走動則鳴。③南浦：指送別之地。《九歌·東君》：「送美人兮南浦。」④帝子：指滕王。⑤檻：欄杆。

王勃（650—676），絳州龍門（今山西河津縣）人，駢文作家，詩人，早慧，博學多才。後來游於蜀地，又任職虢州。上元初去交阯奉養父親，路經洪州被邀請參加盛宴，寫了《滕王閣序》。次年溺水受驚而死。

這首詩描寫了滕王閣壯觀巍峨的景色，抒發了物是人非、歲月無情的感慨。一、二兩句從空間和時間兩個角度造成對照的表達效果，令人感到舞散歌飛、盛衰無常。三、四兩句用南浦雲、西山雨進一步烘託了滕王閣的寂寞淒清。五、六兩句透過時間的推移寫出

了興亡變化的原因。結尾使用反詰句，又從時間感受歸為空間感受，再次強調了自然變化與永恆的辯證統一，令人浮想聯翩。

望廬山瀑布　唐·李白

日照香爐生紫煙，①　遙看瀑布掛前川。

飛流直下三千尺，　疑是銀河落九天。

賞析

①香爐：廬山香爐峰。

這首詩最大的特點是富於浪漫主義色彩。第一句渲染了香爐峰縹緲朦朧之美，為瀑布創造了一個具有神奇色彩的背景。第二句點明題意，「掛」字化動為靜，貼切形象地表現出遙看瀑布的視覺印象。第三句用誇張的手法寫出了瀑布高空直落的生動形象，顯得勢不可當。最後一句再一次用誇張手法，寫瀑布在詩人心中造成的奇妙感覺。整首詩想像奇特，雄奇瑰麗。

題西林壁①　宋·蘇軾

橫看成嶺側成峰，　遠近高低各不同。

不識廬山真面目，　只緣身在此山中。

賞析

①西林壁：又稱乾明寺，位於廬山七嶺之西。

這是一首具有哲理意味的山水詩。詩人首先描寫廬山的奇偉景觀，展示廬山的一步一景、氣象萬千，給人不可辨識的奇妙感覺，景緻顯得起伏有致。對廬山進行了全面的體察之後，詩人意識到山

的不同姿態、不同側面，同時，這不同姿態、不同側面都並非盧山的全部真面目，從而發出慨嘆：身在山中反而不能識其真面目。觀察事物只有站在更高的位置，以更廣闊的視角才能發現其本質。這個道理一經點破，正能契合人們的日常感受，但又是「人人筆下無」的，這正是這首詩的立意新奇之處。

登快閣① 宋·黃庭堅

痴兒了卻公家事，②　快閣東西倚晚晴。

落木千山天遠大，　澄江一道月分明。

朱弦已為佳人絕，③　青眼聊因美酒橫。④

萬里歸船弄長笛，　此心吾與白鷗盟。

賞析

①快閣：在太和縣治東澄江（贛江）之上，以江山廣遠、景物清華得名。②痴兒：作者自指。③朱弦：用鐘子期死、俞伯牙不再鼓琴的典故，感慨知音的稀少。④青眼：晉朝阮籍能為青白眼，常以青眼對所契重的人。後用來指喜愛或器重。

黃庭堅（1045—1105），字魯直，自號山穀道人，又號涪翁，分寧（今江西修水）人。宋治平四年（1067）進士及第，做過汝州葉縣尉和北京（今河北省大名縣）國子監教授。屢遭貶謫。崇寧四年（1105），卒於宜州貶所。有《山谷集》傳世。

這首詩是黃庭堅知吉州太和縣時所作。一、二兩句寫自己於公務之餘登快閣，流露出玩賞的姿態。三、四兩句寫景視野開闊，選擇的都是千山、遠天、大江、明月等大氣的景緻，境界豁達。五、六句抒發世乏知己的感慨。結句用自然之美表達對歸隱的嚮往。詩

人將主觀感受與景物融為一體，著重在詩中表達一種高潔的情懷，詩風豪放曠達，寫出了詩人孤傲不俗的情懷。整首詩氣象開闊，筆力健拔，有抑揚頓挫之美。

宿蘭溪水驛前① 宋·楊萬里

闇眼波吹枕，②　開篷月入船。③

奇哉一江水，④　寫此二更天。⑤

剩欲酣清賞，⑥　翻愁敗醉眠。⑦

今宵懷昨夕，⑧　雨臥萬峰前。⑨

賞析

①這首詩寫詩人宿蘭江時的感悟，夜色和詩人的心情組成一個和諧的整體。蘭溪：在今江西溪縣。水驛：水邊的驛站。驛站是古代傳遞政府文書的人中途休息的地方。②吹：詩中有「響」的意思。指波濤在枕邊迴蕩。③開篷月入船：打開船篷，月光便撒入船內。④奇：讓人驚奇，感嘆。⑤寫：通「瀉」，流瀉的意思。指江水在二更天裡流淌。⑥剩欲：很想。酣：痛快地飲酒。清賞：欣賞清幽景色。⑦翻：反而，但是。敗：破壞，錯過。⑧懷：懷想。昨夕：昨天晚上。⑨雨臥萬峰前：雨天睡在群峰之前。

楊萬里（1127—1206），字廷秀，號誠齋，吉水（今江西吉水縣）人。宋高宗紹興二十四年（1154）進士。他的詩初學江西詩派，後獨立門戶，自成一家，號「誠齋體」。他的詩想像豐富，善於捕捉景物的特色，意境新穎，詼諧有趣，語言通俗。長於七絕。有《誠齋集》。

詩的前四句寫景，描繪波濤和月光在夜晚的生機，一聲一色，

表現出夜晚的澄淨和寧靜，引起詩人的懷想。後四句是抒情，面對清幽的景色，詩人有飲酒的慾望，卻又怕飲酒而錯過美好的夜色，這種矛盾心情恰恰是夜色幽美的折射。今夜月色滿江，昨夜風雨滿山，無論月色、風雨，都是自然給予人的美好禮物，讓人不忍闔眼，將一種夢幻情景傳遞給讀者。語言簡潔明淨，有醇厚的詩意。

菩薩蠻·書江西造口壁① 宋·辛棄疾

郁孤臺下清江水，②中間多少行人淚。西北望長安，可憐無數山。③青山遮不住，畢竟東流去。江晚正愁余，山深聞鷓鴣。④

賞析

①造口：今江西萬安縣西南60公里處，亦稱皂口。②郁孤臺：在今江西省贛州市西南，一名望闕，贛江經此向北流去。清江：贛江與袁江的合流，一名清江。這裡指贛江。③長安：漢唐時京城，借指汴京。④鷓鴣：鷓鴣鳥鳴聲淒切，如曰「行不得也哥哥」。

辛棄疾（1140—1207），字幼安，號稼軒居士，歷城（今山東濟南）人。他出生時北方早已淪陷於金人之手。紹興三十一年（1161），投奔到耿京領導的起義軍中，任掌書記。紹興三十二年（1162），耿京令辛棄疾奉表歸宋。南歸後被派到江西等地擔任轉運使等地方官職，屢遭打擊。淳熙八年（1181）冬，辛棄疾被彈劾離職，退居上饒。此後20多年間，曾被短暫起用，任福建路安撫使，不久即被罷官。直到寧宗嘉泰三年（1203），再被起用，任浙東安撫使，改任鎮江知府，又被罷官。後兩年雖又被召任職，但已年老體衰，無法出任，開禧三年（1207），卒於故宅。有《稼軒詞》。

這首詞上闋起句寫水，由水的姿態自然聯想到傷心之淚。至於淚水的內涵，作者並不明言，而是含蓄地寄託於下邊的詞句中。接著望向遠山，由山的遮蔽視野過渡到關懷國事之意，「望長安」三個字中，故國之思呼之欲出。下闋用奔流東去的江水，反襯自己的無奈，用深山中鷓鴣的悲鳴寄託鄉愁，意境孤淒沉鬱。以小令而作激越之音，同時又不失含蓄蘊藉的悲壯之美。

盧山瀑布謠　元·楊維楨

甲申八月十六夜，予夢與酸齋仙客遊盧山，各賦詩。酸齋賦彭郎詞，予賦瀑布謠。①

銀河忽如瓠子決，　瀉諸五老之峰前。②

我疑天仙織素練，　素練脫軸垂青天。

便欲手把并州剪，　剪取一幅玻璃煙。

相逢雲石子，　有似捉月仙。③

酒喉無耐夜渴甚，　騎鯨吸海枯桑田。

居然化作十萬丈，　玉虹倒掛清冷淵。

賞析

①酸齋：作者的友人貫雲石，號酸齋，元代著名散曲作家。②瓠子：地名，也稱瓠子口，在河南濮陽附近，黃河曾決入瓠子。五老：五老峰，在盧山東南部，五峰聳立，如五位席地而坐的老翁，故名。為盧山勝景之一。③雲石子：即貫雲石。

楊維楨（1296—1370），字廉夫，號鐵崖，又號鐵笛道人，紹興會稽（今屬浙江）人。泰定四年（1327）進士，授天臺縣尹，後為江西等處儒學提舉。晚年隱居松江。明初應召至南京，纂

修禮樂書，不久歸里。有《鐵崖古樂府》《東維子文集》等。

這首詩是詩人夢與貫雲石游廬山而作。起句以「決」、「瀉」有力地寫出了瀑布高天而落的氣勢，詩人還發揮想像力，以「疑」寫出了迷離惝恍之感，側面表現了瀑布給人帶來的不同凡響的視覺體驗。接著繼續在幻想的境界中遨遊，與好友一起彷彿仙人般恣意狂歡。在極度的想像和誇張中，詩人的豪邁逸興、瀟灑氣質鮮明地呈現出來。這首詩馳騁想像，營造了神奇壯麗的境界。

【正宮】　塞鴻秋·潯陽即景　元·周德清

長江萬里白如練，淮山數點青如澱。江帆幾片疾如箭，山泉千尺飛如電。晚雲都變露，新月初學扇，塞鴻一字來如線。

賞析

周德清（1277—1365），字挺齋，高安（今江西高安縣）人。工樂府，善音律。著有《中原音韻》，是中國音韻學力著。其散曲現存小令三十一首，套數三套。

此曲為登潯陽城樓的即興寫景之作。作者選擇了宏觀的角度，採用了富有動感的藝術手法，為我們勾勒出一幅生動傳神的潯陽江景圖。作者善於捕捉充滿活力的藝術鏡頭，連用六個比喻，將江帆、山泉、晚雲、新月、塞鴻這些景緻都呈現得富於動感和詩情畫意，並且都在萬里長江和數點淮山這一整體構思中被不露痕跡地融合起來。意象大氣磅礴，感情豪邁奔放。

景區景點

體味華東　　文化與山水的完美融合

泰山，在山東泰安縣，為五嶽之首。泰山有「旭日東昇」、「晚霞夕照」、「黃河金帶」、「雲海玉盤」四大奇觀。留有（唐）李白《游泰山》六首、（唐）杜甫《望岳》、（清）朱彝尊《泰山道中曉霧》、（清）顧嗣立《日觀峰》等著名詩篇。

趵突泉，在今山東濟南市，「趵突騰空」是濟南八景之一，佳作有（宋）曾鞏《趵突泉》、（元）趙孟頫《趵突泉》、（元）陳鎬《晚到濼泉次趙松雪韻》等。

大明湖，位於濟南市中心偏東北，由珍珠泉等匯聚而成。留有（元）張養浩《普天樂·大明湖泛舟》、（金）元好問《泛舟大明湖》等佳作。

六朝古都南京，是歷代詩人吟誦的話題，較著名的詩詞有（南朝）謝朓《遊東田》、（唐）李白《登金陵鳳凰臺》　《金陵城西樓月下吟》、（宋）王安石《遊鍾山（其一）》、《桂枝香·金陵懷古》、（宋）辛棄疾《水龍吟·登建康賞心亭》、（明）高啟《登金陵雨花臺望大江》等。

詠江蘇名城蘇州、揚州、常熟等地的詩詞有：（唐）張繼《楓橋夜泊》、（唐）杜牧《題揚州禪智寺》、（宋）王禹偁《遊虎丘山寺》、（宋）賀鑄《青玉案（凌波不過橫塘路）》、（宋）姜夔《揚州慢》、（清）王士禎《浣溪沙·紅橋懷古》、（唐）常建《題破山寺後禪院》等。

廬山，位於江西九江市，古有「匡廬奇秀甲天下」之譽。較著名的詩篇有（南朝）鮑照《登廬山》、（唐）孟浩然《彭蠡湖中望廬山》、李白《廬山謠寄盧侍御虛舟》　《望廬山瀑布》、（宋）蘇軾《題西林壁》、（元）楊維楨《廬山瀑布謠》、（清）屈大均《廬山道中》等。

南昌，在歷史上有著名的「古豫章十景」，其中「滕閣秋風」

是指江南名樓勝王閣。留有（唐）王勃《勝王閣詩》、（元）虞集《勝王閣》、（清）查慎行《登勝王閣》等詩篇。

　　浙江杭州西湖，有著名的「西湖十景」。題詠西湖及附近景觀的佳作有（唐）白居易《錢塘湖春行》《春題湖上》、（宋）蘇軾《飲湖上初晴後雨二首錄一》、（宋）王安石《登飛來峰》、（宋）楊萬里《曉出淨慈寺送林子方二首錄一》、（元）關漢卿《南呂一枝花·杭州景》、（元）劉時中《山坡羊‧侍牧庵先生西湖夜飲》、（元）趙孟頫《岳鄂王墓》等。

　　詠浙江地方名勝的佳作有（南朝梁）王籍《入若耶溪》、（唐）朱慶余《過耶溪》、（宋）王安石《若耶溪歸興》、（元）張可久《紅繡鞋·天臺瀑布寺》等。

　　安徽滁州、宣州一帶，風景秀麗，人傑地靈。自古多有名人在此主政或遊歷，留下許多名聞遐邇的篇章，較著名的有（唐）韋應物《滁州西澗》、（宋）歐陽修《醉翁亭記》、（唐）李白《秋登宣城謝朓北樓》、（唐）杜牧《題宣州開元寺水閣，閣下宛溪，夾溪居人》等。

　　上海龍華，在古代是著名的風景區。流傳下來的著名詩篇有（唐）皮日休《龍華夜泊》、（明）潘大儒《龍華晚鐘》等。

華中地區山水詩詞曲賦賞析

背景分析

在華中廣袤的大地上，名山秀水、名勝古蹟星羅棋布，華夏文明的燦爛也蘊藏於此，歷代文人將之收於眼中，盡攝筆下。不論是頌讚黃河、長江，歌詠嵩山、商山、荊門，還是描繪洞庭湖水、憑弔赤壁古戰場，都有名篇佳句流傳於世。黃鶴樓、岳陽樓、桃花溪更是歷代詩人創作的源泉。

閱讀提示

嵩山、鸚鵡洲、荊門、赤壁、桃花溪、岳陽樓、洞庭湖，在講解這些人們耳熟能詳的名勝景觀時，要準確地介紹它們在詩中被賦予的更多意味。有些作品，描繪了祖國山河的旖旎風光，反映了人與自然的和諧、相親，抒發了詩人對自然的熱愛。讀者可以在欣賞過程中得到精神的撫慰和超脫，並從憑弔古蹟中獲得啟迪和反思。

尤其需要注意的是，這些作品中體現的中國文人與自然的特殊關係：在士大夫的宦海沉浮、政治變故中，以山水為知己、人之靈與山水之秀合而同化的思維方式在山水題材作品中打上了深深的烙印。如蘇軾在湖北留下了大量詩詞文賦作品。在理解蘇詞時，要注意蘇軾的詞風除了豪放外，更主要的是曠達。胸懷抱負而又懷才不遇的蘇軾，既要堅持不苟合隨俗，又要隨緣自適；既要「盡人事」，又要「知天命」，使其性格中帶有典型的「曠達」的特徵，如「人生如夢，一尊還酹江月」（《念奴嬌·赤壁懷古》）。蘇軾有時又極力地充實自我，使自我的精神世界得到最大限度的加強，

從而抵禦外界的一切侵擾，達到超脫。有時他又以淡泊明志、嚮往歸隱、潔身自好，甚至用痛飲縱歡、談禪論道、自我麻醉的手段，求得對痛苦人生、黑暗現實、齷齪官場的心理超脫。

詩詞曲賦賞析

歸嵩山作① 唐·王維

清川帶長薄，②　車馬去閒閒。

流水如有意，　暮禽相與還。

荒城臨古渡，　落日滿秋山。

迢遞嵩高下，③　歸來且閉關。

賞析

①嵩山，古稱「中嶽」，在今河南登封縣北。②薄：草木茂盛。③嵩高：嵩山。

　　這首詩寫作者辭官歸隱途中所見的景色和心情。詩中首先寫了河川環繞著的草澤地，從容不迫的車馬，反映出詩人歸山出發時一種安詳閒適的心境。中間四句進一步描摹歸隱路途中的景色。作者移情及物，把「流水」和「暮禽」都擬人化了，彷彿它們也富有人的感情：河川的清水留戀著詩人，傍晚的鳥兒好像在和詩人結伴而歸。詩人渲染了在歸隱途中所看到的充滿暗淡淒涼色彩的景物，襯托出作者越接近歸隱地就越發感到淒清的心境。結句點明辭官歸隱的宗旨，這時感情又趨向恬淡平和。詩人隨意寫來，不加雕琢，可是寫得真切生動，含蓄雋永，不見斧鑿的痕跡，卻又有精巧蘊藉之妙。

315

山石　　　唐·韓愈

山石犖确行徑微，① 黃昏到寺蝙蝠飛。

升堂坐階新雨足， 芭蕉葉大梔子肥。

僧言古壁佛畫好， 以火來照所見稀。

鋪床拂席置羹飯，② 疏糲亦足飽我饑。③

夜深靜臥百蟲絕， 清月出嶺光入扉。

天明獨去無道路， 出入高下窮煙霏。④

山紅澗碧紛爛漫， 時見松櫪皆十圍。⑤

當流赤足蹋澗石， 水聲激激風生衣。

人生如此自可樂， 豈必局束為人靰。⑥

嗟哉吾黨二三子，⑦ 安得至老不更歸。

賞析

①犖确：險峻不平的樣子。微：狹窄。②羹飯：泛指菜飯。③疏糲：粗糙的食品。糲：粗米。④煙霏：流動的煙雲。⑤櫪：一種落葉喬木。⑥為人靰：被人控制，不得自由。⑦吾黨二三子：指和自己志同道合的朋友。

這是一首記游詩，採用一般山水游記散文的敘述順序，從行至山寺、山寺所見、夜看壁畫、鋪床吃飯、夜臥所聞、夜臥所見、清晨離寺一直寫到下山所見，娓娓道來，讓人如歷其境。在這一夜到晨的所見所聞中，詩人又選用了色彩濃淡明暗變化的若干圖景，錯落交疊，如「山石犖确行徑微，黃昏到寺蝙蝠飛」，寫出暮色蒼茫中的「暗」。下兩句寫芭蕉與梔子花，又是暗色中的一「亮」，「大」和「肥」，本是兩個很尋常的字眼，但用在芭蕉葉和梔子花

上，特別是用在雨後的芭蕉葉和梔子花上，卻顯得十分恰切生動，因為它突出了客觀景物的特徵，增強了形象的鮮明性。下寫以火把觀壁畫，是明中有暗；而夜臥無聲時「清月出嶺光入扉」，又是暗中來明；「天明獨去無道路，出入高下窮煙霏」，則是天色濛濛亮時的山嵐瀰漫；而下接「山紅澗碧紛爛漫」，則又豁然一明。這樣，就在讀者腦際留下了視覺感極強的連續圖景。面對神奇的大自然，想到自己仕途的不如意，詩人不禁感慨系之。詩人透過對在寺裡山間所見所聞的描寫，流露出了他對山中自然美和人情美的熱愛和嚮往之情。全詩流暢中見奇崛，有精心的雕琢但又顯得很自然。詩人能夠因情寫景，將閒淡之情與濃艷之景融為一體，使全詩充滿了詩情畫意。詩中用散文句式，自由抒寫，體現出「以文為詩」的特點。

商山早行① 　　唐·溫庭筠

晨起動征鐸，② 　客行悲故鄉。

雞聲茅店月， 　人跡板橋霜。

槲葉落山路，③ 　枳花明驛牆。④

因思杜陵夢，⑤ 　鳧雁滿回塘。⑥

賞析

①商山：陝西商縣東南。②動征鐸：運行車馬的鈴鐸。③槲：松心木。④枳：枳樹，似橘而小，春天開白花，果實叫枳實。明驛牆：鮮艷地開在驛站牆邊。⑤杜陵：漢宣帝陵墓，在長安縣東南，其時秦地為杜縣，故稱杜陵。⑥鳧：野鴨。回塘：曲折的湖塘。

溫庭筠（812？—866）原名岐，字飛卿，太原人。仕途不得意，官止國子助教。

這首詩寫清晨從商山客店出發的情景，透過鮮明的藝術形象，反映了旅人的共同感受。特別是三、四兩句，歷來膾炙人口。這兩句純用名詞組成詩句，並且選擇的是具有特徵性、代表性、具有有機聯繫的景物，把客行在外者早行的典型情景精煉地傳達了出來，既有視覺形象，又有聽覺形象，音韻鏗鏘，意象豐富。結尾用唸唸不忘的「杜陵夢」強化了宦遊之悲。

魯山山行① 宋·梅堯臣

適與野情愜，② 千山高復低。

好峰隨處改， 幽徑獨行迷。

霜落熊升樹， 林空鹿飲溪。

人家在何許？ 雲外一聲雞。③

賞析

①魯山：在今河南省魯山縣東北。②野情：欣賞山野大自然景色的情趣。愜：愜意，滿足。③雲外：山上雲霧籠罩之處，形容遙遠。一聲雞：暗示有人家。

梅堯臣（1002—1060），字聖俞，宣城（今屬安徽）人。梅堯臣仕途困窘，生活也較為窮困。有《宛陵先生文集》。

這首詩以清疏的筆墨描寫了詩人山行時的獨特感受。首聯總寫遠景，既突出了愛山的情趣，又有跌宕起伏的韻致。頷聯進一步寫山行，詩人在山中行走，眼前的山峰不斷展示著美好的姿態，「幽徑」、「獨行」正契合詩人的「野情」。頸聯寫詩人眼中所見，「熊升樹」、「鹿飲溪」，熊的自在，鹿的自在，正是人自在閒適心境的寫照。中間兩聯屬對精工而又灑脫。尾聯以「雲外一聲雞」收束，餘味無窮。

遊黃華山　金·元好問

黃華水簾天下絕，　我初聞之雪溪翁。

丹霞翠壁高歡宮，　銀河下催青芙蓉。

昨朝一遊亦偶爾，　更覺摹寫難為功。

是時氣節已三月，　山木赤立無春容。

湍聲洶洶轉絕壑，　雪氣凜凜隨陰風。

懸流千丈忽當眼，　芥蒂一洗平生胸。①

雷公怒擊散飛雹，　日腳倒射垂長虹。

驪珠百斛供一泄，　海藏翻倒愁龍公。②

輕明圓轉不相礙，　變見融結誰為雄？

歸來心魄為動盪，　曉夢月落春山空。

手中仙人九節杖，　每恨勝景不得究。

攜壺重來岩下宿，　道人已約山櫻紅。

賞析

①芥蒂：梗塞的東西，比喻心中的嫌隙或不快。②驪珠：一種珍貴的珠，傳說出自驪龍頷下，故名。驪，這裡是驪龍的簡稱，黑色的龍。

元好問（1190—1257），字裕之，號遺山，太原秀容（今山西忻縣）人。金代作家、史學家。系出北朝魏代鮮卑族貴族拓跋氏，為唐詩人元結後裔。金哀宗正大元年（1224）中博學宏詞科，授儒材郎、充國史院編修。翌年夏，還居嵩山，撰《杜詩學》一卷（已佚）。後數年，歷官鎮平、內鄉、南陽縣令。元好問涉足

於詩、詞、文、散曲和筆記小說各個領域，而以詩的成就最高。金亡後20　餘年，他除編成《東坡樂府集選》（已佚）和《唐詩鼓吹》（今存）外，主要致力於保存金代文化。

元好問有為數不少的寫景詩，這類詩的總體風格是豪壯、清雅、不事雕琢。這首《遊黃華山》寫於元好問入元後。在訪詩和收集史料的過程中，作者往來於晉、豫、魯、冀等地，有機會探幽訪勝。這首詩以大氣磅礴、力度千鈞的筆勢，寫出了黃華山瀑布的奇觀，氣勢開闊，描繪生動，讀之使人有身臨其境之感，風格雄壯豪放。

嵩山　① 　清·顧炎武

位宅中央正，② 　高疑上界鄰。③

石開曾出啟，④ 　岳降再生申。⑤

老柏搖新翠，⑥ 　幽花茁晚香。⑦

豈知巢許窟，⑧ 　多有濟時人。⑨

賞析

①嵩山：在今河南登封縣北，古稱中嶽，為五嶽之一。主峰在少室山，下有少林寺等名勝。詩人透過描繪山勢、山景，引述神話傳說，寫出了中嶽嵩山古老神奇的風貌，表達了作者匡時濟世的志向。②宅：居。中央正：嵩山是中嶽，居於天下正中。③上界：天界。鄰：鄰近，毗鄰。這句的意思是：嵩山高聳入雲，讓人覺得它如同與天連在一起。④石開曾出啟：傳說禹治水時，為打通轘轅山，曾變作一頭熊，他的妻子塗山氏因此羞愧而去，到嵩高山（嵩山）下化為石人。後石裂而生啟，即夏後啟。啟繼承禹的王位，做了夏代君主。⑤岳降再生申：中嶽顯出神靈，又使申伯降生人間來

輔佐周天子。這是根據《詩經·大雅·崧高》中的傳說而寫的。甫是甫侯，申是申伯，皆周室卿士。⑥搖：招展。新翠：新出生的綠葉。⑦幽花：生長在幽靜山谷中的花草。茁：花草生長。⑧豈知：哪裡知道。巢、許：巢父、許由，傳說是堯時的隱士。⑨濟時人：有救世才能的人。最後兩句是說在深山中有濟世之才隱居著，只是沒有人慧眼起用他們而已。

　　詩歌描寫了嵩山的高大以及隱處其中的無數「新翠」、「晚香」，意在突出有報國之士而報國無門。詩中大量化用的典故也是圍繞精忠報國這一中心，作者匡時濟世的志向昭示無遺。以詩言志，是中國古代仁人志士的傳統，所以嵩山以及花草樹木無不被賦予了報效國家的心志，中嶽嵩山也就有了象徵意義。

水調歌頭·賦三門津①　金·元好問

　　黃河九天上，人鬼瞰重關。長風怒卷高浪，飛灑日光寒。峻似呂梁千仞，②壯似錢塘八月，直下洗塵寰。萬象入橫潰，依舊一峰閒。仰危巢，雙鵠過，杳難攀。人間此險何用，萬古祕神奸。③不用燃犀下照，④未必佽飛強射，⑤有力障狂瀾。喚取騎鯨客，⑥撾鼓過銀山。⑦

賞析

　　①三門津：即三門峽，今河南省三門峽市東北黃河中，傳說夏禹為治理泛濫成災的河水，破山通河，這鑿穿的三條通水之道，叫三門：中神門，南鬼門，北人門。三門中只有人門可以行舟；鬼門凶險，船隻不慎入門，就會觸礁沉沒。②呂梁：山名，在山西省西部，黃河和汾水之間。③奸：通「干」，這裡指主宰。④燃犀：《晉書·溫嶠傳》：溫嶠至牛渚磯，水深不可測，於是燃犀牛角照水下，見水族覆滅，奇形怪狀。⑤佽（cì）飛：《呂氏春秋·知

321

分》：伩飛是楚國勇士，曾赴江殺蛟，使船隻平安渡江。⑥騎鯨客：泛指勇敢的人。揚雄《羽獵賦》：「乘巨鱗，騎鯨魚。」⑦撾：敲，打。銀山：山峰一樣的雪浪。

上闋從「九天」落筆，極寫黃河從青海高原發端，高屋建瓴，一瀉千里，俯下三門，長風捲著高浪，遮天蔽日，寒意侵人，而三門山峰依舊安然。下闋緊承峰字，極寫三門山之高峻雄險。這首詞借寫三門津雄奇壯麗，抒發了詞人拯世濟世的豪邁情懷。上闋末句「萬象入橫潰，依舊一峰閒」和下闋末句「喚取騎鯨客，撾鼓過銀山」，都是點睛之筆。正是「豈無吾人之砥柱兮，障百川之橫流」，其間寓託了詞人於國家危難之秋，以力挽狂瀾為己任的自豪和自信。

黃鶴樓 ① 唐·崔顥

昔人已乘黃鶴去，② 　此地空餘黃鶴樓。

黃鶴一去不復返， 　白雲千載空悠悠。③

晴川歷歷漢陽樹，④ 　芳草萋萋鸚鵡洲。⑤

日暮鄉關何處是，⑥ 　煙波江上使人愁。⑦

賞析

①黃鶴樓舊址在今湖北長江大橋武昌橋頭。古人題詠黃鶴樓的詩極多，這首詩被推為唐人七律之首，南宋嚴羽曾說：「唐人七律詩，當以此為第一。」傳說，李白游黃鶴樓時曾說：「眼前有景道不得，崔顥題詩在上頭」，罷筆而去。②昔人：傳說三國蜀費褘曾在這裡乘黃鶴登仙而去。③悠悠：白雲飄蕩的樣子。④歷歷：分明，清楚。漢陽：在武昌西，與黃鶴樓隔江而望。⑤萋萋：茂密的樣子。鸚鵡洲：在武昌北長江中。⑥鄉關：故鄉。⑦煙波：指江上

的水汽和波浪。

崔顥（704？—754），汴州（今河南開封）人。開元年間進士，做過司勳員外郎。其詩早年傾向華美，晚年因出入邊塞而變得慷慨悲涼。《全唐詩》錄存其詩一卷。

詩中抒寫了詩人登樓眺景，懷古思今，孤寂思鄉之情。一、三句懷古，連用兩個「去」，強調了留戀、冷清。二、四句思今，用了兩個「空」字，突出了孤寂空蕩。詩人把景物描寫與詩人心境融為一體，古今交織，情景相生，有很強的藝術感染力。中間四句「黃鶴」、「白雲」、「晴川」、「芳草」，色彩鮮明，形象清晰。用「悠悠」、「歷歷」、「萋萋」等雙音疊字增加了詩的韻律感，調整了詩的節奏，使詩句更具有音樂的美感。

鸚鵡洲① 唐·李白

鸚鵡來過吳江水，　　江上洲傳鸚鵡名。

鸚鵡西飛隴山去，　　芳洲之樹何青青。

煙開蘭葉香風暖，　　岸夾桃花錦浪生。

遷客此時徒極目，②　　長洲孤月向誰明。

賞析

①鸚鵡洲：原在武漢市武昌城外江中。相傳由東漢末年禰衡在黃祖的長子黃射大會賓客時，即席揮筆寫就一篇「鏘鏘戛金玉，句句欲飛鳴」的《鸚鵡賦》而得名。後禰衡被黃祖殺害，亦葬於洲上。但此洲在明末逐漸沉沒。現在漢陽攔江堤外的鸚鵡洲，系清乾隆年間（1736—1795）新淤的一洲，曾名「補課洲」，嘉慶間（1796—1820）將補課洲改名鸚鵡洲，並於光緒二十六年（1900）重修了禰衡墓。墓為石建，方形，額題「漢處士禰衡

墓」，甚為古樸別緻。②遷客：遭貶謫者。

　　歷代不少名人縱觀大江景色，留下了很多詩篇，唐崔顥「晴川歷歷漢陽樹，芳草萋萋鸚鵡洲」、李白「煙開蘭葉香風暖，岸夾桃花錦浪生」、孟浩然「昔登江上黃鶴樓，遙看江中鸚鵡洲」，更是傳誦一時的佳句。李白這首《鸚鵡洲》，以麗景襯托哀情，用春日的蓬勃景象與遷客的鄉關何處、歸思難禁形成鮮明對照，使感情的抒發更深沉含蓄。

渡荊門送別① 唐·李白

遠渡荊門外，② 　　來從楚國游。③

山隨平野盡，④ 　　江入大荒流。⑤

月下飛天鏡，⑥ 　　雲生結海樓。⑦

仍憐故鄉水，⑧ 　　萬里送行舟。⑨

賞析

　　①荊門：山名，在今湖北宜都縣西北長江南岸，與北岸虎牙山相對峙。此詩為開元二十四年（736）李白由三峽出蜀，沿江東下時所作。送別：指江水送作者離開故鄉。②遠渡：遠航。③從：到，往。楚國：今湖北及周圍一帶，春秋戰國時為楚國疆域。④山隨平野盡：山嶺隨著平野的出現而消失。⑤大荒：平川，廣闊無際的原野。⑥天鏡：月光影入水中，好似天空飛下的寶鏡。⑦雲生結海樓：江上雲彩奇麗多變，幻化出海市蜃樓。⑧憐：愛。故鄉水，指長江。⑨萬里送行舟：江水萬里迢迢送小舟。

　　詩的開始兩句點明詩人的來地和去地，回應標題。接下來的四句寫出荊門所見。荊門以東山嶺消失，原野廣闊，長江茫茫無際，

月亮和雲彩的變化亦真亦幻難以辨認。闊、麗、曠、奇，出荊門讓人神往。雖說楚地風光宜人，但詩人還是戀故鄉，「仍憐故鄉水」，對故鄉懷有深情。「萬里送行舟」是點題結尾，將筆鋒收到送別的主題上。這首詩寫景開闊奇麗，氣勢豪邁，想像豐富，比喻形象、神妙。詩人的行跡是全詩行文的線索，文脈清晰。語言飄逸奔放，流暢自然，作為律詩卻沒被格律約束之態，最能代表李白律詩特色，亦是詩人豪放不羈的氣質和個性的體現。

與諸子登峴山① 唐·孟浩然

人事有代謝，　往來成古今。

江山留勝蹟，　我輩復登臨。

水落魚梁淺，② 天寒夢澤深。③

羊公碑尚在，④ 讀罷淚沾襟。

賞析

①峴山：又名峴首山，在湖北襄陽南。②魚梁：指魚梁洲。③夢澤：古代有雲、夢二澤。後淤積為陸地，約為今洞庭湖北岸地區。④羊公碑：據《晉書·羊祜傳》，羊祜鎮荊襄時，常去峴首山上飲酒賦詩，曾對同遊者慨嘆說：「自有宇宙，便有此山，由來賢者勝士登此遠望如我與卿者多矣，皆湮滅無聞，使人傷悲！」羊祜死後，襄陽人在峴山立廟樹碑，「歲時饗祭，望其碑者莫不流淚，杜預因名為墮淚碑」。

孟浩然（689—740），襄陽（今屬湖北）人，早年隱居鹿門山，應進士不第。以隱士形象著名。有《孟浩然集》。

這首詩意在弔古感今。開首二句揭示題旨：時光流逝，人事變

325

化，沒有人可以逃避，這是歷史的規律。第三句的「江山勝蹟」照應「往來古今」。第四句的「我輩登臨」照應「人事代謝」，也寫出了傷感情緒的由來。五、六兩句寫登臨所見，抓住當地特有的景物，給人蕭條深遠的感覺。最後兩句扣實，悲慨朝代更替中遺留下的永恆的功業，敬仰中融入了自己的感傷。詩的前半具有一定的哲理性，後半描寫景物，富於形象感，充滿激情。語言平淡中見深遠，感情真摯動人。

漢江臨泛① 唐·王維

楚塞三湘接，② 荊門九派通。③

江流天地外， 山色有無中。

郡邑浮前浦，④ 波瀾動遠空。

襄陽好風日， 留醉與山翁。⑤

賞析

①漢江：漢水。流於楚境，經襄陽，與長江會合於漢口。②楚塞：泛指楚四境。三湘：灕湘、瀟湘、蒸湘的總稱，在今湖南境內。③荊門：山名，在宜昌南，為楚之西塞。九派通：與九江相通。④浦：水濱。⑤山翁：晉人山簡，曾任征南將軍，鎮守襄陽，有政績，好飲酒。這裡當是指襄陽當時地方官。

這首為王維融畫法入詩的力作。「楚塞三湘接，荊門九派通」，語工形肖，一筆勾勒出漢江雄渾壯闊的景色，作為畫的背景。「江流天地外，山色有無中」，以水光山色為畫的遠景。接著詩人以「浮前浦」、「動遠空」，寫出眼前的波瀾壯闊，筆法飄逸。「襄陽好風日，留醉與山翁」，寫出詩人要與山翁共謀一醉，讓自己沉浸在襄陽美好的景色裡。全詩寓情於景，渾然天成，給我

們展現出一幅色彩素雅、格調清新、意境優美的水墨丹青，讓人美不勝收。

詠懷古蹟　（其三）①　　唐・杜甫

群山萬壑赴荊門，②　　生長明妃尚有村。③

一去紫臺連朔漠，④　　獨留青冢向黃昏。⑤

畫圖省識春風面，⑥　　環珮空歸月夜魂。⑦

千載琵琶作胡語，⑧　　分明怨恨曲中論。⑨

賞析

①《詠懷古蹟》五首，大曆元年（766）作於夔州，每首詠嘆一古蹟，並藉以抒懷。②赴：山脈連綿，勢若奔赴。荊門：山名，在湖北宜昌南。③明妃：王昭君，名嬙，漢元帝宮人，竟寧元年（前33）被遣嫁匈奴呼韓邪單於。西晉時避司馬昭諱改稱明君，又稱明妃。昭君村：在荊門附近的歸州（今湖北秭歸）。④紫臺：紫宮，指漢宮。⑤青冢：昭君墓，今呼和浩特市南，傳說塞外草白，獨昭君墓上草青，故名「青冢」。⑥畫圖：《西京雜記》載：王昭君因為不肯賄賂畫工被故意畫醜，因此漢元帝從未召見過她。後匈奴入朝求美人，昭君被遣，臨去時元帝才發現她美貌驚人，後悔不及。省識：覺察，辨識。⑦環珮：借指昭君。⑧胡語：胡音。⑨怨恨曲中論：相傳王昭君在匈奴作有表達怨思的歌曲。

這首詩借詠昭君村、懷念王昭君來抒寫自己的懷抱。「群山萬壑赴荊門，生長明妃尚有村」，點出昭君村所在的地方。然後詩人僅用「一去紫臺連朔漠，獨留青冢向黃昏」兩句寫盡了昭君一生的悲劇，給人以無比沉重的悲涼壓迫感。「畫圖省識春風面，環珮空歸月夜魂」，則更進一步寫出昭君身世家國之情。昭君雖身逝塞

外，卻永懷故國之心。「千載琵琶作胡語，分明怨恨曲中論」，詩人以千載琵琶之曲，點明昭君的怨恨主題。詩人也借這首懷古詩寄託自己當時的身世家國之情。

赤壁① 清·趙翼

依然形勝扼荊襄，② 赤壁山前故壘長。③

烏鵲南飛無魏地，④ 大江東去有周郎。⑤

千秋人物三分國，⑥ 一片山河百戰場。⑦

今日經過已陳跡，⑧ 月明漁父唱滄浪。⑨

賞析

①赤壁：山名，在今湖北蒲圻縣西北，長江南岸。三國時，孫權、劉備聯軍敗曹操水軍於此。是著名的古戰場。②荊襄：荊州、襄陽，即今湖北江陵縣和襄樊市。③故壘：指三國時打仗築的營壘。④烏鵲南飛：引自曹操《短歌行》「月明星稀，烏鵲南飛。繞樹三匝，何枝可依」。魏：曹操自立為魏王，操死，其子曹丕代漢，建國號魏。這句詩是用曹操詩句為暗喻，意指曹操率兵南下，兵敗赤壁，在江南無立足之地。⑤周郎：指東吳都督周瑜。用火攻曹操戰船，贏得赤壁之戰勝利。這句的意思是大江東流不盡，周郎英名永存。⑥千秋人物：載入史冊，名傳千秋的歷史人物。如三國時的曹操、孫權、劉備、諸葛亮、周瑜等。⑦百戰場：交兵百站的地方。⑧陳跡：已成為歷史的舊跡。⑨月明漁父唱滄浪：詩中並不是真有人唱《滄浪歌》，而是假以感嘆群雄爭霸的歷史往事。

趙翼（1727—1814），字雲崧，又字耘松，號甌北，陽湖（今江蘇武進縣）人。乾隆進士。做過翰林院編修、貴西兵備道。後辭官歸家，專心著述。詩與袁枚、蔣士銓齊名。長五古，有《甌

北詩集》《甌北詩話》。

在憑弔古戰場時，詩人感慨萬千，借曹操、蘇軾的詩句抒發千百年來人們對英雄的崇拜和對歷史的難以忘懷。用典貼切自然，增強了共鳴。第一句的「依然」，把古戰場的風貌勾勒出來，再自然轉入對歷史人物的懷念；最後一句「月明漁父唱滄浪」，表明歷史的延續，也流露出幾許無奈。

念奴嬌·赤壁懷古① 宋·蘇軾

大江東去，浪淘盡，千古風流人物。②故壘西邊，人道是、三國周郎赤壁。③亂石穿空，驚濤拍岸，捲起千堆雪。④江山如畫，一時多少豪傑。　遙想公瑾當年，小喬初嫁了，雄姿英發。⑤羽扇綸巾，談笑間、強虜灰飛煙滅。⑥故國神遊，多情應笑我，早生華髮。人生如夢，一尊還酹江月。⑦

賞析

①赤壁：赤壁之說不一，實際上三國時周瑜擊敗曹操大軍的赤壁是在湖北省蒲圻縣西北、長江南岸，而非蘇軾此時所在的黃岡赤壁。②風流人物：傑出人物。③故壘：舊時的營壘。④雪：比喻浪花。⑤公瑾：周瑜字公瑾。小喬：周瑜妻。⑥羽扇綸巾：魏晉時人的裝束。羽扇：亦用以指揮軍事。綸巾：青絲帶做的頭巾。⑦酹：把酒倒在地上祭奠。

湖北黃岡東坡赤壁景色

　　這首詞寫於宋神宗元豐五年（1082）七月，為蘇軾被貶黃州時遊賞黃岡城外赤壁磯寫下的。上闋由寫景入手，為英雄人物出場鋪墊。開篇從滾滾東流的長江著筆，把不盡的長江與千古風流人物聯繫在一起，時空久遠，場景宏大。「故壘西邊，人道是、三國周郎赤壁」，點出具體人物和地點所在。「亂石穿空，驚濤拍岸，捲起千堆雪」，濃墨重彩，集中描寫了赤壁雄奇壯闊的景觀，頓時把讀者帶入驚心動魄的奇險境界。上闋最後兩句，「江山如畫，一時多少豪傑」，是詞人脫口而出對如畫江山、英雄豪杰的讚美和羨慕。上闋重在寫景，下闋重在寫人。「遙想公瑾當年，小喬初嫁了，雄姿英發。羽扇綸巾，談笑間、強虜灰飛煙滅」，著力抒寫了周瑜當年在赤壁之戰時的勇武形象和赫赫戰功。「故國神遊，多情應笑我，早生華髮」，則是作者對照周瑜後的感慨和嘆惋。「人生

如夢，一尊還酹江月」，則是作者感慨回到現實的無奈，唯有對江飲酒療傷。全詞波瀾壯闊，氣勢雄渾，乃千古絕唱。

前赤壁賦　　　宋·蘇軾

　　壬戌之秋，七月既望，蘇子與客泛舟游於赤壁之下。清風徐來，水波不興。舉酒屬客，誦明月之詩，歌窈窕之章。①少焉，月出於東山之上，徘徊於斗牛之間。白露橫江，水光接天。縱一葦之所如，凌萬頃之茫然。浩浩乎如馮虛御風，而不知其所止；飄飄乎如遺世獨立，羽化而登仙。②

　　於是飲酒樂甚，扣舷而歌之。歌曰：「桂棹兮蘭槳，擊空明兮溯流光；渺渺兮予懷，望美人兮天一方。」③客有吹洞簫者，倚歌而和之，其聲嗚嗚然：如怨如慕，如泣如訴；餘音裊裊，不絕如縷；舞幽壑之潛蛟，泣孤舟之嫠婦。④

　　蘇子愀然，正襟危坐，而問客曰：「何為其然也？」客曰：「月明星稀，烏鵲南飛，此非曹孟德之詩乎？西望夏口，東望武昌，山川相繆，鬱乎蒼蒼，此非孟德之困於周郎者乎？⑤方其破荊州，下江陵，順流而東也，舳艫千里，旌旗蔽空，釃酒臨江，橫槊賦詩，固一世之雄也，而今安在哉！⑥況吾與子，漁樵於江渚之上，侶魚蝦而友麋鹿，駕一葉之扁舟，舉匏樽以相屬；寄蜉蝣於天地，渺滄海之一粟。哀吾生之須臾，羨長江之無窮；挾飛仙以遨遊，抱明月而長終；知不可乎驟得，托遺響於悲風。」⑦

　　蘇子曰：「客亦知夫水與月乎？逝者如斯，而未嘗往也；盈虛者如彼，而卒莫消長也。蓋將自其變者而觀之，而天地曾不能以一瞬；自其不變者而觀之，則物與我皆無盡也。而又何羨乎？⑧且夫天地之間，物各有主。苟非吾之所有，雖一毫而莫取。惟江上之清

風，與山間之明月，耳得之而為聲，目遇之而成色。取之無禁，用之不竭。是造物者之無盡藏也，而吾與子之所共適。」⑨

客喜而笑，洗盞更酌，肴核既盡，杯盤狼藉。相與枕藉乎舟中，不知東方之既白。⑩

賞析

①壬戌：宋神宗元豐五年（1082）。既望：舊曆月之十六日。望：十五日。明月：指曹操的《短歌行》，詩中有「明明如月，何時可掇」和「月明星稀，烏鵲南飛」的句子。窈窕之章：指《詩經·周南·關雎》，詩中有「窈窕淑女，君子好逑」的句子。②斗牛：斗宿、牛宿，星辰名。一葦：像一片葦葉的小船。如：往。凌：越過。馮虛御風：在天空裡乘風浮游。馮：同「憑」，乘。羽化：故人稱成仙為羽化。③空明：形容月光映照水中澄明之色。渺渺：悠遠。美人：內心所思慕的人。④舞：使起舞。嫠婦：寡婦。⑤孟德：曹操字。夏口：故城在今湖北武漢黃鵠山上。繆：通「繚」，環繞。⑥舳艫：首尾銜接的船隻。舳：船尾。艫：船頭。釃酒：斟酒。槊：長矛。⑦匏樽：酒器。匏：葫蘆的一種。蜉蝣：朝生暮死的小蟲。遺響：餘音，指簫聲。⑧逝者如斯：《論語·子罕》：「子在川上曰：逝者如斯夫，不捨晝夜。」未嘗往：沒有消失，始終還是一江的水。盈虛者如彼：像月亮那樣有圓有缺。一瞬：一眨眼，形容變化之速。⑨無盡藏：佛家語，無盡的寶藏。⑩肴核：葷菜、果品。相與枕藉：彼此緊靠著睡覺。

蘇軾貶謫黃州期間，處境艱危，心情苦悶，有時也從自然山水和佛老思想中悟出寬解之道。這篇賦借寫遊覽赤壁探討人生哲理，反映複雜的思想鬥爭，但熱愛生活、關心世事的積極面占上風。身處逆境但不甘沉淪，努力忘懷個人得失而總想有所作為。篇中主客對話，實際上代表了作者思想中兩個相互矛盾的側面，最後抑客伸主，反映了思想中積極的一面終占上風。寫景、抒情、議論三者融

會統一，詩情、畫意、哲理兼而有之，顯得揮灑自如、流暢奔放。

桃花溪① 唐·張旭

隱隱飛橋隔野煙， 石磯西畔問漁船。②

桃花盡日隨流水， 洞在清溪何處邊？

賞析

①桃花溪：在湖南桃源縣桃源山下。湖南桃源縣西南有桃源山，山西南有桃源洞，洞口有水，與桃花溪合流入沅江。②石磯：水邊突出的大石。

張旭，字伯高，吳郡（治今江蘇蘇州）人。曾為常熟尉、金吾長史。草書最為著名。所存詩六首，均為寫景絕句。

「隱隱飛橋隔野煙」，是寫遠景，深山野谷，雲煙繚繞。透過雲煙望去，那橫跨山溪的長橋，忽隱忽現，似在虛空裡飛騰，朦朦朧朧，恍若仙境。「石磯西畔問漁船」，是畫近景，水中露出岩石，有如島嶼（石磯）。那漁船輕搖，讓人自入圖畫，有抑制不住「問漁船」的迫切情態。詩人問得天真有趣：「桃花盡日隨流水，洞在清溪何處邊？」這隨流桃花是由桃花源流出來的，那桃花是否來自桃源之洞呢？這洞在何處呢？這每一個疑問，都深深表達出詩人嚮往世外桃源的急切心情。詩人到此戛然止筆，而末句提出的問題給人無窮的遐想。全詩構思婉曲，由遠而近，由實及虛，情趣深遠，耐人尋味。

登岳陽樓 ① 唐·杜甫

昔聞洞庭水，② 今上岳陽樓。

吳楚東南坼，③　乾坤日夜浮。④

親朋無一字，⑤　老病有孤舟。⑥

戎馬關山北，⑦　憑軒涕泗流。⑧

賞析

①本詩寫於唐大曆三年（768）冬，抒寫了作者登上岳陽樓的複雜感受。本詩與孟浩然的「氣蒸雲夢澤，波撼岳陽城」同為詠洞庭湖的絕唱。岳陽樓：原岳陽（今湖南嶽陽市）城西門城樓，下臨洞庭湖。②洞庭：洞庭湖。在湖南省北部，長江南岸。③吳：古國名，在今江蘇一帶。楚：古國名，在今湖南、江西、湖北一帶。坼：裂開。這句說洞庭湖把吳楚分開在東南兩方。④乾坤日夜浮：天地好像日夜漂浮在水面上。⑤親朋無一字：親戚朋友沒有音信。⑥老病有孤舟：年老多病在孤舟上漂泊。⑦戎馬關山北：北方戰爭不止，當時吐蕃入侵，郭子儀率兵駐守奉天。戎馬：指戰爭。⑧憑軒：靠著窗欄。憑：依，靠。軒：窗欄。涕泗：淚水、鼻涕。

第一、二句點題，用「昔聞」、「今上」互襯，寫出詩人的喜悅之情。三、四句寫登樓所見，描繪出洞庭湖浩浩蕩蕩，橫無涯際的壯觀景象。五、六句轉入對自己淒苦無助的感嘆。最後兩句抒發了憂國憂民之情，昇華了全詩的境界。詩中迴蕩著作者的濃烈情感，大起大落，十分自然，抒情寫景融為一體，始終洋溢著悲壯情調。杜甫沉鬱頓挫的藝術風格，在這首詩中得到充分展現。

望洞庭①　唐·劉禹錫

湖光秋月兩相和，②　潭面無風鏡未磨。③

遙望洞庭山水翠，　白銀盤裡一青螺。④

賞析

①洞庭：湖名，在湖南省岳陽市西。②和：和諧，這裡指水色與月光融為一體。③潭面：指湖面。鏡未磨：古人的鏡子用銅製作、磨成。這裡一說是水面無風，波平如鏡；一說是遠望湖中的景物，隱約不清，如同鏡面沒打磨時照物不清楚。兩說均可。④白銀盤：形容洞庭湖。青螺：一種青黑色的螺形的墨，古代婦女用以畫眉。這裡是用來形容洞庭湖中的君山。

這是詩人遙望洞庭湖而寫的風景詩，明白如話而意味雋永。第一句從水光月色的交融不分寫起，表現湖面的開闊寥遠，第二句用鏡子的比喻表現夜晚湖面的平靜。第三句寫遠望湖中君山翠綠的色彩。第四句再用一個比喻，將浮在水中的君山比作擱在白銀盤子裡的青螺。作者貶逐南荒，多次來往於洞庭湖畔。把君山比銀盤青螺，構思精巧，與雍陶《題君山》「一螺青黛鏡中心」、黃庭堅《雨中登岳陽樓望君山》「銀山堆裡看青山」異曲同工。全詩純然寫景，既有描寫的細緻，又有比喻的生動，讀來饒有趣味。

雨中登岳陽樓望君山①（其二）　宋·黃庭堅

滿川風雨獨憑欄，②　縮結湘娥十二鬟。③

可惜不當湖水面，④　銀山堆裡看青山。⑤

賞析

①君山，在洞庭湖中，也叫洞庭山。詩人在雨中憑欄遠眺，當時詩人貶謫四川六年之久，剛得以放還，心中的喜悅浮於詩面。②川：河流，詩中指洞庭湖。③縮：纏繞打結。湘娥：湘水的女神。傳說，舜的兩個妃子溺死在湘江，死後為神，號湘夫人，居住在君山。鬟：婦女梳的環形的髮髻。④當：在。⑤銀山：指銀山似的波

浪。

黃庭堅（1045—1105），字魯直，號山穀道人，又號涪翁，洪州分寧（今江西修水縣）人，治平四年進士。蘇門四學士之一，政治主張與蘇軾相似。他是江西詩派的開山鼻祖，詩風瘦硬峭拔，而兼具質樸雄沉。有《山谷內集》《外集》《別集》等。

詩的前兩句是實寫，寫遠景，風雨中登上岳陽樓，詩人的喜悅放情於山光湖色。後兩句虛寫湖山之美，寫近景，青山白浪，色彩對比鮮明，表明詩人對自然山水非常熱愛。用「十二鬟」比喻君山，用「銀山」比喻波浪，生動形象。詩作呈現出煙水迷離之美，含蓄雋永，溢出無限的詩味和美感，勾起人的無限遐想。

念奴嬌·過洞庭　宋·張孝祥

洞庭青草，近中秋，更無一點風色。①玉鑒瓊田三萬頃，著我扁舟一葉。②素月分輝，明河共影，表裡俱澄澈。悠然心會，妙處難與君說。應念嶺表經年，孤光自照，肝膽皆冰雪。③短髮蕭騷襟袖冷，穩泛滄溟空闊。④盡挹西江，細斟北斗，萬象為賓客。⑤扣舷獨嘯，不知今夕何夕！⑥

賞析

①洞庭青草：洞庭湖在湖南省岳陽市西，青草湖在岳陽市南，二湖相通，總稱洞庭湖。②玉鑒：玉鏡。玉鑒瓊田：形容月光下皎潔的湖水。③嶺表：指兩廣之地，北有五嶺，南有南海。孤光：指月。④蕭騷：稀少。滄溟：大水瀰漫。⑤挹：舀。西江：指長江。長江來自西，故稱。北斗：北星形似酒斗。萬象：萬物。⑥不知今夕何夕：用讚歎語表示這是良夜。

張孝祥（1132—1170），字安國，別號於湖居士，歷陽烏江

（今安徽和縣）人。紹興二十四年（1154），以第一名進士及第。因上書申理岳飛冤情而被誣下獄。孝宗隆興元年（1163），為中書舍人，任建康留守，後又被劾落職。有《於湖詞》。

這首詞是張孝祥被讒言落職後由桂林北歸，經過洞庭湖時所作。他將湖水形象地比作「玉鑒瓊田」，用「肝膽皆冰雪」來表示忠貞高潔，用「挹西江」、「斟北」來表示凌雲的氣度，展示了坦蕩的胸懷。詞人的精神境界與壯麗澄澈的湖光交織在一起，同時其中還蘊含著超越塵俗之思。

景區景點

遊華中勝地　　領略博大與奇瑰之美

嵩山，位於今河南登封縣北，古稱中嶽，為五嶽之一。主峰在少室山，下有少林寺等名勝。嵩山不僅山峰奇秀，更有無數奇異的自然風光。唐朝就有嵩山八景之說，後增至中嶽二十景，即嵩門待月、轘轅早行、潁水春耕、箕陰避暑、石淙會飲、玉溪垂釣、少室晴雪、盧崖瀑布、龍潭貫珠、嵩陽洞天、少室夕照、御寨落日、石池聳崖、石僧思凡、石筍鬧林、珠簾飛瀑、雲峰虎嘯、猴子觀天、熊山積雪、峻極遠眺。這些自然景觀或雄壯魁偉，或秀逸誘人，或飛瀑騰空，或層煙疊翠。真是昂霄逼漢，松石崔嵬、峭崖崢嶸，險峻處令人嘆為觀止，迷人處使你流連忘返。留有（唐）王維《歸嵩山作》、（清）顧炎武《嵩山》等詩篇。

湖北境內有黃鶴樓、鸚鵡洲、赤壁等名勝。題詠黃鶴樓、鸚鵡洲的詩篇，以崔顥《黃鶴樓》、李白的《鸚鵡洲》最有影響。題詠赤壁的著名詩詞有：（宋）蘇軾的《念奴嬌·赤壁懷古》及前後《赤壁賦》、（清）趙翼《赤壁》等。

湖南的岳陽樓，緊臨洞庭湖，題詠岳陽樓及洞庭湖的著名詩詞有：（唐）杜甫《登岳陽樓》、（宋）黃庭堅《雨中登岳陽樓望君山（其二）》、（唐）孟浩然《望洞庭湖贈張丞相》、（唐）劉禹錫《望洞庭》、（宋）張孝祥《念奴嬌·過洞庭》等。

描寫湖南桃花溪的有（唐）張旭《桃花溪》等詩流傳較廣。

華南地區山水詩詞曲賦賞析

背景分析

　　華南地區遠離中原，歷來詩人們的主題是反映流離之苦，詠懷故鄉。所以在對嶺南獨特山水的描摹中，多悲歌悵恨、羈旅之愁、貶謫之苦，時而也流露出政治豪情。

　　廣東地處南疆，是古代百越民族聚居地。活潑明快、充滿南國水鄉的浪漫情調是嶺南民俗的特色。外地來粵的詩人，久居後對此地生活也有了較多的理解，所以對地方山水平添愛意，詩詞中著意描繪奇異的嶺南風情。

　　海南過去被稱作天涯海角，詩人們雖遠離內陸，仕途不順，但怡然自樂，享受著自己營造的快意生活。山水詩詞中往往詠山嘆海，敘寫平靜生活，表現出親和自然的氣息。

　　廣西的自然風光非常獨特，歷代名家遊歷桂林等地山水，往往吟詩作畫寄情於自然山水，所以詩詞中山水交融，清麗可人，許多山水佳句流傳至今。

閱讀提示

　　注意領會嶺南特有的詩情畫意，詩篇中體現的生活情趣。比如，桂林的水光山色有其奇特的風貌，七星岩、象鼻山、獨秀峰、陽朔灕江兩岸景緻都是桂林風景的標誌。

　　要注意突出詩人在寫物狀景時的心態。比如，蘇軾的《減字木蘭花·己卯儋耳春詞》中快樂心情也是詩詞最能感染人的地方。

詩詞曲賦賞析

秋登廣州城南樓　南朝梁　·江總

秋城韶晚笛，　危榭引清風。①

遠氣疑埋劍，②　驚禽似避弓。

海樹一邊出，　山雲四面通。

野火初煙細，　新月半輪空。

塞外離群客，③　顏鬢早如蓬。

徒懷建鄴水，④　復想洛陽宮。⑤

不及孤飛雁，　獨在上林中。⑥

賞析

①危榭：水邊高閣，危：高。②埋劍：晉代江西豐城，夜有紫氣沖斗牛星宿，豐城令雷煥從該地挖掘出干將、莫邪兩支寶劍。詩中也暗指埋有寶劍。③塞外：指嶺南外。④建鄴水：典出《三國志》，東吳孫皓擬從南京遷都武昌，反對者言：「寧飲建鄴水，不食武昌魚」。⑤洛陽：西晉京城。詩中以洛陽借指梁朝都城建康。⑥上林：漢時御苑名，詩中指代梁的御苑。

江總（519—594），字總持，祖籍濟陽考城（河南蘭考）人，出身顯貴，梁時曾為武陵王蕭紀和丹陽尹何敬容屬官，遷尚書殿中郎，為名士劉之遴、王筠賞識，成忘年交。詩長於五言，尤善七言。七言大多艷麗纏綿，五言中多清爽樸素作品。明人張溥輯有《江令君集》。

詩歌是作者梁末避亂在廣州時所作，當時陳霸先已重建南朝。

詩中表現了詩人客居南方，渴望回故鄉的情緒。詩詞用典表達心志為傳統文人手法，作者身在異鄉為異客，用孫皓時童謠「建鄴水」、蘇武以燕遞書等典故托寄相思，抒寫志向。由於處境特殊，詩中多流露悲而不壯的氣息。

雨發韶州① 清·查慎行

浦帆十幅去不停， 波光瑟瑟煙冥冥。②

芙蓉驛南一回首，③ 三十六峰雲外青。④

賞析

①韶州：位於廣東北部，秦屬南海郡，唐改置韶州，宋稱韶州始興郡。境內有大庾嶺、丹霞山，以及文人薈萃之地海陽湖和佛教名寺南華禪寺等名勝。②波光瑟瑟：形容雨打水面之情形。③芙蓉驛：位於曲江縣南。④三十六峰：清遠中宿峽南禹山上有山峰36座。

詩歌描繪了「雨中之景」，浩浩煙波雲山霧罩，接著描寫「雨霽之景」，遠眺山峰輪廓清晰，水光山色宜人心脾。最後一句是大手筆，寫縱目遠眺，繪出天地相連的壯麗景色，非常有張力。

過虎門① 清·康有為

粵海重關二虎尊，② 萬龍轟鬥事何存。

至今遺壘余殘石， 白浪如山過虎門。

賞析

①虎門：在今廣東省東莞西南，是珠江出海的咽喉，東西有大

小湖山，相對入門，故稱虎門。清康熙年間建炮臺於此。鴉片戰爭中林則徐、關天培在此建關防，是重要的堡壘。② 粵 海：珠江的舊稱。二虎：指大小虎山。尊：同蹲，高聳。

廣東省東莞市虎門炮臺

詩歌是康有為光緒十三年（1887）遊香港時途經虎門有感而作。作者面對遺壘殘石，凝觀滔天巨浪，冥想當年英雄，緬懷鴉片戰爭中林則徐領導人民抗英的英勇鬥爭場面。詩中流露出對抗戰派的讚美，對投降派的憤恨。

減字木蘭花·己卯儋耳春詞① 宋·蘇軾

春牛春杖。無限春風來海上。便與春工。染得桃紅似肉紅。春幡春勝。②一陣春風吹酒醒。不似天涯。捲起楊花似雪花。

賞析

①儋耳：位於海南島中西部，唐稱儋耳郡，宋改名昌化軍、南寧軍。明設儋州。蘇軾曾至此，留下載酒堂等勝蹟。②春幡：春旗。古時立春時節掛春幡，以此標誌春到。春勝：似為婦女所戴彩結類首飾。婦女一般在正月初一將它戴在頭上。

詞中流露出對春的喜悅，暢遊春天，把酒臨風，愜意滿懷，只把他鄉作故鄉，表現作者「此心安處，便是吾鄉」的曠達情懷。詞中七個「春」字，使詩詞洋溢著春的喜氣，勃發著春的生機，有著很強的感染力，讀後神清氣爽，忘卻身為天涯淪落之人。

登柳州城樓寄漳汀封連四州刺史① 唐·柳宗元

城上高樓接大荒， 海天愁思正茫茫。

驚風亂颭芙蓉水，② 密雨斜侵薜荔牆。③

嶺樹重遮千里目， 江流曲似九迴腸。

共來百越文身地，④ 猶自音書滯一鄉。⑤

賞析

①柳州：今廣西壯族自治區柳州市。漳：在今福建省龍溪縣；汀：今福建省長汀縣；封：今廣東省封開縣；連：今廣東省連縣。②颭：風吹使物顫動。此處指水浪。③薜荔：一種常綠的緣壁而生的蔓生植物。④百越：即「百粵」，泛指五嶺以南的少數民族。文身：古時少數民族有「斷髮文身」的習俗。⑤猶自：仍然是。滯：不流通，阻隔。

詩中抒寫懷念摯友，抑鬱不平的情懷。因政治改革失敗，詩人移情於景，自然景色烙上主觀感情色彩。作者以「海天愁思正茫茫」，宣泄出自己的苦悶，於寫景之中蘊含深刻寓意。暴風驟雨比

喻奸佞小人，亂颮、斜侵比喻小人迫害君子。芙蓉、薜荔象徵著美好、高尚，詩人用來比喻自己和同時被貶的朋友。詩中寫驚風密雨，是賦的手法，而用比的手法表達深刻寓意。正所謂「賦中有比，不露痕跡」。

桂林① 唐·李商隱

城窄山將壓，　　寬地共浮。

東南通絕域，　　西北有高樓。

神護青楓岸，②　　龍移白石湫。③

殊鄉竟何禱，　　簫鼓不曾休。④

賞析

①桂林：位於廣西東北部，具有兩千多年文化歷史名城，桂林氣候溫和，自然環境優美，「山青」、「水秀」、「洞奇」、「石美」是桂林四絕，被譽為「桂林山水甲天下」。②青楓岸：青楓橋，在桂林北約 5 公里處。③白石湫：白石潭，在桂林以北10 公里。④ 簫鼓：祭祀用的鼓樂器。

桂林山水

　　詩歌為李商隱隨桂管觀察使鄭亞宦遊桂林，留滯三年期間所作。詩中描寫了桂林的自然環境。開篇就以「山擁水抱」寫出桂林的自然地理特點。接著描繪了上天偏愛、快樂熱鬧的生活。水光山色，天上人間，在煩惱的現實生活中，由於桂林美麗的自然山水，平添了幾分喜悅，消解了內心的煩憂。

登獨秀峰① 清・袁枚

來龍去脈絕無有，　　突然一峰插南斗。②

桂林山水奇八九，　　獨秀峰尤冠其首。

三百六級登其巔，③　一城煙水來眼前。

青山尚且直如弦，　　人生孤立何傷焉？

賞析

①獨秀峰，亦名獨秀山，獨立於桂林市內、王城之中，被視為桂林的主峰，有「南天一柱」之譽。當朝霞或晚霞映照時，山峰若披紫袍纏金帶，故有「紫金山」名。「獨秀奇峰」為桂林續八景之一。②南斗：星宿名。南方是斗宿的分野。③三百六級：可沿306級臺階登峰。

袁枚（1716—1797），字子才，號簡齋，又號隨園老人，浙江錢塘（今浙江杭州市）人。乾隆四年（1739）進士，選庶吉士，曾任溧水、江浦、江寧等地知縣。辭官後定居江寧，在小倉山下購築「隨園」，自號隨園老人。提倡詩寫性情、遭際和靈感，反對尊唐之說，不滿神韻派，創立性靈派。有《小倉山房詩文集》、《隨園詩話》等。

詩歌從自然景觀入筆，突出了「獨秀峰」如神來之筆，點出它在桂林群峰中「冠其首」的地位。「一城煙水來眼前」寫得尤為美妙，既突出前句「三百六級登其巔」登高所見美景，又寫出了水霧繚繞、風光旖旎的地理特色。最後借寫景抒發了「人生孤立何傷焉」的感慨，並流露出對孤獨的開解之意。

景區景點

遊歷華南　　吟賞嶺南奇異壯麗之景

　　廣州位於珠江三角洲，跨珠江兩岸，是華南政治經濟、文化的中心。較著名的詩詞篇章有（梁）江總《秋登廣州城南樓》、（清）屈大均《珠江泛春》、（清）朱彝尊《夜泊珠江》、（清）查慎行《珠江棹歌四首》等。（宋）文天祥《過零丁洋》借零丁洋以抒發豪情。（清）查慎行《雨發韶州》、（清）康有為《過虎門》則描寫了韶關、虎門等地的山水風情與歷史風貌。

　　海南省地處南陲，有得天獨厚的地理、自然優勢，水光山色旖旎多姿。許多詩人、政治家如楊萬里、海瑞、王世貞等在此留下古蹟。較著名的詩篇有（宋）楊萬里《登載酒堂二首》、（明）王必勝《崖州懷古》等。蘇東坡於北宋紹聖四年（1097年）自惠州貶來海南，在海南留下「載酒堂」、「東坡書院」、「東坡井」、「東坡竹帽」等勝蹟，留下《和陶田舍始春懷古》、《減字木蘭花·己卯儋耳春詞》等作品，寫出自得其樂的生活。

　　廣西地區山清水秀，桂林氣候溫和，自然環境優美，素有「桂林山水甲天下」的美稱，貫穿市區、陽朔的灕江沿線美景無限。有（唐）杜甫《寄楊五桂州潭》、（唐）柳宗元《登柳州城樓寄漳汀封連四州刺史》、（唐）李商隱《桂林》、（明）朱紹昌《遊羅秀山》、（清）俞廷舉《桂林山水歌》、（清）袁枚《同金十一沛恩遊棲霞望桂林諸山》以及《由桂林溯灕江至興安》等名篇。

國家圖書館出版品預行編目(CIP)資料

中國詩詞楹聯賞析 / 李洪波 主編. -- 第一版.
-- 臺北市 : 崧燁文化, 2018.12

　　面 ；　公分

ISBN 978-957-681-665-9(平裝)

1.對聯

856.6　　　　107021631

書　　名：中國詩詞楹聯賞析
作　　者：李洪波 主編
發行人：黃振庭
出版者：崧燁文化事業有限公司
發行者：崧燁文化事業有限公司
E-mail：sonbookservice@gmail.com
粉絲頁　　　　　　網　址：
地　　址：台北市中正區重慶南路一段六十一號八樓815室
8F.-815, No.61, Sec. 1, Chongqing S. Rd., Zhongzheng
Dist., Taipei City 100, Taiwan (R.O.C.)
電　　話：(02)2370-3310 傳　真：(02) 2370-3210
總經銷：紅螞蟻圖書有限公司
地　　址：台北市內湖區舊宗路二段121巷19號
電　　話：02-2795-3656　傳真：02-2795-4100　網址：
印　　刷：京峯彩色印刷有限公司（京峰數位）

定價：600 元
發行日期：2018 年 12 月第一版
◎ 本書以POD印製發行